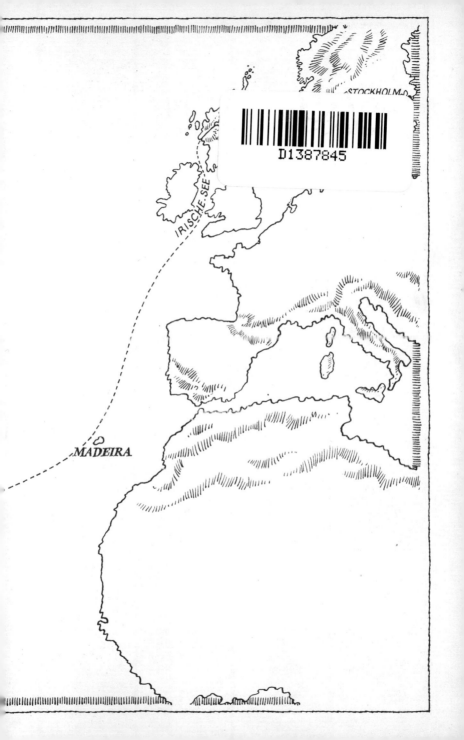

H4/28.

AN RUTGERS VAN DER LOEFF

Flucht
in die Freiheit

VERLAG FRIEDRICH OETINGER
HAMBURG

Originaltitel: Een kans op geluk
Aus dem Holländischen von Jutta und Theodor A. Knust
Schutzumschlag und Karten von Fiel van der Veen

© 1968 by Em. Querido's Uitgeverij N. V., Amsterdam
Alle Rechte für das deutsche Sprachgebiet bei
Verlag Friedrich Oetinger, Hamburg
Gesamtherstellung: Clausen & Bosse, Leck
Printed in Germany 1975
ISBN 3 7891 2292 0

Dieses Buch schildert die abenteuerliche Flucht einer Gruppe estnischer Flüchtlinge kurz nach dem Zweiten Weltkrieg.

Estland, das wie Lettland und Litauen zu den baltischen Ländern gehörte, wurde 1918 nach langjähriger russischer Vorherrschaft ein unabhängiger Staat. Der deutsch-sowjetische Nichtangriffspakt (Hitler-Stalin-Pakt) 1939 führte jedoch dazu, daß Estland Stützpunkte für die Rote Armee einräumen mußte und 1940 unter sowjetische Verwaltung kam. 1941 während des Rußlandfeldzuges besetzten deutsche Truppen Estland und führten wieder eine landeseigene Verwaltung ein, die aber von der Regierung des Deutschen Reiches kontrolliert wurde. 1944 eroberte die Rote Armee Estland, das nun eine der Sowjetrepubliken wurde.

Viele der deutschstämmigen Balten waren vor und während der russischen Besetzung 1940 und der deutschen 1941 geflohen, da ihnen Deportationen und Verhaftungen drohten und sie zum Militärdienst in der Deutschen Wehrmacht gezwungen wurden. Das neutrale Schweden war in dieser Zeit das bevorzugte Ziel der Flüchtlinge.

1945 aber wurde Schweden von der UdSSR gezwungen, die baltischen Flüchtlinge auszuliefern.

Passagiere und Besatzung der Miß Jane

KONSTANTIN KOMPUS — Kapitän, 33 Jahre alt. In seinem früheren Vaterland Estland Lotse, mit seiner Familie im Jahr 1941 nach Schweden geflüchtet, weil die Deutschen alle Balten deutscher Abstammung einzuberufen drohten. In Stockholm als Heizer auf einem Fährschiff tätig.

MAJA KOMPUS — seine Frau, 28 Jahre alt. In Stockholm als Serviererin in einer Milchbar tätig.

AIMI KOMPUS — 8 Jahre alt.

HEINO KOMPUS — 6 Jahre alt.

OMI KOMPUS oder GROCHEN — Konstantins Mutter, 68 Jahre alt.

ANDREJA KALTENBRUNNER — Verwandte der Familie Kompus, Krankenschwester, 23 Jahre alt. Im Jahr 1942 aus Estland geflüchtet.

AUGUST LAIDONER — ehemals Anwalt, 42 Jahre alt, angesehenes Mitglied der Gesellschaft in Tallinn, Estland. Auf der eigenen Jacht mit seiner Familie geflüchtet, als die Russen Estland im Jahr 1940 besetzten. In Stockholm ebenfalls auf einem Fährschiff beschäftigt.

ELSE LAIDONER — seine Frau, 35 Jahre alt und besonders

gut aussehend. Arbeitet in Stockholm halbtags als Büglerin.

HARRY LAIDONER
16 Jahre, Schüler.

GUNVOR LAIDONER
(eigentlich Jutta), 16 Jahre, Schülerin.

MAX LAIDONER
15 Jahre, Schüler.

JAAN LAIDONER
11 Jahre, etwas verwachsen, Schüler.

PROFESSOR EMIL LÜTKE
58 Jahre, früher Hochschullehrer an der juristischen Fakultät der Universität Tartu in Estland. 1940 geflüchtet.

LEMBIT KOPS
24 Jahre, ehemals Jurastudent in Tartu. 1941 geflüchtet, in Stockholm als Autowäscher tätig.

PEJKE SVENSSON
22 Jahre, früherer Landwirtschaftsstudent, von den Deutschen 1941 für die Maschinenfabrik in Tallinn dienstverpflichtet, 1943 geflüchtet, jetzt ebenfalls in der Autoreparaturwerkstatt tätig.

JUSTUS KRANTZ
27 Jahre, früher Elektriker in Tallinn, von den Deutschen zwangsweise zum Militär eingezogen, 1942 geflüchtet.

MARIA WEISSENBRUCH
16 Jahre, Tochter eines früheren Schuhgeschäftsbesitzers in Tartu, nach dem Tod des Vaters in einem schwedischen Krankenhaus allein zurückgeblieben.

7

I

Mit zitternden Knien lief Andreja die hohen steinernen Treppen hinauf. Siebenundachtzig Stufen. Sie zwang sich, sie zu zählen, weil sie ihre Gedanken von diesem Brief ablenken wollte, den sie in der Tasche trug. Immer wieder hatte sie ihn hervorgeholt, um ihn noch einmal zu lesen. Der Stempel der schwedischen Fremdenpolizei war darauf – an sich hätte das natürlich nichts Besonderes bedeuten müssen. Sie hatte in den letzten Jahren viele Briefe mit diesem Stempel bekommen. Auch Papiere mit Stempeln: Gesundheitszeugnisse, Aufenthaltsgenehmigungen, Arbeitserlaubnispapiere, Lebensmittelkarten, Bescheinigungen über ihre politische Zuverlässigkeit und so weiter und so fort.

Sie schob die Hand in die Tasche. Das Papier raschelte. Stufe Nummer dreiundsiebzig. Sie stand jetzt auf einem dreieckigen steinernen Treppenabsatz.

Hier wohnten die beiden Fräulein Quist, zwei liebe alte Damen, die ständig Kaffee tranken und auf antiken Sesseln zwischen den Fotografien ihrer Vorfahren saßen.

»Und auf diesen Sesseln dürfen sie bis zu ihrem Tod sitzen bleiben«, schnaufte Andreja bitter. Doch dann ärgerte sie sich über sich selber. »Du gönnst es ihnen nur nicht!« murmelte sie.

Sie stampfte mit dem Fuß auf, biß die Zähne zusammen und stieg, eine Hand auf die stechende Seite gepreßt, die nächste Treppe empor. Sie erreichte das Dachgeschoß und klopfte dreimal an die Tür.

»Zu laut!« schalt sie sich selbst. »Die Kinder schlafen bestimmt schon.«

Doch das erste, was sie hörte, war: »Tante Andreja, Mutter hat Fleischklößchen für dich aufgehoben!«

Sie lächelte gerührt. Fleischklößchen! Sie denken doch immer an mich.

»Was ist denn geschehen?« fragte Konstantin Kompus, kaum daß er ihr Gesicht im Lampenlicht sah. Seine tiefe Stimme klang besorgt. Er war gerade dabei, sich die Hände über dem Ausguß zu bürsten, und hatte sich halb nach ihr umgedreht.

»Ich habe einen Brief bekommen!« rief sie erregt.

»Du siehst aus, als ob du eine zu heiße Kartoffel verschluckt hättest«, sagte Konstantin. »Spuck sie aus!«

Sie lachte auf, doch es klang alles andere als heiter. Ausspucken! Sie hatte das Gefühl, alles ausspucken zu müssen.

»Ich muß weg«, sagte sie, noch atemlos vom Treppensteigen. Sie reichte ihm den Brief. Er trocknete sich hastig die Hände an dem buntgestreiften Tuch neben dem Ausguß ab. »Sie sind also schon bei K«, murmelte er vor sich hin.

»Drei Monate habe ich noch«, sagte sie mit bebender Stimme. Ihre Lippen zitterten. Er warf ihr einen besorgten Blick zu, bevor er anfing zu lesen. Das Blatt raschelte in seinen Fingern.

»Ich wünschte, denen würde...« fluchte er zwischen den Zähnen, beendete den Satz jedoch nicht.

»Ob du den Kindern eben noch gute Nacht sagen willst?« Maja kam aus dem Zimmer und erschrak über ihre Gesichter, doch sie richtete die Bitte der Kinder trotzdem aus. Andreja ging. Ohne Maja anzusehen, trat sie über die Schwelle der kleinen Schlafkammer, wo die Kinder am Fußende des elterlichen Bettes zusammen auf einer Matratze auf dem Fußboden schliefen. Sie lagen gut zugedeckt da, schön warm und zufrieden. Heino blinzelte Andreja zu.

»Hast du schon gesehen?«

»Was gesehen?« fragte sie.

»Hör dir das an! Sie fragt: Was gesehen?« sagte Heino und lachte.

Seine Schwester wußte, daß Erwachsene manchmal auch andere Dinge im Kopf hatten. »Er meint die Fleischklößchen, Tante Andreja.«

»Ach die!«

»Na klar! Hast du sie gesehen?« fragte der kleine Junge. »Und schon probiert?«

»Zu seinem Geburtstag wünscht er sich auch welche, sagt er«, erklärte Aimi.

»Aber es wäre reiner Zufall, wenn das gerade so klappte. In der Milchbar gibt's immer nur dienstags Fleischklößchen, und er hat am Freitag Geburtstag. Ich finde, es ist sowieso ein ziemlich idiotischer Wunsch. Aber na ja ...« Altklug zog sie die Schultern hoch.

»Vielleicht kann Mutter am Freitag etwas mitbringen, was noch leckerer ist«, meinte Andreja.

»Gibt's nicht«, sagte Heino kurz.

Aimi drehte die Handflächen nach oben, als ob sie sagen wollte: Man kann nie wissen, was einem vom Himmel fällt. Maja schob den Kopf durch die Tür. »Heino und Aimi, sagt Tante Andreja endlich gute Nacht! Sie ist müde und hat einen langen Arbeitstag hinter sich.«

»Sind viele Kinder geboren worden, Tante Andreja?« fragte Aimi noch rasch.

»Drei kleine Jungen, die nichts anderes können als schreien«, sagte Andreja. »Ich hab' schnell gemacht, daß ich fortkam.«

»Warst du deshalb so außer Atem, als du kamst?« fragte Heino.

»Nun ist aber Schluß!« erklang Konstantins mächtige Stimme. »In die Koje! Und Licht aus!«

Niedergeschlagen saßen die drei Erwachsenen kurz danach um den kleinen runden Tisch in der Wohnküche. Andreja hielt die Beine in den schwarzen Strümpfen krampfhaft aneinandergepreßt, während Konstantin mit dem übergeschlagenen linken Bein heftig neben dem Tisch auf- und abwippte. Nur Maja saß locker da, die Hände im Schoß gefaltet, müde und ein wenig vornübergebeugt. So ein Tag in der Milchbar war lang. Man verlangte viel von ihr, und am Abend waren ihre Füße immer dick angeschwollen.

»Ja, nun sind sie also bei K«, stellte Konstantin fest. »Andreja Kaltenbrunner. Nicht mehr lange, dann kommt Kompus. Keine drei Wochen mehr. Ich muß schon sagen: Systematisch machen sie's wirklich.«

»Darf ich den Brief mal sehen?« fragte Maja und streckte die Hand aus. Langsam las sie: »Die schwedische Regierung wünscht, daß Sie zu Ihrem heimischen Herd in Estland zurückkehren...«

»Heimischer Herd!« spottete Konstantin.

»Sie schreiben sehr höflich«, sagte Maja. Doch ihr Gesicht war noch blasser geworden, und sie blickte mit den großen

Augen starr auf das zitternde Blatt Papier. »Für Andreja ist es schon schrecklich genug, zurückzumüssen«, sagte sie leise. »Aber sie ist wenigstens allein. Bald müssen auch wir fort. Dann wachsen unsere Kinder dort drüben auf – ohne Freiheit und vielleicht ohne uns. Oder meinst du, Konstantin, daß uns die russische Polizei vielleicht doch in Ruhe läßt?« fragte sie. Aber es klang kaum Hoffnung in ihrer Stimme.

»Nachdem wir erst geflüchtet sind und hier in Freiheit gelebt haben?« erwiderte Konstantin. »In ihren Augen haben wir uns schuldig gemacht.«

»Schuldig! Wenn man sein eigenes Leben führen will!« rief Andreja heftig.

»Sie meinen, daß niemand ein Recht auf ein eigenes Leben hat«, sagte Konstantin. »Genaugenommen weiß ich manchmal selber nicht, ob wir das Recht auf ein eigenes Leben haben. Schließlich leben wir – in unserer kleinen Gemeinschaft – doch auch füreinander und müssen uns aufeinander einstellen.« Konstantin sah Maja an, und danach ging sein Blick zu der geschlossenen Kammertür.

»Aus eigenem, freiem Willen, ja«, erwiderte Maja. Sie griff nach seiner Hand.

»Wo ist Großmutter?« fragte Andreja.

»Bei den Laidoners«, erwiderte Konstantin. Plötzlich hielt er den Atem an. »Die Laidoners!« stieß er hervor. »Nach K kommt L. Wir sind bald alle an der Reihe. Wir werden alle höflich und freundlich aufgefordert werden, zu unserem heimischen Herd in unser Vaterland zurückzukehren. Heimischer Herd und Vaterland! Daß ich nicht lache!« Konstantins Stimme klang bitter, und das geschah selten. Er war ein Mann, der den Mut nicht so rasch verlor und bei jeder

Schwierigkeit stets die leichteste Seite sah.

»Werden die Litauer auch nach Hause geschickt?« fragte Maja.

»Ja. Die Russen wollen, daß die Balten zurückkommen, und üben jeden nur denkbaren Druck auf die schwedische Regierung aus, um sie zu veranlassen, die Menschen abzuschieben.«

»Vier Jahre lang haben wir es hier gut gehabt«, sagte Maja. Sie dachte nicht an die schwere Arbeit in der Milchbar, sie dachte nicht an die geschwollenen Füße, an die winzige Wohnung und die teure Miete. Nein, sie dachte an die Freiheit, an die Gesundheit ihrer heranwachsenden Kinder, an die guten Schulen, an die Hoffnung, die sie für ihre Zukunft gehabt hatten.

»Wir gehen nicht«, sagte Konstantin plötzlich schroff. »Ich lasse mich nicht irgendwohin in Rußland verschleppen. Ich will nicht sterben, ohne zu wissen, was aus euch wird. Ich will, daß unsere Kinder eine Chance haben, Maja. Die Chance, in Freiheit leben zu können, fühlen, denken und sagen zu dürfen, was sie wollen, eine kleine Aussicht auf Glück!« Seine Stimme überschlug sich fast.

Maja sah ihn mit Tränen in den Augen an. Andreja glaubte, ersticken zu müssen. Aussicht auf Glück – das klang so schön. Aber sie hatte diese Aussicht nicht mehr. Sie mußte von Erik Abschied nehmen, und vielleicht begriff er nicht einmal, wie ernst es war. Was verstand schon ein junger, in Sicherheit aufgewachsener Schwede von diesem Ernst? Sie sah Eriks schmales jungenhaftes Gesicht vor sich mit dem glatten blonden Haar unter der weißen, ein bißchen schief gezogenen Studentenmütze. Sie hörte ihn lachen, sein gemütliches, ein wenig leichtherziges Lachen. Und sie hörte ihn sorglos sagen: »Es wird sich schon finden, Schatz. Alles findet sich, du wirst sehen.« Nein, sie würde es nicht sehen. Sie würde in ein Schiff verfrachtet werden mit tausend anderen baltischen Flüchtlingen, die vier, fünf oder drei Jahre hier gelebt und sich sicher gewähnt hatten in diesem ruhigen, wohlhabenden, demokratischen Land.

»Aber hier herrscht doch auch Mangel an Arbeitskräften!« fuhr sie auf. »Weshalb schicken sie uns dann weg?«

»Die Schweden haben Angst«, sagte Konstantin schroff.

»Angst? Die brauchen doch keine Angst zu haben.«

»Sie haben aber welche. Natürlich nicht gerade um ihren Kopf – so wie wir. Aber jede Diplomatie ist beeinflußt von Intrigen und Bedrohungen. Und die schwedische Regierung ist wie ein Klub kleiner Jungen, die sich aus lauter Angst vor dem großen Buhmann in die Hosen machen.«

Seine Stimme klang verächtlich. Doch plötzlich lachte er. Das paßte besser zu ihm als Wut oder Bitterkeit. Es war seine Art, über die Dinge zu lachen und sich dann zur Wehr zu setzen.

»Es gibt jetzt nicht viel zu lachen«, sagte Andreja. Ihr feingeschnittenes Gesicht nahm einen scharfen Ausdruck an, der sie älter als 23 Jahre erscheinen ließ.

»Ich lache aber«, entgegnete Konstantin heftig. »Ich werde lachen über alle Angst, alle Papiere, über alle Engherzigkeit und allen Kleinmut hier auf der Welt. Ich lasse mich nicht unterkriegen, und ihr sollt das auch nicht. Wir verschwinden. Wir tauchen unter. Wir werden alles tun, damit wir wir selber bleiben können!«

»Es ist die Frage, ob wir selber überhaupt so wichtig sind«,

15

warf Maja leise ein. Sie fürchtete sich vor einem Abenteuer, das nicht gut ausgehen konnte. Wenn die Schweden einen hinauswarfen, dann warfen sie einen hinaus. Höflich und unerbittlich. Die Buchstaben A bis G waren schließlich schon fort. Buchstaben! Nein, lebendige Menschen waren es, lebendige junge und alte Menschen mit ihren Wünschen und Ängsten. Vor allem mit Ängsten. Auf ein paar Frachtschiffen kehrten sie zurück an den »heimischen Herd« in das besetzte und bewachte Vaterland. Aber es gab kein Vaterland mehr. Estland bestand nicht mehr. Es war von der Karte weggewischt. Es war aufgelöst. Von dem großen Rußland aufgeschluckt, in der Union der Sowjetrepubliken aufgegangen, nachdem es vier Jahre lang von der deutschen Wehrmacht besetzt gewesen war.

»Wenn wir doch niemals frei gewesen wären!« sagte sie nachdenklich.

»Hör auf!« rief Konstantin. »Was soll dieses Gerede!«

»Die Schweden verstehen uns nicht!« meinte Andreja.

»Das können sie auch gar nicht«, erwiderte Konstantin. »Es ist schwer, Dinge zu verstehen, die man nie erlebt hat. Das können nur wenige. Und die werden meist nicht glücklicher dadurch. Wenn man alles versteht, leidet man unter dem Leid der ganzen Welt.«

»Was sagt denn Erik zu alldem?« fragte Maja plötzlich.

Das junge Mädchen zuckte die Achseln. »Er ist lieb und teilnahmsvoll. Aber verstehen wird auch er unsere Not niemals.«

»Er arbeitet hart«, sagte Konstantin.

»Ja, aber es dauert noch vier Jahre, bis er fertig ist. Und ich will nicht, daß er meinetwegen mit dem Studium aufhört.

Da würde sein Vater wohl auch einen Riegel vorschieben.«
Andrejas Gesicht, das eben noch geleuchtet hatte, war jetzt
wieder hart, härter als zuvor. Sie wappnete sich, sie wollte
nicht weich und verzagt sein, und vor allem kein Ballast für
Erik, den jungen Medizinstudenten, der sie in diesem Jahr im
Südkrankenhaus so erfolgreich umworben hatte. »Ich gehe«,
beschloß sie, »und zwar so rasch wie möglich. Ich will nicht
noch drei Monate wie eine Bettlerin hier herumhängen!«
Und mir das Herz zerreißen lassen, dachte sie.

Konstantin schlug mit beiden Fäusten auf den Tisch. »Du
fährst nicht!« rief er laut. »Keiner von uns fährt! Wir werden schon einen Weg finden. Laß mir nur Zeit!«

»Ich werde Kaffee machen«, sagte Maja leise und setzte
das Wasser auf. Sie brauchte keine zwei Schritte dafür zu
tun.

»Es ist bequem, alles so dicht beisammen zu haben«, meinte Andreja, um etwas zu sagen.

»Sehr bequem«, erwiderte Maja mit leisem Spott. »Viel
einfacher, als wenn man beispielsweise immer erst aus einem
Zimmer in die Küche laufen müßte. Stell dir das mal vor!«
Sie lachte plötzlich, und Andreja lachte mit. So wirkte sie
plötzlich wieder ganz jung.

»Ja«, sagte Maja, »ich könnte mir jetzt überhaupt nichts
Schlimmeres denken, als wieder ein Haus zu haben wie früher, ein ganzes Haus mit richtigen Schlafzimmern und einem
Bad und einer Küche...«

»Vergiß den Vorratskeller nicht!« sagte Andreja.

»Ach ja, dieser schreckliche Vorratskeller!« sagte Konstantin. »Aimi ist einmal durch die Luke gefallen, die nach
unten in den Keller führte. Sie war damals drei Jahre alt. All

17

die verflixten Regale mit den Äpfeln und den Weckgläsern dort unten. Weißt du noch?«

»Ob ich es noch weiß?« fragte Maja plötzlich leise, und das Lachen verschwand aus ihrem schmalen blassen Gesicht. »Ob ich es noch weiß? Ich werde es, solange ich lebe, nicht vergessen. Und du bist mit Armen voll frisch gehacktem Brennholz hereingekommen und hast immer die Tür offengelassen, so daß wir den Garten und die Beerensträucher unter dem Schnee sehen konnten.«

»Und in der Ferne den Hafen. Hinter der verschneiten Ebene mit den kahlen Erlen und der kleinen Holzbrücke konnte man den Fluß sehen, verschneit und zugefroren. Aber die Eisbrecher hielten die Fahrrinne offen, und nachts hörten wir Sirenen heulen. Ach was! Lauter Unsinn!« schloß er plötzlich. »Wir wollen nicht sentimental werden. Nimm dir lieber Andreja zum Vorbild!«

Nein, sentimental war Andreja niemals. Sie konnte es sich nicht erlauben. Sie sprach niemals von früher oder von zu Hause. Auch nicht über ihre Brüder, von denen der eine geflüchtet war – niemand wußte, wohin – und der andere gefallen, in den deutschen Linien. Man hatte ihn zum Wehrdienst gezwungen. Ihr Vater, ein bekannter, links eingestellter Journalist, war von den Deutschen weggeschleppt worden und drei Monate später »an Lungenentzündung verstorben«. Ihre Mutter hatte sich totgeschuftet. Die Kräftigste war sie nie gewesen, und Andreja glaubte, daß sie nicht mehr hatte leben wollen. Sie selbst war anders. Sie glich mehr ihrem Vater. Wenn es sein mußte, würde sie um ihr Leben kämpfen.

Maja brühte den Kaffee auf. Konstantin zog tief den Duft

ein. »Gut«, sagte er und rieb sich die Hände. Weiter sagte er nichts. Doch er dachte an früher, wie es war, wenn er nach einem Arbeitstag an Bord nach Hause kam. Wenn es stürmisch gewesen war oder neblig oder Eisgang, der die Lotsenarbeit besonders schwierig machte, obwohl er den Hafen und die Flußmündung wie seine Tasche kannte – wie gut war es dann, heimzukommen und den Geruch von Kaffee, Holzfeuer und trocknenden Kinderkleidern einzuatmen. Für die großen Schiffe hatte er nicht allzuviel übrig, treibende Magazine nannte er sie. Sein kleines tanzendes Lotsenboot dagegen liebte er. Doch was er am allermeisten liebte, war sein Haus mit seiner jungen Frau und den beiden Kindern.

»Und genauso will ich es wiederhaben«, brummte er zwischen den Zähnen.

»Was willst du wiederhaben?« fragte Andreja.

Er beachtete ihre Frage nicht, stand auf und ging mit drei Schritten zum Fenster, wo er nach draußen in die Finsternis schaute. Der Himmel war dicht bewölkt, und vergebens suchte er die bekannten Sternbilder. Es waren übrigens nicht die Wolken, die ihm zu schaffen machten, sondern die Menschen. Diese wunderlichen, verständnislosen, unschuldig grausamen Menschen, von denen ein paar tausend hier in dem Stadtkern von Stockholm wohnten, über dessen Dächer er hinwegschaute. Vom Turm der Großkirche begann es zehn zu schlagen. Nach zwei Schlägen fing auch die Riddarholmskirche auf der anderen Seite an. Hinter vielen Dachfenstern brannte Licht. Dort saßen die Menschen in Sicherheit – niemand würde sie verjagen.

»Aber was weiß ich davon!« warf er sich vor. »Jeder Mensch hat sein eigenes Glück und sein eigenes Unglück. Ich

19

bin Flüchtling, aber ich habe Maja und die Kinder.« Er wandte sich um.

»Hat Andreja eigentlich ihre Fleischklößchen schon bekommen?« fragte er. »Majas Chef ist nämlich großzügig.« Er lachte. »Morgen bekommt sie kalte Pfannkuchen mit. Die gibt's donnerstags immer. Und Erbsensuppe, wenn davon etwas übrigbleibt.«

»Ich habe für Aimi und Heino Gummistiefel gekauft«, berichtete Maja. »Bei diesem Wetter...«

In den Straßen Stockholms lag brauner Schneematsch; in der letzten Woche hatte es abwechselnd geschneit, getaut und geregnet. Richtiges Aprilwetter.

»Sind eure Kinder auch erkältet?« fragte Andreja.

»Nein, das sind Bären«, erwiderte Konstantin stolz.

Maja stellte drei Tassen Kaffee auf den Tisch. Andreja bekam außerdem einen Teller mit ein paar Scheiben Brot und zwei Fleischklößchen, mit sauren Gurken und roten Rüben. Andreja blickte dankbar auf. Nicht, weil sie Hunger gehabt hätte – das Essen im Krankenhaus war ausreichend –, sondern wegen der Herzlichkeit dieser Familie, bei der sie immer Trost und Wärme suchen konnte.

Schweigend tranken sie ihren Kaffee. Das Gespräch über Fleischklößchen und Gummistiefel war gezwungen gewesen. Jeder wußte vom anderen, was ihn bewegte.

Konstantin stellte seine Tasse hin. »Und doch gehen wir nicht zurück!« sagte er zum soundsovielten Mal, nun jedoch so gelassen, daß Maja und Andreja anfingen, ihm zu glauben.

Andreja starrte auf das dunkle Fenster, und ihr Herz begann heftig zu klopfen.

»Ich gehe noch mal zu August«, sagte Konstantin und stand auf. »Dann kann ich Großmutter gleich mit zurückbringen.«

Die Laidoners wohnten nicht weit, auch in einem Dachgeschoß, in einer Gasse, die auf den Fischmarkt führte. Großmutter, die von allen liebevoll Grochen oder Omi Kompus genannt wurde, ging häufig zu ihnen. Dort stopfte sie Strümpfe und erzählte Jaan dabei Geschichten. Der Junge war elf, aber kaum größer als ein Sechsjähriger, und das bereitete ihm viel Kummer. Es war gerade, als ob aller Wachstum in die anderen Laidoners geschossen wäre: in Max, der fünfzehn war, und in die siebzehnjährigen Zwillinge Harry und Gunvor. Auch die Eltern waren große, gutaussehende Menschen. Auf der Straße schaute man ihnen oft nach. Dem kleinen Jaan freilich auch, weil er einen seltsamen, häßlichen Kopf hatte und so winzig war.

Jaan freute sich immer sehr, wenn Omi Kompus kam. Sie war wenigstens auch klein und, ehrlich gesagt, auch ziemlich häßlich – wie ein kleiner Apfel, den man zu lange aufbewahrt hat und der ganz zäh und runzlig geworden ist. Omi Kompus trug eine kleine Brille mit einem Stahlgestell. Um den Steg zwischen den beiden Gläsern hatte sie einen grauen Wollfaden gewickelt, weil der Steg ihr sonst zu sehr in den Nasenrücken schnitt. Trotzdem hatte sie, wie Jaan wußte, eine feuerrote Furche auf der Nase. Die Stahlbrille war genauso stabil, klein und grau wie die zusammengeschrumpfte Großmutter. Ob Omi Kompus wirklich nett war, wußte Jaan eigentlich nicht. Sie konnte zum Beispiel nicht so freundlich lachen wie seine Mutter, aber sonst war sie ganz lustig. Man konnte mit ihr spielen, und das konnte man mit keinem von seiner Familie. Dazu waren sie alle viel zu groß.

Jaans Vater, August Laidoner, war früher ein angesehener Anwalt in Tallinn und ein bekannter Sportsmann, Besitzer einer Jacht gewesen. Er hatte ein amüsantes Buch über Segelregatten verfaßt. Jetzt knipste er Fahrkarten auf dem Fährboot, auf dem Konstantin Kompus erster Heizer war. Seine Frau Else arbeitete halbtags als Büglerin in einer Wäscherei, die »Schneeflocke« hieß und auf dem dunklen Hinterhof eines großen alten Hauses in der Västerlanggatan lag. Die Arbeit fiel ihr schwer, und sie verdiente auch verhältnismäßig wenig. Maja hatte Else schon vorschlagen wollen, an ihrer Stelle in der Milchbar zu arbeiten. Sie selbst wäre gern ganztags in die Wäscherei gegangen. Majas Chef in der Milchbar hätte eine so gutaussehende und kultivierte junge Frau wie Else Laidoner in seinem Betrieb wohl gebrauchen können. Maja arbeitete immer von zwei Uhr nachmittags bis neun Uhr abends, aber sie wollte lieber tagsüber in der Wäscherei »Schneeflocke« beschäftigt sein. Dann konnte sie zu Hause sein, wenn die Kinder nachmittags aus der Schule kamen. Elses Kinder brauchten die Mutter nicht mehr so nötig, sie waren schon groß.

»Grochen«, sagte Konstantin Kompus, als er in die niedere und zugige Bodenwohnung trat, in der die Familie Laidoner hauste, »ich wollte dich abholen, aber erst möchte ich etwas mit August besprechen. Mit euch allen übrigens. Wo sind die Kinder?«

»Jaan schläft schon«, sagte Else. »Und die drei anderen sind ausgegangen.«

»Ausgegangen? Bei diesem Hundewetter?«

»Ja. Sie wollen genauso ihr Vergnügen wie ihre Mitschüler. Die Jungen sind im Kino. Ich bin froh, daß sie wenigstens in dieser Hinsicht sorglos aufwachsen«, entgegnete Else.

»Hm«, sagte Konstantin, »ich weiß nicht recht, ob man darüber froh sein soll.«

August sah seine Frau an. Er dachte wie Konstantin. Es bedrückte ihn oft, zu sehen, wie seine älteren Kinder nach vier Jahren auf den beinahe luxuriös ausgestatteten schwedischen Schulen immer unbeschwerter und sorgloser in den Tag hineinlebten.

»Vielleicht sind sie gar nicht so unbekümmert«, sagte er voller Hoffnung. »Aber wo steckt Gunvor, wenn nur die Jungen ins Kino gegangen sind?«

»Gunvor ist mit einem Freund irgendwohin zum Tanzen gegangen«, gestand Else widerstrebend.

»Sie werden bald viel entbehren«, erklärte Konstantin düster.

»Was meinst du mit ›bald‹?« fragte August. Doch im Grunde wußte er schon, was Konstantin meinte.

»Sie haben mit K begonnen.«

»Nein!« rief Else. Sie preßte die Hände vor den Mund und schwieg. Doch ihre großen grauen Augen blickten ratlos im Zimmer umher – in diesem Zimmer, in dem sie soviel entbehrt hatte und wo sie sich jetzt am liebsten an jedem Gegenstand festgeklammert hätte.

Konstantin warf ihr einen Blick zu. Dann wandte er sich an ihren Mann: »Andreja Kaltenbrunner hat heute ein Schreiben der Fremdenpolizei erhalten. Sie lassen einem etwa drei Monate Zeit. Dann packen sie ein Schiff voll. Ich vermute, daß wir in den nächsten Tagen die gleiche Anweisung erhalten. Und ihr werdet auch nicht mehr lange zu warten brauchen. Wenn ihr Glück habt, kommt ihr erst aufs nächste Schiff und habt noch ein paar Monate Aufschub bis zur Hinrichtung.«

»Na, na, Hinrichtung ist ein bißchen stark!« warf August Laidoner ein.

»Du weißt genau, was ich meine«, sagte Konstantin und sah ihn fest an. »Du brauchst dir nichts vorzumachen. Deine ganze Vergangenheit ist verdächtig. Du bist Kapitalist gewesen. Du gehörst zu einer der führenden Familien. Obendrein hast du – genau wie wir – eine ganze Reihe von Jahren hier in Schweden verbracht. Wir sind von der westlichen Demokratie infiziert worden. Sie werden bei unserer Rückkehr nach Estland das mit uns tun, was man mit faulen Äpfeln tut – auf den Mist werfen.«

August schwieg. Else schwieg. Grochen stopfte wütend das letzte Paar Strümpfe fertig. Sie murmelte etwas vor sich hin.

»Was sagst du, Grochen?« fragte Konstantin, um die Spannung ein wenig zu lockern.

»Ich habe Mus gesagt! Mus werden sie aus uns machen.«

»Was sollen wir denn tun, Omi?« fragte Else.

»Nicht gehen!« erwiderte Grochen entschieden.

»Und was dann?«

Die alte Frau schwieg mit zusammengebissenen Zähnen.

»Siehst du, du weißt es auch nicht!« rief Else verzweifelt. »Wir sitzen in der Falle.«

Konstantin stützte sich plötzlich mit beiden Händen auf die Tischplatte und beugte sich weit vor. »Ich weiß aber was«, sagte er. »August und ich sind erfahrene Segler. Wir wissen, wie man mit einem Schiff umgeht. Ich schlage vor, daß wir unser ganzes Hab und Gut in einen Topf werfen und ein kräftiges kleines Schiff dafür kaufen, mit dem wir über den Ozean segeln können. Nach Amerika. Dann sind wir gerettet.«

»Nehmen wir einmal an, daß du lebendig über den Atlantik kämest, Konstantin. Was dann? Glaubst du, daß die amerikanischen Behörden so ein Grüppchen Landstreicher, wie wir's sind, mit offenen Armen empfangen werden? Ohne Visa? Ohne ein einziges amtliches Papier, das uns die Einwanderung gestattet? Die warten dort drüben gerade auf uns!« August schüttelte den Kopf. Er schob die Hände tief in die Taschen, streckte die Beine gerade vor sich aus und kaute auf der Unterlippe. »Ich hatte dich für vernünftiger gehalten«, sagte er. »Der Plan ist unmöglich – in jeder Hinsicht.«

Konstantin sah ihn an. Dann funkelte ein Licht in seinen fast schwarzen Augen. »Mir kannst du nicht so leicht etwas vormachen, lieber Augustin«, sagte er spöttisch. »Ich hab' dich durchschaut. Du lachst mich aus, aber du spielst in Gedanken bereits mit dem Plan. Ich kenne dich nicht erst seit gestern, Mann!«

»Ihr seid schlimmer als eine Bande großer Jungen«, sagte Grochen. »Natürlich ist es unmöglich. Aber ebenso unmöglich ist es, nach Estland zurückzugehen. Wenn wir zwischen zwei unmöglichen Dingen wählen müssen, sollten wir das Bessere von beiden nehmen. Amerika möchte ich wohl mal sehen. Mal feststellen, ob alles stimmt, was man darüber erzählt. Ich bin überzeugt, daß vieles übertrieben ist. Die Leute dort sind bestimmt ganz gewöhnliche Menschen in einem ganz gewöhnlichen Land.« Plötzlich wurde ihre Stimme leiser. »Aber gerade das möchte ich so gern. Ich würde mit Freuden sterben, wenn ich wüßte, daß die Kinder unter ganz gewöhnlichen Menschen in einem ganz gewöhnlichen Land leben dürften. Hast du wohl noch was von dieser grauen Stopfwolle, Else?«

Else hörte die Frage gar nicht. Nervös schlang sie die Finger ihrer Hände ineinander. »Wenn wir wählen müssen...« sagte sie, beendete den Satz jedoch nicht.

Konstantin lief hin und her, zufrieden mit dem, was er vorläufig erreicht hatte. Sie konnten schließlich nicht sofort ja sagen. Es war wirklich ein leichtsinniger Plan. Gut möglich, daß sie alle in den Wellen ihr Ende fanden. Oder daß sie zurückgeschickt wurden – und was dann? Aber den Gedanken an diese letzte Möglichkeit schüttelte er ab. Nein, so unmenschlich konnte man dort nicht sein. Sie würden bestimmt nicht in allerbester Verfassung drüben ankommen, darüber machte er sich keine Illusionen. Eine Vergnügungsfahrt würde es nicht werden. Sie mußten zu Opfern bereit sein, vielleicht zu großen.

»Wir brauchen noch Männer«, sagte er laut. Und er dachte: Für den Fall, daß einem von uns was zustößt.

»Wir haben drei Männer«, murmelte August.

»Wenn du kein Grau mehr hast, dann eben Schwarz«, sagte Grochen. »Es ist unten an der Ferse. Kaum zu glauben, was die Jungen zerreißen.«

»Omi, manchmal kannst du einen verrückt machen«, sagte Else.

August legte die Hand auf eine von Grochens dürren

Händen, die Vogelfüßen glichen. »Hör mal, Omi, meinst du, daß du mit der Seekrankheit fertig wirst?«

»Und wenn ich sechs Wochen in Ohnmacht liegen müßte«, erwiderte Grochen. »Und wenn ich als lebende Leiche an Land gespült werde, ich bin dafür, daß wir ein Boot kaufen. Jedenfalls, wenn wir genügend Geld zusammenkratzen können.«

»Wir haben drei Monate, um soviel wie möglich zu sparen, und wir haben gewiß alle noch etwas in Reserve. Die großen Kinder könnten von der Schule abgehen und in der Zeit, die uns bleibt, auch etwas verdienen«, sagte August. »Wir sind wahrscheinlich wahnsinnig, wenn wir's tun, aber manchmal kann man wohl nicht anders.«

»Und was geschieht, wenn wir uns weigern, zurückzugehen?« fragte Else.

»Dann werden wir nach viel Ärger von der Polizei aus dem Land befördert, das heißt also, an Bord eines Flüchtlingsschiffes gesteckt. Und drüben im Osten werden sie uns bestimmt einen warmen Empfang bereiten. Dort fehlt es an Arbeitskräften. Sie können uns also gut gebrauchen. Auch dich, Else, und die Kinder. Und glaub ja nicht, daß wir zusammenbleiben! Wir werden grau darüber werden, ehe einer vom anderen erfährt, wo er ist. Mach dir also keine Illusionen!« August sprach hart, härter, als er es eigentlich wollte. »In deren Augen taugen wir nichts«, sagte er. »Und sie taugen nichts in unseren Augen. Und dabei sind wir doch alle Menschen. Großer Gott, welch ein Wahnsinn!« Er stand auf. Nun liefen beide Männer durch den Bodenraum hin und her.

Behutsam öffnete sich die Tür, und der kleine Jaan stand

auf der Schwelle. Verwirrt blinzelte er ins Licht. Er strich sich mit beiden Händen über die zu große gewölbte Stirn und durch den struppigen Haarschopf. »Was macht ihr denn alle?« fragte er.

»Geh nur rasch wieder ins Bett, Jaan«, sagte seine Mutter. »Wir müssen über etwas nachdenken.«

»Aber ihr denkt so laut«, entgegnete der Junge. Er lehnte am Türpfosten, einen nackten Fuß auf den anderen gestellt. »Das finde ich nicht schön.«

»Sind deine Strümpfe für morgen heil, Jaan?« erkundigte sich Grochen.

»Das kann ich mir eigentlich nicht vorstellen, Omi.«

»Dann will ich mir die auch noch schnell vornehmen«, sagte die alte Frau. »Hol sie mir rasch!«

»Aber erst möchte ich wissen, worüber ihr redet«, wandte der Junge ein. Die Spannung, die er im Zimmer spürte, machte ihn offensichtlich unruhig.

»Es wird Frühling«, sagte Grochen. »In einem Monat blühen die Buschwindröschen. Es wird also Zeit, Sommerpläne zu machen.«

»Sommerpläne?« fragte Jaan ungläubig.

»Genau«, entgegnete Konstantin. Dann setzte er sich den Jungen auf die Schultern, lief einmal mit ihm durchs Zimmer und sang: »Im Sommer wollen wir fahren, im Sommer wollen wir gehn...«

»Klasse«, sagte Jaan. »Aber...« Er sah sich zweifelnd im Kreis um. »Warum guckt ihr dann so komisch?«

»Was du so komisch nennst!« sagte Konstantin. »Ich habe noch nie soviel gesunden Menschenverstand auf einmal gesehen. Hau ruck! Und nun ab mit dir! Ins Bett, junger Mann!

Ohne Gnade! Und du laß die Strümpfe doch liegen, Grochen!«

»Ich denke nicht daran«, entgegnete die alte Frau. »Möchtest du etwa mit einem lecken Boot fahren?«

Und als sich Konstantin, den Kleinen auf den Schultern, in der Tür bückte, rief sie: »Bring sie mit!«

Als er zurückkam, hielt er zwei Strümpfe zwischen Daumen und Zeigefinger. Dicht vor Grochen blieb er stehen. »Aber eins sage ich dir, Omi Kompus! Auf dem Schiff wirst du nicht Kapitän!«

»Das kommt noch drauf an«, entgegnete die alte Frau. »Manchmal braucht ihr dringend eine straffe Führung.«

»Was geschieht, wenn wir fliehen – ich meine, hier in Schweden?« fragte Else.

»Sie sperren uns sofort ein«, sagte August.

»Und wenn wir uns in den Wäldern verstecken? Oder nach Norwegen gehen?« drängte sie weiter.

»Undenkbar! Stell dir doch mal vor, wie dein Leben – unser Leben und das der Kinder – dann verlaufen würde! Immer auf der Flucht, ohne Unterkunft, ohne Verdienst, ohne Papiere. Großer Moses, all die Papiere, ohne die man nicht leben kann!«

»Für Amerika haben wir doch auch keine Papiere, nicht mal ein Visum«, entgegnete Else.

»Dort bringen sie's bestimmt nicht übers Herz, uns zurückzuschicken. Nachdem wir unser Leben aufs Spiel gesetzt haben, um hinzukommen«, warf Konstantin leidenschaftlich ein. »Ich kann einfach nicht glauben, daß sie so etwas tun.«

»Wir setzen also unser Leben aufs Spiel?« fragte Else.

29

»Ganz gewiß!« erklärte August fest. »Wir setzen unser Leben aufs Spiel. Aber es ist unsere einzige Chance, noch etwas Gutes daraus zu machen. Für uns und die Kinder! Konstantin!« Er streckte die Hand aus, ergriff die Hand des Freundes und wollte etwas sagen. Doch plötzlich fand er keine Worte. Er drehte sich um, lief ruhelos hin und her und stand dann, den anderen zugewandt, in der dunkelsten Ecke des Zimmers. »Konstantin«, sagte er heiser. »Ich bin einverstanden. Wir müssen es tun. Es ist die einzige Möglichkeit. Und wenn wir beide an Bord sind, haben wir eine vernünftige Chance. Wir sind keine Anfänger, wir beiden. Von jetzt an werfen wir alles in einen Topf, damit wir ein Boot kaufen können.«

Konstantin schluckte. Er freute sich mehr über Augusts Zusage, als er zeigen konnte. Außerdem wußte er, daß die Laidoners weit mehr auf der hohen Kante hatten als Maja und er. August und seine Familie waren damals mit einigen anderen auf der eigenen Jacht über die Ostsee gesegelt, um in Stockholm Zuflucht zu suchen. Danach hatte August seine Jacht verkauft. Es war ein schönes Schiff, und er hatte einen guten Preis dafür erzielt. Sowohl er als auch Else gingen sparsam mit Geld um und hatten bestimmt dafür gesorgt, daß sie eine Reserve für Notfälle behielten.

Konstantin stockte die Stimme, als er sagte: »Ich habe weniger als ihr, August.«

Der andere sah ihn entrüstet an. »Hör mal!« sagte er. »Komm mir bloß nicht damit! Wir geben alles, was wir haben. Das ist für jeden das gleiche. Verstanden?«

Sie standen sich gegenüber und sahen einander schweigend an.

»Und dann noch etwas«, sagte Konstantin zögernd. Es fiel

30

ihm schwer, zu sagen, was er sagen wollte. Aber es mußte sein. Noch immer schauten sie sich prüfend in die Augen. Sie glaubten, einander durch und durch zu kennen, und doch war da jetzt dieses Zögern.

Konstantin wollte fortfahren, doch bevor er das erste Wort aussprechen konnte, kam August ihm zuvor: »Ich weiß, was du sagen willst. Einer muß Kapitän auf dem Schiff sein. Und das bist du? War es das?«

Konstantin nickte.

»Es war dein Beruf«, fuhr August fort. »Für mich ist es immer nur ein Vergnügen gewesen. Du sollst Kapitän sein.«

Konstantins Gesicht war tiefrot geworden. Er fühlte, daß seine Ohren glühten. »Danke, August«, sagte er. »Du bist...« Aber er konnte nicht weitersprechen. Seine Stimme war nicht in Ordnung. Er packte August am Arm und schüttelte ihn.

Else schluchzte plötzlich auf. Sie schlug die Hände vors Gesicht.

»Ich denke... Ich erwarte, daß jeder von uns dem anderen zur Seite steht«, sagte Konstantin.

August lächelte. »Jawohl, Kapitän«, erwiderte er.

»Verrückte Jungen!« sagte Grochen. »Was verkriecht ihr euch dort in der dunklen Ecke und macht euch gegenseitig Komplimente, bis ihr beide rote Ohren habt! Kommt her und setzt euch hier an den Tisch, damit wir Nägel mit Köpfen machen können. Deine alte Mutter hat auch noch was auf der hohen Kante, Konstantin Kompus. Den goldenen Schmuck von deiner Großmutter. Ich hab ihn immer vor dir versteckt. Aber jetzt... So, und nun höre ich auf.« Auch die Strümpfe des kleinen Jaan waren für den nächsten Morgen bereit. »Else, vergiß nicht, neue Stopfwolle zu kaufen!«

»Ich koche uns noch einen Kaffee«, sagte August und fing an, in der winzigen Küche, die durch einen Vorhang vom Zimmer abgeteilt war, herumzuklappern. Else lief ihm nach. Sie legte ihm eine Hand auf die Schulter und lehnte die Stirn einen Augenblick an seinen Oberarm. Er wandte sich ihr zu, sah sie an und legte die Arme um sie.

»Es ist ja nicht, daß ich Angst habe«, sagte sie schluchzend. »Ich will auch, was ihr wollt. Aber warum ist alles so ... so, wie es ist?«

Er schob sie ein wenig zurück und faßte sie an den Ellbogen, während sie die Hände gegen seine Brust drückte. Er öffnete den Mund – und es war, als ob er etwas Besonderes sagen wollte. Doch dann kam nur ein heiserer Laut und danach leise: »Das weiß ich auch nicht.« Und noch leiser: »Das weiß wohl keiner von uns.«

Konstantin sah die alte Frau am Tisch an. Doch diesmal hatte sie nichts zu sagen. Sie beugte nur die Hände noch ein wenig tiefer.

Auf der Treppe klangen Schritte.

August und Else ließen einander los. »Das sind die Großen«, sagte Else. Die drei ältesten Kinder wurden immer »die Großen« genannt. Und Jaan war der »kleine Jaan«.

Doch es waren nur Gunvor und ihr Freund, ein Siebzehnjähriger mit schütterem Flaum auf der Oberlippe und einer brennenden Zigarette zwischen den Fingern.

»Hier ist ein Aschenbecher. Darin können Sie das Ding ausdrücken!« sagte Grochen bissig. Was hatten die jungen Leute heutzutage für Manieren!

»Habt ihr einen netten Abend gehabt?« erkundigte sich

Else, die hinter dem Vorhang hervorkam, während August an dem Gaskocher hantierte.

»O ja«, sagte das Mädchen und schüttelte die blonden Haare.

»Die Musik war nicht schlecht«, sagte der junge Mann.

»Es freut mich, das zu hören«, entgegnete Konstantin.

Der Junge sah ihn befremdet an. Er wußte nicht, ob er zum besten gehalten wurde. »Am liebsten tanze ich Slowfox«, sagte er.

»Weil du faul bist«, neckte ihn Gunvor. »Je langsamer, desto besser.«

»Ich muß mich verabschieden«, sagte der Junge.

»Vater macht gerade Kaffee«, erwiderte Gunvor und schnupperte.

»Ich muß leider wirklich gehen«, sagte der Junge. Er war rot geworden und ärgerte sich darüber. »Ich habe noch zu arbeiten«, setzte er gewichtig hinzu.

»Aha«, sagte Konstantin. »Das höre ich gern. Glücklich die Jugend, die an ihrer Zukunft bauen kann!«

»Du warst ja so sonderbar, Onkel Konstantin«, sagte Gunvor, nachdem sie ihren Freund hinausbegleitet hatte.

Ihr Vater kam mit dem Kaffee. »Das ist das letzte Mal, daß wir Kaffee trinken«, verkündete er. »Die Dose ist leer. Und die nächste Kaffeezuteilung werden wir verkaufen.«

»Wir wollen sparen«, sagte Else.

»Wofür?«

»Wir wollen alle zusammenlegen, damit wir im Sommer wieder segeln können«, erklärte ihr Vater. »Alle gemeinsam. Familie Kompus macht auch mit. Und Omi wird Leichtmatrose.«

»Das klingt gerade, als ob ihr was getrunken hättet und nicht wir«, sagte Gunvor verwundert.

»Wir haben vom Brunnen der Hoffnung getrunken«, entgegnete August.

»Nun mal ohne Scherz, Vater! Was habt ihr vor?« fragte Gunvor.

August wurde plötzlich todernst. »Ich will es dir erklären. Wir versuchen, unsere Haut zu retten.«

Konstantin stand auf. »Ist es dir recht, wenn Grochen und ich uns erst verabschieden? Besprich das lieber allein mit den Großen.« Er warf einen Blick auf das Mädchen. Es wird ihr schwer genug werden, dachte er. Für die Jungen ist es vielleicht anders. Aber sie hat einen Freund – genau wie Andreja. Abschiednehmen ist schwer. Das wissen wir alle nur allzugut. Er legte einen Augenblick seine schwere und nicht ganz saubere Hand auf die schmale Schulter des Mädchens. Nur Haut und Knochen, dachte er. Doch er sagte: »Hoffentlich bist du der gleichen Ansicht wie wir, Gunvor. Gute Nacht miteinander.«

Das Mädchen schaute ihm und Grochen nach, und plötzlich stieg Furcht in ihre Augen. Als sie mit den Eltern allein war, fragte sie in panischer Angst: »Müssen wir weg?«

»Es ist soweit«, sagte August Laidoner. »Sie haben jetzt mit dem Buchstaben K begonnen. Wir haben vermutlich noch drei Monate.«

Das Mädchen warf sich über den Tisch, legte den Kopf auf die Arme und schluchzte.

»Aber wir kehren nicht nach Estland zurück. Wir fahren nach Westen«, sagte der Vater.

Doch das änderte nichts. Wie, warum und wohin, das war

ihr gleich. Das Entsetzliche war, daß sie wegmußte. Und sie schluchzte und schluchzte, als ob ihr das Herz jetzt schon bräche.

August wollte weitersprechen, doch der Blick seiner Frau hielt ihn zurück: Nicht alles auf einmal! Und so blieben sie still sitzen.

Draußen gingen Konstantin und Grochen durch die schmalen dunklen Straßen der Altstadt. Er hob seine Mutter über die großen Pfützen, denn sie hatte keine heilen Schuhe. »Manchmal tut mir die Jugend so leid«, flüsterte die alte Frau. »Die Kinder wollen immer eine Antwort auf ihr Warum haben.«

»Gott sei Dank!« brummte Konstantin. »Wo kämen wir hin, wenn wir nicht mehr fragten?«

Sie überquerten die Straße. Er legte wieder den Arm um sie und schwang sie über eine Pfütze von braunem Matsch vor dem Bordstein. »Das geht ja noch ganz gut, Grochen!« sagte er mit mühsamem Lachen.

»Die Polka habe ich zu meiner Zeit sehr ordentlich getanzt«, sagte sie. »Aber ob ich auch gute Seebeine habe – was meinst du?«

Er lachte plötzlich unbeschwert und gab ihr einen Kuß, mitten unter einer Laterne.

2

»Konstantin hat ein Boot gefunden!« Maja kam, um es zu berichten, denn Konstantin hatte Nachtdienst.

»Er hat schon so viele Boote gefunden«, erwiderte Else. »Sie waren alle zu teuer.«

»Dieses können wir bezahlen, sagte er.«

»Das ist gut«, brummte August, der dabei war, unter ein Paar Stiefel von Jaan Gummisohlen zu kleben. »Es wird höchste Zeit.«

»Die drei Monate sind noch lange nicht um«, warf Maja ein.

August schaute von seiner Arbeit auf. »Du weißt genauso gut wie wir alle, daß wir die gute Jahreszeit auf See nicht verpassen dürfen.«

Ja, das wußten sie alle. Sie wußten es viel zu gut. Gerade darüber hatten sie immer wieder gesprochen. Sie durften das Frühjahr nicht zu weit verstreichen lassen, denn sonst erreichten sie die amerikanische Küste zur Zeit der Stürme. Obendrein brauchten sie viel Zeit, um bis zum Äquator zu gelangen. Dort sollten ihnen die Passatwinde helfen, den Atlantik zu überqueren. Die Passatwinde...

»Ich werde noch einmal von diesen Passatwinden träumen«, sagte Else. »Es sieht wahrhaftig so aus, als ob unser Leben ausschließlich von ihnen abhinge.«

August schaute wieder auf. »Das tut es auch«, sagte er.

»Wo hat Konstantin das Boot denn gefunden?« fragte er Maja.

»In Nynäshamn«, erwiderte sie. »Es ist ein altes Schiff, aber Konstantin sagt, es taugt was.«

»Wie alt?« fragte August.

Maja zögerte einen Augenblick. »Fünfundfünfzig Jahre«, sagte sie dann. »Nach Angabe des Eigners.«

August schwieg, und Else hob die Schultern.

»Konstantin sagt, wir müßten dieses Boot nehmen«, fuhr Maja jetzt mit fester Stimme fort. »Es ist seetüchtig, sagt er. Es liegt wie ein Schwan auf dem Wasser.«

Else lachte schrill. Doch Maja biß sich auf die Lippen und beherrschte sich. Wenn ich mich jetzt schon über so eine Kleinigkeit ärgere, wie soll es dann nachher gehen, wenn wir zusammen an Bord eines kleinen Schiffes leben müssen, vielleicht mehrere Monate lang? dachte sie. Sie sah jetzt nur noch August an. Das Kleben der Sohlen schien ihm Mühe zu machen. Er schaute mit gerunzelter Stirn auf seine Arbeit, während er sagte: »Ein Boot soll nicht auf dem Wasser liegen, Maja, sondern im Wasser. Das weiß Konstantin aber ebenso gut wie ich. Er wird wohl Gründe haben, wenn er so darüber spricht.«

»Er fragt, ob du Freitag mitkommen kannst, es dir ansehen«, fuhr Maja fort. »Dann habt ihr beide dienstfrei. Es ist eine Stunde Fahrt mit dem Zug.«

»Das geht in Ordnung«, entgegnete August, ohne aufzuschauen.

Als Maja weg war, sagte Else langsam: »August, wir sind alle Nervenbündel geworden durch die Spannung.«

»Ja«, gab er zu. »Wir müssen etwas dagegen tun.«

»Aber was?«

»Ich weiß es nicht. Vielleicht wird es besser, wenn wir erst mal ein Boot haben. Dann können wir das Datum der Abreise festlegen und Pläne machen. Handeln ist immer besser als warten.«

Else seufzte. »Mit den Kindern ist es auch kaum noch auszuhalten«, sagte sie.

Nun schaute August ärgerlich auf. »Du darfst nicht ungerecht sein«, hielt er ihr vor. »Gunvor hat Kummer. Und die Jungen sind aus dem Gleichgewicht geworfen. Können sie etwas dazu?«

»Wir hätten sie nicht von der Schule nehmen dürfen, um sie die kurze Zeit arbeiten zu lassen«, sagte Else bitter. »Es kommt ja wohl kaum auf die paar hundert Kronen an, wenn wir doch zu arm sind, um ein gutes Boot zu kaufen?«

Plötzlich schlug August mit der Faust auf den Tisch, daß Jaans Stiefel zu Boden fielen, und fluchte. Beide sprangen auf und standen sich blaß gegenüber.

»August!« flüsterte sie entsetzt.

Hilflos stand er da, die Arme hingen schlaff zu beiden Seiten herunter.

Else umarmte ihn.

»Ich werde so etwas nicht wieder sagen«, versprach sie. Ihre Stimme bebte.

»Nein, Kind, das ist auch besser«, sagte er müde.

Sie saßen sich in dem kleinen Bummelzug gegenüber: Konstantin und August, der kleine Jaan und Grochen. Sie wollten sich das Boot ansehen. Der Zug hielt an jeder Station. Überall stiegen fröhliche Menschen aus, in Sportkleidung mit

Angelgerät und in Segelschuhen. Hier und da roch es schon nach Salzwasser und Teer, obwohl man nur Felsen und Wald sah. Gewaltige, moosbewachsene Felsblöcke lagen grau und verwittert unter dem jungen Grün der Birken. Die silbrig-weißen Stämme, manche hoch aufragend, andere vom Wind gebeugt, hoben sich anmutig von den dunklen, blauschwarzen Fichten ab. Und auf dem Boden verdrängte das junge Laub der Kronsbeersträucher, frisch und hellgrün, alles, was noch an Herbst und Winter erinnerte.

»Die Zeit der Buschwindröschen ist schon wieder vorbei«, sagte Grochen seufzend zu Jaan.

Der Junge nickte. Die Buschwindröschen interessierten ihn nur mäßig. »Ich wünschte, wir gingen angeln!« sagte er. »Wie der Herr dort.« Er zeigte auf einen kleinen dicken Mann mit violettrotem Nacken unter einer neuen weißen Seglermütze, der sich von einem Jungen das Angelgerät nachtragen ließ. Gemeinsam verschwanden sie um die Ecke des Bahnhofsgebäudes aus rotem Holz. Unter ihren Füßen knirschte der Kies. Der Zug fuhr weiter.

»An Bord können wir uns selber Angelgerät basteln«, unterbrach Konstantin die Stille.

»Ich weiß ein herrliches Rezept für Hecht«, sagte Grochen.

»Hecht ist ein Süßwasserfisch, Omi Kompus«, erwiderte August lächelnd. »Besser, du denkst dir ein Rezept für Haie aus.«

»Ich habe mehr Vertrauen zu dem Hering in Dosen, den wir mitnehmen können«, sagte Konstantin.

»Ich werde euch genau sagen, was ich davon halte!« rief Grochen. »Ihr braucht euch nämlich nicht einzubilden, daß ihr die Weisheit gepachtet habt! Daß wir so viele Dosen Kondensmilch hamstern und den ganzen Reis, den wir beschaffen können, ist gut und schön, auch Kartoffeln und Knäckebrot, und von mir aus auch Hering in Dosen – wenn er auch schändlich teuer ist. Meinetwegen, aber daß jeder Heller auf die Seite gelegt wird und daß ihr und eure Kinder nicht mehr vernünftig eßt in dieser Zeit, damit bin ich gar nicht einverstanden. Und wenn ihr euch auf den Kopf stellt und zehnmal sagt, wie sehr wir das Geld brauchen, ich sage euch eins: Unsere Gesundheit werden wir auch bitter nötig haben.«

Sie blickte auf die blasse gewölbte Stirn des kleinen Jaan hinüber, der alles mit anhörte.

»Und wenn ihr nicht eine ganze Menge Lebertran kauft, dann kriegt ihr mich nicht mit!« drohte die alte Frau. »Lebertran, sage ich euch!« wiederholte sie bissig.

Jaan verzog angewidert das Gesicht, doch Konstantin entgegnete: »Das hat Maja auch schon gesagt. Gut, Grochen, wir werden dich in Lebertran schwimmen lassen.«

»Und es ist billig, das Zeug«, erwiderte die alte Frau, zufrieden über ihren Sieg. »Ich werde schon drauf achten, daß ihr ihn nehmt! Große dumme Kinder, das seid ihr doch alle!« Sie versetzte ihrem kleinen schwarzen Hut einen Schubs und rückte ein wenig zur Seite.

»Du mußt ihn selber aber auch trinken, Omi«, sagte Jaan und blinzelte seinem Vater altklug zu. »Wenn du ihn nicht nimmst, tu ich's auch nicht. Und wenn du dich auf den Kopf stellst!«

»Du meine Güte! Was für Redensarten! Wo hast du die denn her?« erwiderte die alte Frau.

»Das weiß ich nicht«, sagte Jaan und schaute mit unschuldigem Gesicht aus dem Fenster.

»Wir sind gleich da«, sagte Konstantin. Er war nervös. Was für einen Eindruck würde sein Boot auf August machen, der an teure ranke Jachten gewöhnt war? Doch er selber hatte auf den ersten Blick Gefallen an diesem kräftigen Boot mit den runden, vertrauenerweckenden Formen gefunden. Es war ein stabiles, gut und solide gebautes Fahrzeug. Ursprünglich hatte es als eine Art Luxus-Familienschiff für Vergnügungsfahrten zwischen den Stockholmer Schären und dem Bottnischen Meerbusen gedient. In diesen Gewässern konnte es manchmal unangenehm stürmisch werden. Dort fuhr man besser nicht in einer zusammengeschusterten Nußschale auf See hinaus.

»Schnell wird das Boot nicht sein«, sagte er zu August. »Höchstens vier, fünf Knoten vor dem Wind, mehr wird es nicht schaffen. Aber ich habe Vertrauen zu ihm – auch wenn es keinen schweren Kiel hat, wird es nicht leicht kentern. Ich habe mal eine Tante gehabt...« Er starrte abwesend vor sich hin. »Sie hatte breite Hüften und konnte Zimtplätzchen backen. Sie setzte sich immer für einen ein, ob man was ausgeheckt hatte oder nicht. Und wenn man den Schnee von ihrem Weg wegschaufelte, kriegte man Bratäpfel mit Rosinen, und sie spitzte einem die Bleistifte so geschickt, daß sie niemals abbrachen. So eine Tante war das, und so ein Boot ist dies.«

»Ich sehe schon«, sagte August, »du hast dein Herz an dieses Boot gehängt.«

»Das habe ich nie geleugnet«, erwiderte Konstantin. »Aber ich hoffe, daß du's verstehen wirst.«

»Wie heißt die Tante?« fragte Jaan. »Wo wohnt sie?«
August lachte. »Er will gleich zu ihr!«

Doch Konstantins Gesicht verdüsterte sich. Konnte er
Jaan erzählen, daß sie in einem kleinen, gelb gestrichenen
Haus gewohnt hatte und ihr Mann Jagdaufseher bei einem
Großgrundbesitzer gewesen war? Daß sie den alten, halb-
blinden Baron versteckt hatten, als die Russen im Jahr 1940
kamen? Und wie ihnen dann das Haus weggenommen, ihr
Mann abgeführt wurde – sie erfuhr nie, wohin – und wie sie
selbst in einen Kellerraum in Tallinn gezogen war und sich
als Scheuerfrau verdingt hatte, um leben zu können? Sie hatte jede Hilfe zurückgewiesen. Ich helfe mir schon, hatte sie
erklärt, ich bin noch nicht zu alt zum Arbeiten. Sie hatte sogar aus dem muffigen Raum noch ein gemütliches Zimmer
gemacht, und er hatte sie oft besucht. Bis nach einem Jahr die
Deutschen kamen und die Russen vertrieben. Da waren sie
selbst – Maja und er und Grochen – mit den Kindern geflüchtet, ehe man ihn zwang, deutscher Soldat zu werden.
Viele Balten deutscher Abstammung waren dazu gezwungen
worden.

Laidoner war mit seiner Familie schon früher geflüchtet.
Sie hatten einander erst hier in Stockholm kennengelernt, in
der Notbaracke, in der eine Abteilung der schwedischen
Fremdenpolizei saß und wo tagein, tagaus ein nie abreißen-
der Strom baltischer Flüchtlinge erschien und um Aufent-
halts- und Arbeitsgenehmigung bat. Laidoner und er waren
einmal im Gedränge aneinandergerannt. Konstantin war dabei der Bleistift hingefallen, und Laidoner hatte ihn aufgehoben – die Spitze war abgebrochen. Laidoner bot ihm sein Taschenmesser an, und während Konstantin damit den Stift

neu anspitzte, waren sie ins Gespräch miteinander gekommen. Das wurde der Anfang ihrer Freundschaft.

»Wie hieß denn diese Tante?« Augusts Frage ließ Konstantin aus seinen Überlegungen aufschrecken.

»Tante Emma«, sagte er leise.

»Wenn wir das Boot kaufen, können wir es Tante Emma nennen«, schlug Laidoner vor, um ihm eine Freude zu machen. Doch Konstantin schüttelte den Kopf.

»Es hat schon einen Namen, und ich halte nichts davon, ein Schiff umzutaufen. Ein Boot ist eine Persönlichkeit. Miß Jane heißt es.«

Wie sehr er hoffte, daß Miß Jane den anderen gefallen würde, verriet er nicht, doch August sah es an seinem starren Gesicht, das sonst viel bewegter war.

»Wie du willst«, erwiderte er. »Miß Jane klingt sehr hübsch.«

»Als ob wir schon Amerikaner wären!« spottete Grochen.

Miß Jane schaukelte mit ihren breiten Rippen auf dem Wasser einer kleinen felsigen Bucht, deren Ufer mit Vogelkirschen, Moos und jungem Farnkraut bewachsen waren. Ein schmaler Weg führte zu dem Miniaturhafen hinunter. Ein alter Mann saß wartend auf einem Klappstuhl an dem geteerten Steg. Er trug eine alte Seglermütze und hatte rötliche, buschige Augenbrauen. Seine Arme waren sehnig und rot behaart. Er grüßte mit dem Stiel seiner Pfeife und stand auf. »Sie müssen sich heute entschließen«, sagte er. »Der Propst hat noch andere Interessenten dafür.« Danach legte er den Kopf zur Seite und zupfte an einem Ohr, als ob er läuten wollte. Jaan sah ihn voller Verwunderung an.

August sagte nichts, doch während er das Boot betrachtete, wurde sein Gesicht immer heller. Konstantin konnte freier atmen. Was er gehofft hatte, geschah: Der andere erkannte, wie solide die Miß Jane gebaut war. Sie war alt, aber nicht schlecht erhalten.

»Es ist genau wie mit einer Frau«, sagte der Alte. »Nach einem gewissen Alter sind sie oft am besten. Vor drei Jahren ist der ganze Rumpf neu gedichtet worden. Letzten Winter haben meine Frau und meine Tochter die Segel ausgebessert. Es sind Flicken aufgesetzt worden, aber sie sind gut. Und für diesen Preis...« Er zupfte wieder an seinem Ohr.

»Wozu hat sie bisher gedient?« fragte August.

»Großhändler Aronsson hat sie zwölf Jahre lang als Vergnügungsfahrzeug benutzt, das liegt jetzt knappe fünfzig Jahre zurück. Jeden Sommer haben wir Reisen gemacht, nach Finnland, nach Riga, nach Lübeck. Ich war schon damals an Bord als Jungmann. Dann hat er sie verkauft. Sie war nicht mehr gut genug, sie fuhr den Herren zu langsam. Aber stabil war sie! Später sind sie mit einer dieser feinen teuren Jachten, die in Mode kamen, auf den Felsen von Aaland aufgelaufen. Danach wollte er Miß Jane gern zurückkaufen, doch das ging nicht mehr. Sie gehörte einer Rettungsgesellschaft, und die wollte sie nicht hergeben. Über zwanzig Jahre war sie dort. Dann fanden sie sie auch nicht mehr gut genug. Sie lief zu langsam für die moderne Zeit. Dann hat der Propst sie gekauft, weil er aus seiner Jugend so angenehme Erinnerungen an sie hatte. Er war damals noch einfacher Pastor, Pastor Aronsson, kein würdiger Propst wie jetzt. Sechs Töchter hatte er und einen Jungen. Und er wohnte hier an der Küste. Was war da schöner, als so ein

Boot zu haben? Er nannte es wieder Miß Jane, genau wie früher. Denn bei der Rettungsgesellschaft hatte sie Löwin geheißen. Na, das war schon ein ganz passender Name, das muß ich zu ihrer Ehre zugeben. Denn zäh und stark ist sie, das versichere ich Ihnen, und tapfer auch. Sie sollten mal sehen, wie sie das Wasser bei grober See von sich abschüttelt und sich wieder aufrichtet. Die Herren werden Freude an ihr haben, wenn Sie sich entschließen, sie zu nehmen. Nur für große Entfernungen taugt sie nicht, dafür ist sie zu langsam. Aber das verlangt ja auch kein Mensch von ihr. Ach, die Herren können mir glauben, es war eine schöne Zeit, als alle Kinder von Pastor Aronsson noch jung waren. Ich war der Schiffer, und gleichzeitig habe ich in der Propstei geholfen, im Haus und im Garten, was gerade so zu tun war. Aber die meiste Zeit habe ich doch Miß Jane gewidmet. All die Jahre habe ich sie mit eigenen Händen instandgehalten. Aber daß der Propst sie nun los sein will, das kann ich ihm nicht übelnehmen. Alle Kinder weg oder...« Statt den Satz zu beenden, strich sich der Alte über die stoppelige Wange, daß es raspelte, und läutete wieder an seinem Ohr. »Ja, ja, so hat jeder sein Leid. Und wir müssen uns jetzt von der alten Miß Jane trennen. Nun sind Sie an der Reihe. Für uns ist es nur gut, wenn sie wegkommt – bei all den alten Erinnerungen, die an ihr hängen...«

Der Alte räusperte sich. »Wollen wir an Bord gehen, die Herren?«

Konstantin trug als einziger Segeltuchschuhe. Die anderen gingen in Strümpfen an Bord. Omi Kompus stieg sofort den Kajütsniedergang hinunter. Ihr grauer Kopf verschwand und blieb lange Zeit unsichtbar. Jaan folgte den drei Männern.

»Natürlich muß hier und da noch was getan werden«, sagte der Alte, der unruhig wurde, weil Konstantin und August nicht viel sagten. »Aber Sie sehen selbst, daß sie solide gebaut ist.«

August nickte. Es war nicht Gleichgültigkeit, wenn er nichts sagte. Nein, es hatte ihn einfach überwältigt. Dieses Boot würden sie kaufen, das hatte er eigentlich vom ersten Blick an gewußt. Dieser Miß Jane würden sie nun ihr Leben anvertrauen, Elses Leben, sein eigenes, das der Kinder, ihre ganze Zukunft, alles. Dieses freundliche kleine Boot sollte sie in die Neue Welt bringen oder zusammen mit ihnen untergehen. Diese tapfere kleine Miß Jane, die schon in so reichem Maß ihre Pflicht erfüllt hatte, sollte nun noch eine gewaltige Aufgabe bekommen, und sie würden voneinander abhängig sein, sie von dem Boot und das Boot von ihnen. Er spürte, wie sich ihm die Kehle zusammenschnürte. Seine Fußsohlen liebkosten bereits die Decksplanken, und er konnte als Käufer keine Gleichgültigkeit mehr heucheln. Doch er dachte: Ich bin ein sentimentaler Narr, ich bin nervös und aus dem Gleichgewicht geraten. Früher hätte mir ein Boot keine Tränen in die Augen getrieben.

»Konstantin!« rief er. »Konstantin, ich hab' mich dieser Miß Jane mit Haut und Haaren verschrieben, genau wie du!«

Konstantin, der bäuchlings auf dem Steg lag und den Rumpf des Bootes betrachtete, schaute hoch. Augusts Stimme hatte heiser geklungen, und als er nun sah, daß Laidoner bewegter war, als er vermutet hätte, erschrak er. Was ist mit uns geschehen? dachte er. Ich selber habe vorhin gezittert wie ein Schoßhund. Und nun auch August! Können wir unsere Gefühle so schlecht beherrschen?

Er war froh, als er Grochens grauen Vogelkopf aus der Kajüte auftauchen sah. Er erwartete von ihr, daß sie in Bewunderung ausbräche über die schönen Mahagonisalontische und die Täfelungen in der großen und der kleinen Kajüte, über den praktischen Ausguß und das WC, ein richtiges WC mit Wasserspülung, die durch eine kleine Handpumpe betätigt wurde. Und doch hoffte er gleichzeitig, daß sie nüchtern bliebe. Sie brauchten diese Nüchternheit dringend. Was dies betraf, wurde er nicht enttäuscht.

»Wenn ihr meint, daß es ein gutes Boot ist, und wenn wir keine andere Wahl haben, dann will ich euch lieber verschweigen, was ich alles auf dem Herzen habe«, sagte sie. »Aber ich kann mir vorstellen, daß der Platz da unten für sechs Menschen gerade eben gereicht hat.«

Konstantin erwiderte nichts. Er hatte den Rumpf abgeklopft, so gut es ihm möglich war. Nun zog er das Taschenmesser heraus und warf es mit der Spitze ins Holz. Ein kurzes trockenes Klicken war das Geräusch, auf das er gehofft hatte. August trat zu ihm. Noch einmal flog das Taschenmesser ins Holz und noch einmal. Das Holz war gesund, jedesmal blieb die Klinge zitternd darin stehen. Konstantin stach mit aller Kraft zu, schließlich auch unter der Wasserlinie, so tief er konnte. Das Ergebnis blieb befriedigend. Und doch... und doch...

»Können wir sie nicht auf die Helling * schleppen?« fragte er den Alten. »Damit wir den ganzen Boden genau ansehen können?«

* *Erklärung der seemännischen Ausdrücke ab S. 272.*

47

Doch etwas Ärgeres hätte er gar nicht sagen können. Jäh streckte der Alte den Arm nach der Miß Jane aus. »Wenn sie für euch nicht gut genug ist, dann macht gefälligst, daß ihr verschwindet! Sie findet noch genug Liebhaber! Geht ruhig zum Zug und laßt sie in Frieden!«

Empört drehte sich der Alte um und zerrte an seinem Ohr, als ob er es abreißen wollte. Jaan sah ängstlich, aber sehr interessiert zu. Konstantin steckte das Messer in die Tasche. Der Mann hatte recht. Er war ehrlich, und die Miß Jane war auch ehrlich. Er warf August einen Blick zu. Der nickte.

»Wir kaufen sie!« rief er dem Alten nach. Doch der wandte sich nicht einmal um.

Grochen kletterte hastig von Bord. Auf dem Steg zog sie die Schuhe an, und August bückte sich und band ihr die Schnürsenkel zu. Konstantin lief hinter dem Schiffer her.

»Wir kaufen sie gern!« rief er.

»Das ist was anderes!« sagte der Alte. Doch er blieb nicht stehen und drehte sich auch nicht um. Er stieg den Pfad hinauf und ging in den Wald. »Ich werde dem Propst Ihre Mitteilung überbringen«, rief er über die Schulter, ehe er im Wald verschwand.

Konstantin wartete auf die anderen. Gemeinsam gingen sie langsam den Weg hinauf.

»Du bist still, Mutter!« sagte Konstantin zu Grochen.

»Ich habe allen Grund, still zu sein, Junge«, sagte die alte Frau und preßte die Lippen zusammen.

Konstantin legte seiner Mutter beide Hände auf die Schulter und hielt sie zurück. Er schaute auf sie hinab. »Was ist, Mutter?« Die anderen beiden gingen weiter.

Sie sah zu ihm auf. »Ich habe Angst«, flüsterte sie so leise, daß Jaan und sein Vater es nicht hören konnten.

»Wovor, Mutter?« fragte er, ebenfalls flüsternd.

Über ihnen erklang das leise Rascheln der Birkenblätter, die hohen Fichten rauschten. Ein leichter Seewind mischte ein wenig Salzgeruch in die Frühlingsdüfte des Waldes. Jaans hohe Jungenstimme klang hell und sorglos wie das Tschilpen eines Vogels. Hinter ihnen, über dem Wasser, kreisten Möwen.

Sie standen einander gegenüber, die alte Frau und ihr Sohn. »Wovor hast du Angst, Mutter?« Er sah sie drängend an und betete im stillen: O Gott, gib mir Kraft, daß ich nicht auch gestehe, welche Angst ich habe.

»Ich habe keine Angst vor dem Meer, Junge, oder vor dem Tod. Ich habe Angst wegen der vielen Menschen auf so engem Raum. Junge Männer und junge Frauen, Kinder, vielleicht Kranke – wie lange wird es dauern? Monate. Ich habe Angst.«

Konstantin ließ sie los. Er schob die Hände in die Taschen. »Wir gehören doch nicht zu den Leuten, die sich gegenseitig die Augen auskratzen, Mutter.«

»Wir sind gewöhnliche, schwache Menschen.«

Ihr Sohn erwiderte nichts. Er sah sie vor sich, alle die mitfahren sollten: Lembit und Pejke, die beiden jungen Studenten; den Elektriker Justus, ein guter Fachmann, stocknüchtern und ehrlich; Professor Lütke, ein Mann, der ihm, Konstantin, viel zu gelehrt war, aber ein guter Freund von August; Andreja, seine Nichte; weiter die Laidoners mit ihren fast erwachsenen Kindern und dem kleinen Jaan; schließlich sie selber: Maja, die Kinder, Grochen und er. Er sah sie vor sich, all die Gesichter – die meisten jung, alle guten Willens, gesund, soweit man das wissen konnte; die Erwachsenen sorgfältig ausgesucht. Alle opferten, was sie besaßen, alle waren überzeugt, daß dies der einzige Weg für sie sei, wie immer es auch ausgehen würde.

»Mutter, wir werden es schaffen«, sagte er. »Wir haben wenigstens eine gute Chance.« Er faßte sie an beiden Armen, schüttelte sie sanft und sagte dann: »Und vergiß nicht, ich verlasse mich völlig auf dich, Maja und August. Es wird nicht oft von einer alten Frau so viel verlangt, wie ich auf dieser Reise von dir verlangen muß, Mutter, aber ich brauche dich.«

Er spürte, wie sie sich aufrichtete und wie sich die alten Muskeln spannten. Sie sah ihn an. »Ich weiß nicht, was in mich gefahren ist,« sagte sie, zog ein Taschentuch aus der Handtasche und putzte sich die Nase. »Warum stehen wir eigentlich noch hier?«

Die beiden folgenden Wochen waren von fieberhafter Arbeit erfüllt, damit alles für die Abreise fertig wurde. Es war für alle Beteiligten eine Erlösung, endlich etwas tun zu können. Beispielsweise war der Wassertank an Bord viel zu klein. Konstantin und Lembit bauten zwei weitere. Sie gossen sie mit Zement aus, damit das Wasser nicht sauer wurde. Auch der alte Tank wurde auszementiert.

»Für den längsten Teil der Reise müssen wir mit sechzig Tagen rechnen. Das sind also sechzig mal sechzehn Rationen Trinkwasser«, rechnete Konstantin. »Wir werden mit der Zuteilung sehr genau sein müssen.« Er schwieg eine Weile. »Wie mit allem«, setzte er düster hinzu.

Lembit lachte. »Sie machen sich doch nicht etwa Sorgen

wegen der Verpflegung?« fragte er. »Haben Sie gesehen, was die Frauen mit Pejke unten verstaut haben? Sechs Säcke Kartoffeln, drei große Säcke Reis, ein paar Dutzend Pakete Hafermehl, Knäckebrot, Dosenmilch und Sardinen, Corned beef und Heringe. Mann, das können wir nie und nimmer aufessen.«

»Da sieht man, daß Sie kein Hausvater sind«, erwiderte Konstantin trocken.

»Ich wäre es aber fast geworden«, sagte Lembit, während er abwesend mit einem kurzen Stock in dem Zementeimer rührte. »Nun muß ich sie hier zurücklassen. Aber wenn ich drüben im Sattel sitze, lasse ich sie nachkommen.« Sein Optimismus war unverwüstlich.

»Mann, du bist doch noch nicht trocken hinter den Ohren«, spottete Konstantin. »Nur gut, daß wir für solche grünen Jungen wie dich ein paar Dutzend Liter Lebertran geladen haben. Nun komm, fang an mit der Kelle! Der Zement wird jetzt wohl gut sein.«

Als sie, über den Tank gebückt, zusammen arbeiteten, bemerkte Lembit, ohne sich etwas dabei zu denken: »Pejke scheint Gunvor Laidoner zu mögen. Aber ehrlich gesagt, wenn ich nicht schon mit einem Mädchen versprochen wäre, Grochen wäre mir lieber. Die ist wahrhaftig vergnügter als das junge Ding.«

Konstantin antwortete nicht sofort. Doch als er die Zementschicht sorgsam glattgestrichen hatte, sagte er: »Gunvor ist durcheinander. Sie hat einen Freund hier, einen jungen Schweden, so wie du eine junge Schwedin hast. Aber *sie* kann nicht sagen...« – Konstantin betonte jedes Wort: – »*Wenn ich drüben im Sattel sitze, lasse ich sie nachkommen.*«

Lembit zuckte die Achseln. »Natürlich nicht – aber bei so einem jungen Mädchen ist es Kälberliebe, das gibt sich wohl.« Er klatschte eine Kelle voll Zement zurück in den Eimer und strich die Kelle sauber.

»Vergiß nicht, wie dir zumute war, als du sechzehn warst und mit Kälberliebe anfingst«, sagte Konstantin.

»Jedenfalls weiß ich, daß alles vorübergegangen ist«, erwiderte Lembit.

»Ja, aber diese Erfahrung hat Gunvor eben noch nicht gemacht. Tu mir also den Gefallen und nimm Rücksicht darauf!«

Lembit schwieg.

»Weißt du übrigens, daß sie gar nicht Gunvor heißt, sondern Jutta? Aber Schweden bedeutet ihr so viel, daß sie sogar ihren estnischen Namen aufgegeben hat. Sie wünscht sich nichts sehnlicher, als in Schweden zu bleiben. Sie war glücklich hier. Und nun muß sie weg. Von ihrem Freund und von allem. Der veränderte Vorname wird wohl das einzige sein, was sie behält.« Konstantin trat nach dem Zementeimer.

»Aber das gilt doch für uns alle«, widersprach der junge Mann. »Wir sind alle hier glücklich gewesen, wenigstens mehr oder weniger.«

»Ja, nur mit dem Unterschied, daß wir von Anfang an gewußt haben, daß es nicht von Dauer sein kann«, sagte Konstantin.

»Sie sind früher Lotse gewesen.« Lembit wechselte plötzlich das Thema. »Den Beruf haben Sie sich ausgesucht, als Sie jung waren. Es muß schön sein, das werden zu können, was man will. Uns wird das nicht mal in Amerika möglich sein.«

»Du hast in Tartu Jura studiert«, sagte Konstantin. »Als Jurastudent stehen einem viele Wege offen. Dir also auch. Und du bist auch noch jung genug.«

»Wir werden alle als Tellerwäscher anfangen«, erwiderte Lembit fröhlich.

Konstantin antwortete nicht. Er trug den Eimer mit dem Zement weg. Pejke steckte seinen roten Schopf aus der Kajütsluke. »Konstantin, kann ich noch ein paar Kronen kriegen für Nägel und Schrauben? Ich komme mit dem, was du mir gegeben hast, nicht aus.«

Pejke hatte sich als Zimmermann angeboten. Und nachdem er einige Proben seiner Tüchtigkeit gegeben hatte, waren ihm diese Arbeiten übertragen worden. Doch für alles, was man von ihm verlangte, wurde ihm das Material zu knapp zugeteilt. Er sollte die Schlafplätze in den Kajüten verbreitern, so daß auf jedem zwei Personen schlafen konnten. Er hatte vorgeschlagen, Hängematten zu kaufen, um für jeden einen erträglichen Schlafplatz zu schaffen, doch August hatte sofort abgewinkt. August war für die gesamte Kassenführung verantwortlich und gab Konstantin das, was für die täglichen Anschaffungen, die das Boot betrafen, unbedingt notwendig war. Und nachdem August schon jede Krone umgedreht hatte, tat Konstantin es noch einmal. Jeder hatte alles, was er besaß, in die gemeinsame Kasse geworfen, und die meisten meinten, nach dem Bootskauf sei noch ein beträchtliches Sümmchen übriggeblieben. Doch je weiter die Tage vorrückten und der Proviantvorrat anwuchs und je mehr Verbesserungen und Veränderungen sich als unerläßlich erwiesen, desto mehr schrumpfte die Kasse zusammen. August und Konstantin sahen es mit Schrecken. Sie würden unterwegs Geld noch bitter nötig haben: Kanalgelder, Zollgebühren, Brennstoff für den kleinen Hilfsmotor, den sie angeschafft hatten, Ergänzung der Lebensmittel und Gebühren in den Häfen, die sie anliefen. Am meisten Geld hatte der gebrauchte Einzylinder-Hilfsmotor gekostet, der nun im Achterraum eingebaut war. Wie Justus sagte, der etwas von Motoren verstand, war er uralt und von geringer Leistung, aber brav und zuverlässig. Er paßte zur Miß Jane.

»Gleich und gleich gesellt sich gern«, hatte Grochen gesagt. »Wir sind auch keine Helden, aber wir werden es schon schaffen.«

Die einzigen, die sich als Helden fühlten, waren Max und Harry Laidoner. Sie waren über alle Pläne vollständig unterrichtet worden, im Gegensatz zu den jüngeren Kindern, ihrem kleinen Bruder Jaan und Heino und Aimi Kompus, und sie platzten fast vor Energie und Aufregung. Es war eine Qual für sie, mit ihren Freunden nicht darüber sprechen zu dürfen. Daß sie von der Schule genommen worden waren und beide arbeiten mußten, der eine in einer Autoreparaturwerkstatt – der gleichen, in der Lembit bisher gearbeitet hatte – und der andere in einer Fahrradaufbewahrung, störte sie nicht, im Gegenteil, sie fühlten sich nun als Männer und brachten samstags triumphierend ihre Lohntüte nach Hause. Doch daß sie über die kommende Reise mit niemandem – mit keinem Menschen – ein Wort sprechen durften, war fast zuviel für ihre Selbstbeherrschung. Glücklicherweise konnten sie wenigstens abends im Bett miteinander darüber reden.

»Noch ein paar Wochen, dann gehen wir nachts an Deck Wache«, flüsterte Harry.

»Wenn es stürmisch ist, wird die Miß Jane wohl tanzen

wie eine Verrückte«, erwiderte Max, ebenfalls flüsternd.

»Die Frauen und Kinder werden bestimmt alle seekrank werden.«

»Das wird einen schönen Dreck geben!«

»An Deck werden wir nicht viel davon merken.«

»Bei überkommenden Seen können wir uns am Mast festbinden.«

»Und wenn es schwer stürmt, lassen wir den Anker fallen. Vielleicht sogar zwei, vorn und achtern. Dann liegen wir schön ruhig.«

»Mann, wir haben doch nur einen Anker.«

»Ich habe gehört, wie Vater zu Onkel Konstantin gesagt hat, wir müßten noch einen zweiten kaufen.«

»Wetten, daß sie vergessen, Öljacken anzuschaffen?« flüsterte Max.

»Sie vergessen es nicht. Wir haben kein Geld dafür. Hast du vielleicht Angst, daß dir das Hemd naß wird?«

»Ich bin doch nicht verrückt!«

»Mann, diese Fahrt, den Wind im Gesicht, über Stag gehen, während die Segel über dem Kopf donnern und es in der Takelage heult und du klatschnaß wirst vom Salzwasser! Und dann trocknen Wind und Sonne alles wieder, bis die Sachen steif sind vom Salz. Wochenlang nichts als See, See und noch einmal See, und dann endlich Land – Land in Sicht! Und wenn wir dann ankommen und erzählen, daß wir siebentausend Meilen hinter uns haben, Mann, das glaubt uns niemand.«

»Sie werden es schon glauben müssen«, flüsterte Max.

»Darauf kannst du dich verlassen«, sagte Harry aufgeregt, und seine Stimme wurde so laut, daß Jaan aufwachte.

»Was redet ihr denn dauernd?« murrte er. »Laßt mich doch schlafen!«

»Aber wenn was mit Vater und Onkel Konstantin passiert?« flüsterte Max ganz leise.

»Dann müssen die Jüngeren die Verantwortung übernehmen«, erwiderte Harry ebenso leise.

»Lembit und Pejke und die?« fragte Max.

»Die sind noch nie gesegelt. Die verstehen nicht die Bohne davon. Genausowenig wie der Professor. Nein, ich denke, daß wir ...«

»Glaubst du?« klang Maxens heiseres Flüstern. »Aber Mutter versteht auch was vom Segeln.«

»Auf dem Atlantischen Ozean? Den hat sie doch noch nie gesehen.«

»Wir auch nicht.«

Harry schwieg einen Augenblick. Dann sagte er: »Es wird natürlich verdammt schwer sein, aber ich habe wenigstens viel darüber gelesen. Das kann vielleicht helfen. Und ich meine, wir müssen bald lernen, mit dem Sextanten umzugehen. Um den Schiffsort zu bestimmen.«

»Vater und Onkel Konstantin haben Windkarten gekauft«, flüsterte Max.

»Die müssen wir uns dann auch gründlich ansehen«, flüsterte Harry. »Wir müssen uns auf alle Fälle vorbereiten ...«

»Ja.«

»Ich kann bei euerm Gequassel überhaupt nicht schlafen«, beklagte sich Jaan wieder.

»Leg dir das Kissen auf den Kopf!« riet Harry. Und dann flüsterte er wieder zu Max hinüber: »Es ist besser, keinem was davon zu sagen. Es sind ja auch nicht gerade die angenehmsten Aussichten. Es könnte die anderen entmutigen.«

»Ja«, flüsterte Max. »Aber besser wäre es doch, wenn sie uns in alles einweihen würden.«

»Dafür müssen wir eben selber sorgen«, sagte Harry. »Wir müssen achtgeben, soviel wie möglich fragen und lernen, was wir können. Auch über den Sternhimmel und so was, das ist auch wichtig, um den Ort zu bestimmen. Dazu nimmt man die Sonne und einen Stern...«

»Das brauchst du mir doch nicht zu erzählen«, wies Max den Bruder entrüstet zurück.

»Mann, hab dich nicht so!« sagte Harry so gedämpft wie möglich. »Ich wollte ja nur...«

»Ja, ich seh's schon kommen«, flüsterte Max ärgerlich. »Du glaubst ja immer, du weißt alles besser.«

»Ach, verreck!« sagte Harry und warf sich auf die andere Seite, wobei er Max einen derben Stoß mit der Hüfte versetzte.

»He! Willst du mich aus dem Bett schmeißen? Es ist schon schlimm genug, daß wir in einem Bett schlafen müssen!« fuhr Max ihn an.

»Nun seid doch endlich still!« beschwerte sich Jaan. »Der Schularzt hat gesagt, ich muß genug Schlaf haben.«

»Wir halten schon den Mund, Kleiner«, erwiderte Harry. »Mit so einem Jammerlappen lohnt es ohnehin nicht zu reden.«

»Du meinst dich wohl selber, wie?« sagte Max und versuchte, ein größeres Stück Bettdecke zu bekommen.

Die Tür des Kämmerchens öffnete sich. Augusts Schatten

stand zwischen ihnen und dem Licht des Wohnzimmers, wo Vater und Mutter schliefen. »Ist nun endlich Schluß mit dem Gequatsche?« schalt August. »Wir möchten gern alle einmal schlafen.«

»Wir haben uns nichts mehr zu sagen«, erwiderte Max.

»Das wollt' ich auch meinen«, entgegnete August barsch. »Gute Nacht.«

»Gut so!« rief Jaan schadenfroh, als sich die Tür geschlossen hatte.

Diesen gemeinsamen Feinden gegenüber fanden die beiden Großen wieder zueinander.

»Dabei haben wir ausschließlich über ihr Wohl beratschlagt!« flüsterte Max.

»Never mind«, erwiderte Harry.

»All right«, sagte Max.

»Good night.«

»Sleep well.« Sie mußten sich schließlich auch in der englischen Sprache üben.

Am nächsten Abend kam Pejke, der den ganzen Tag auf der Miß Jane gearbeitet hatte. Gemeinsam mit Konstantin hatte er einiges in der Takelage erneuert. Dann hatten sie erfolglos versucht, die Pumpe in Ordnung zu bringen. Müde erstattete er Bericht. Er saß auf einer Kiste in dem fast leeren Zimmer, aus dem so gut wie alles verkauft worden war.

»Die Pumpe ist miserabel installiert. An der werden wir noch unsere Freude haben.« Er hatte die Ellbogen auf die Knie gestützt und fuhr sich hin und wieder mit den gespreizten fünf Fingern durch das zerzauste Haar.

»Aber sie funktioniert doch?« sagte August.

»Ja, das tut sie.«

»Das ist die Hauptsache.«

»Viel Freude werden wir nicht daran haben«, wiederholte Pejke.

»Wir fahren schließlich auch nicht zum Vergnügen«, sagte August.

»Eigentlich wollte ich fragen, ob Gunvor am Sonntag mit mir kommen und sich die Miß Jane ansehen will. Sie hat das Boot doch noch gar nicht gesehen.« Er schaute Gunvor, die am Tisch saß und nähte, fragend an.

Doch sie blickte nicht von der Arbeit auf. »Ich habe Sonntag eine andere Verabredung«, sagte sie kurz. »Und außerdem will ich das Boot gar nicht sehen.«

»Du willst die Miß Jane nicht sehen?« fragte Pejke verblüfft.

»Nein.« Sie sah ihn fast feindselig an. »Findest du das so komisch?«

»Mädchen…« Pejke zögerte und fuhr sich wieder mit den Fingern durch die Haare, ohne zu ahnen, daß Gunvor diese Bewegung an ihm nicht ausstehen konnte. »Sie wird für diesen Sommer unsere Welt sein.«

»Eben deshalb!« rief Gunvor leidenschaftlich. »Ich hatte mir meine Welt anders vorgestellt.«

Verstört starrte er sie an. So heftig hatte er sie noch nie gesehen. »Ich dachte…« sagte er mit einer hilflosen Bewegung der großen Hände.

Seine Hände sehen aus wie Kohlenschaufeln, dachte Gunvor. Aber dafür kann er natürlich nichts. Marten hat viel schönere Hände. Sie lächelte ihm kurz zu.

»Mach dir nichts draus!« sagte sie mit einer Stimme, die

vor Nervosität viel zu hoch war. »Es liegt nur daran, daß ich mir alles zu sehr zu Herzen nehme. Das sagen alle.« Und sie schaute zu ihrer Mutter hinüber, die schweigend weiternähte, als ob das ganze Gespräch gar nicht stattgefunden hätte.

»Wie steht es mit dem Pumpenkolben?« erkundigte sich August.

»Der Kolben? Oh, der ist prima«, erwiderte Pejke. »Daran liegt's nicht. Aber das ganze Ding ist so schwer zu bedienen. Man ist völlig fertig, wenn man zwanzig Schläge getan hat.«

»Das ist eine gute Gelegenheit zu körperlicher Betätigung an Bord«, sagte August.

Pejke lachte ein bißchen gezwungen. »Na ja, wenn man es so betrachtet«, sagte er zögernd.

»So und nicht anders müssen wir alles betrachten«, entgegnete August. »Schreibt euch das hinter die Ohren! Ich muß noch zu Konstantin Kompus. Kommst du ein Stück mit?«

Else und Gunvor blieben schweigend zurück. Nach einer Weile fragte Gunvor mit bedrückter Stimme: »Mutter, was würde geschehen, wenn ich am Tag eurer Abreise wegliefe?«

»Dann würdest du nach Estland zurückgeschickt, Kind.«

»Wann fahren wir?«

»In vier Tagen. Wirst du auch nichts Dummes anstellen?«

»Nein.« Tränen tropften ihr auf die Näharbeit.

»Als ich so alt war wie du, Kind«, sagte Else leise, »liebte ich einen, der sich nichts aus mir machte. Das ist viel schlimmer.«

»Vielleicht.« Es klang wie der ängstliche Laut eines in die Enge getriebenen Vogels. Und plötzlich lag Gunvor auf den Knien und drückte den Kopf in den Schoß der Mutter. Else streichelte ihr weiches blondes Haar. »Mein Kind«, sagte sie. Sonst nichts. »Mein Kind.« Es gab ja auch nichts weiter zu sagen.

3

»Jaan! Jaan, wo bist du?«

Else Laidoner lief über die kleine schmale Pier zwischen den vom Wind verkrümmten Erlensträuchern und suchte ihren Jüngsten. Es war Zeit für die Englischstunde. Die anderen Kinder und Grochen und Justus warteten schon im Ruderhaus, doch Jaan fehlte. Sie waren schon fast eine Woche unterwegs und hatten jetzt die kleine Stadt Vadstena am Vättersee erreicht. Im Hafen wiegten sich Jachten und Motorboote. An der hölzernen Landungsbrücke hatte das weiße Kanalschiff festgemacht. Das Messing blitzte in der Sonne, die frische, weiße Farbe schimmerte, und unabsehbar wie das Meer funkelte hinter alldem der große blaue Vättersee. Vor einer Stunde hatte ein Strom von Touristen, mit Fotoapparaten behängt und von einem Führer geleitet, das Schiff verlassen, um die alte Wasa-Burg zu besichtigen. Vielleicht war Jaan hinter ihnen hergelaufen.

»Jaan, Jaan, wo bist du?«

Der Wind war frisch. Else lief weiter. Dort, hinter den hohen Kastanien und Ulmen lag die Burg, gewaltig und grau, mit zwei riesigen Bastionen an den Ecken und einem zierlichen, vermutlich später erbauten Turm in der Mitte. Etwas näher, am Ende des kleinen Hafens, stand ein kleines freundliches Gebäude, weiß gestrichen, mit Geranien und Petunien auf den Fensterbänken. Ein Mann mit einer Seglermütze trat pfeifend heraus, und ein kleiner Hund lief hinter ihm her. Der Mann schaute nach dem Himmel und kratzte sich hinter dem Ohr. Es war ein bewegter Himmel, tiefblau, mit großen, schnell dahinziehenden Wolken. Der Mann ging um die Hausecke und trat in eine Tür. Kaffeegeruch drang heraus. Eine Frauenstimme rief nach ihm. Ein wehes Gefühl befiel Else. Sie preßte die Hände vor der Brust zusammen und bemühte sich, ihre Schwäche zu überwinden. Daß man so nach einem eigenen kleinen Haus verlangen konnte! Dieses hier stand aber auch so hell in der Sonne – so friedlich. Es war nur ein gewöhnliches Hafenkontor mit einer kleinen Dienstwohnung dahinter und ein paar Blumenkästen vor den Fenstern. Ob diese Menschen ihr Glück überhaupt begriffen?

»Jaan! Wo bist du? Alle warten auf dich!«

Der Wind verwehte ihre Worte. Hinter dem Häuschen wuchs eine Fliederhecke. Die Fliederblüten dufteten; sie waren hellila und fielen schon ab. Eine Bank stand dort, und der Boden war mit den kleinen Blüten bestreut. Else atmete tief, setzte sich und schloß die Augen. Sie ließ sich von der Sonne wärmen und versuchte, sich ein anderes Leben zu erträumen. Wenn man sich vorstellte, man führe als Tourist nur zum Vergnügen durch den malerischen Götakanal, man dürfte nach so einer kleinen Vergnügungsreise nach Hause kommen und an seine Arbeit gehen und die Kinder zur Schule! Wenn man sich vorstellte, daß man die Sommerkleider dann in den Schränken verstaute und Brennholz für den Winter bestellte!

Stimmen in der Ferne störten sie auf, und sie begriff, daß die Wasa-Burg den Touristenstrom wieder ausgespien hatte.

Vielleicht kam Jaan jetzt. Sie erinnerte sich, daß die anderen auf sie beide warteten, und eilte auf die Burg zu. Die gewaltigen grauen Mauern und die langen Fensterreihen spiegelten sich im stillen Wasser des Burggrabens. Die Touristenherde schob sich über die stolze Burgbrücke und zertrat die Kastanienblüten auf dem Weg. Und da – da sah sie auf einmal Jaan! Er lief auf den Händen vor einer Gruppe von Reisenden her. Die Leute riefen ihm etwas zu, und er sprang auf die Füße, streckte die Hand aus, bekam Geld und schob es in die Hosentasche. Else wurde rot. »Jaan!« rief sie.

Der Junge schaute auf. Zwischen den fremden Leuten fiel sein viel zu großer Kopf mehr auf als sonst. Else hatte einen bitteren Geschmack im Mund. Sie winkte heftig. »Jaan!« Er lachte ihr strahlend zu und kam angerannt.

»Ich hab' drei Kronen verdient, Mutter!«

»Wie kommst du denn dazu, Jaan!«

»Freust du dich nicht?« Er sah sie verblüfft an. »Es ist für die Kasse. Ihr sagt ständig, daß ihr nicht genug Geld habt. Vater sagt es zu Onkel Konstantin, und Onkel Konstantin sagt es zu Vater. Ihr alle sagt es.«

Sie vermochte nicht zu antworten. Sie wußte nicht einmal, ob sie lachen oder weinen sollte. In dieser Welt stand nichts mehr auf seinem alten Platz, und Jaan lief für Geld auf den Händen.

»Es ist vielleicht nicht viel«, sagte der Junge altklug, »aber für zwei Dosen kondensierte Milch reicht es doch. Das heißt, wenn man sie kriegt.«

Das wußte er: Tante Maja, Lembit, Pejke, Max und Harry waren unterwegs, um Kondensmilch zu kaufen. In jedem Hafen versuchten sie es – und das war sehr schwierig. Tante

Maja und die anderen hatten sich nun auch hier in Vadstena auf die Suche gemacht.

»Und dabei mag ich sie nicht mal«, sagte er, als wolle er seinen Edelmut hervorheben.

»Die anderen warten schon eine halbe Stunde auf uns. Mit dem Englischunterricht«, sagte Else. Etwas anderes fiel ihr nicht ein.

»Milk«, sagte Jaan. »I love milk. Aber es ist nicht wahr. Warum haben wir eigentlich Englischunterricht?«

»Weil Englisch nützlich ist«, erwiderte seine Mutter kurz.

Er zuckte die Achseln. »Hier hast du das Geld«, sagte er dann und holte eine Handvoll warmer Münzen aus der Hosentasche. Er hielt sie ihr hin. Zögernd streckte sie die Hand aus und biß sich dabei auf die Lippen.

»Nein, ich geb' sie doch lieber nicht dir«, beschloß der Junge plötzlich und zog die Hand zurück. »Du freust dich nicht genug darüber. Ich gebe sie Vater selber.« Und damit lief er voraus. Seine Beine waren zu kurz, seine Arme zu lang, der Kopf zu groß. Doch er bewegte sich nicht ungeschickt, im Gegenteil, schnell und sicher wirbelten die kleinen Füße über die Basaltsteine der Pier zwischen den Grasbüscheln und den vom Wind verkrümmten Sträuchern. Er erreichte die Laufplanke der Miß Jane und war mit zwei Sprüngen an Bord. Sie sah ihn zum Bug rennen, wo August und Konstantin miteinander redeten.

Im Ruderhaus warteten die anderen. Omi Kompus und Justus hatten schon die Kartoffeln geschält. Ein großer Eimer stand zwischen ihnen.

»Kartoffeln sind potatoes«, sagte Grochen. Sie fing schon

für sich allein mit dem Unterricht an.

»Wir kommen!« rief Else.

»Wird auch Zeit«, erwiderte die alte Frau. »Time is money.«

»Das ist wahrer, als du glaubst«, sagte Else und lachte bitter auf. »Jaan hat Kunststücke gemacht, um die Kasse aufzufüllen.«

»Was für ein Junge!« Omi Kompus schlug die Hände zusammen. »Was für ein prächtiger Junge!«

»Wir fangen an«, sagte Else kurz. »Justus, wollen Sie noch einmal die Lektion von gestern aufsagen?«

Justus' Gesicht, rot und sommersprossig unter den braunen Locken, wurde, wenn das überhaupt möglich war, noch röter. Er preßte die Lippen aufeinander, bekam tiefe Falten auf der Stirn und war gerade im Begriff, die Lektion aufzusagen, als Aimi aufsprang, mit dem Finger die Luft durchbohrte und auf- und niederhopsend bettelte: »Darf ich? Darf ich?«

Doch Justus ließ sich nicht beiseite schieben. Mit schwerer Stimme stieß er stockend, aber fehlerlos hervor: »The water is cold. The milk is hot. The bread is fresh.« Und er sah Else dabei an, als ob sie sein einziger Halt wäre.

Maja und die Jungen gingen durch das Städtchen. Es war so klein, daß sie sich selber schon lächerlich vorkamen, weil sie zu fünft Jagd auf Kondensmilch machten. Ihre Schritte klangen hart auf den Pflastersteinen. Viel sprachen sie nicht. Auf dem Marktplatz, wo ein riesiger roter Autobus geduldig vor dem alten weißgetünchten Rathaus wartete, fanden sie ein Milchgeschäft. Aber es gab keine Dosenmilch. An diese

Auskunft hatten sie sich schon gewöhnt. Doch man konnte ja nie wissen. In Motala war es ihnen gelungen, drei Dosen zu bekommen.

Neben dem Milchgeschäft war eine Milchbar. Dort gab es warme Würstchen und heißen Kaffee. Max und Harry sahen sich an. Das Wasser lief ihnen im Munde zusammen.

»Dürfen wir nicht ein einziges Mal, Tante Maja?« fragte Max.

»Nein«, erwiderte sie kurz. Doch sie selber war auch vor der Milchbar stehengeblieben.

Dann gingen sie durch gewundene Gassen mit hell gestrichenen Holzhäusern, kleinen Höfen und Zäunen, über die Zweige von Fliedersträuchern ragten und hinter denen die Kronen von Apfel- und Birnbäumen zu sehen waren.

»Hier müßte man wohnen!« meinte Pejke, der hinterherging.

»Da ist ein Kaufmannsladen«, sagte Max.

Maja ging hinein. Sie kam mit leeren Händen zurück. Die anderen sahen, wie sie in das vollgestapelte Schaufenster starrte. Max machte sofort kauende Bewegungen. »Ihr tut, als kriegtet ihr nicht genug zu essen«, sagte sie schroff.

»Das hat nichts zu bedeuten«, entgegnete Max. »Es ist eine Art Gymnastik, die ich häufiger mache.«

»Wir werden frisches Gemüse kaufen«, sagte Maja. »Und Kartoffeln könnt ihr essen, soviel ihr wollt.« Sie betrachtete die Jungen, zögerte und sagte dann: »Vielleicht mache ich heute mittag Specksoße.«

»Bekommen wir auch was davon ab, Tante Maja?« fragte Max. Doch Harry schaute stolz nach der anderen Seite und bat um nichts.

»Ich werde euch ein bißchen Soße aufheben«, versprach Maja.

Das Kochen an Bord war nicht bequem. Selbst in der größeren Kajüte konnte man nicht für alle zugleich kochen oder gar zusammen essen. Deshalb war von Anfang an beschlossen worden, daß jede Familie für sich kochen sollte. Das war die beste Lösung, und sie war möglich, da in beiden Kajüten ein kleiner Petroleumkocher zwischen Ringen aufgehängt war. Diese Art der Aufhängung würde auf See sehr nützlich sein, weil der Kocher auch bei starken Bewegungen des Schiffes waagerecht blieb.

»Wir sollten bei uns im Achterraum auch so einen kleinen Wunderkocher haben!« meinte Lembit. »Dann brauchten wir euch nicht dauernd zu belästigen.«

»Von Belästigen kann gar keine Rede sein«, wehrte Maja ab.

Es war nämlich ausgemacht worden, daß Lembit und Pejke bei ihnen essen sollten. Professor Lütke und Justus dagegen bei Laidoners. Übrigens war der Achterraum die Junggesellenabteilung. Die vier Männer hausten dort sehr unbequem, und an Schlafen war kaum zu denken. Zu zweit lagen sie – zu beiden Seiten des öligen Motors – auf zwei Holzbänken, die obendrein zu kurz für sie waren. Nur der Professor konnte sich ausstrecken und freute sich nun, daß er so klein war.

»Früher fand ich das nicht so angenehm, wenn die Studenten auf mich herabblickten und dabei natürlich feststellten, daß ich schon recht kahl wurde«, hatte er gesagt.

Gewöhnlich lag er allein auf einer Bank, in seine Decke gewickelt, die Augen auf die Planken über sich gerichtet.

Denn einer der vier war meist auf Wache, gemeinsam mit Konstantin oder August, wenn nicht zufällig Harry oder Max Wache gingen.

Die Laidoners hatten die kleinere Kajüte. Sie schliefen zu sechst auf den beiden Schlafbänken und auf dem Boden. August, der sehr groß war, konnte die Beine nie ganz ausstrekken. In der anderen Kajüte, die etwas geräumiger war, hausten die Kompus' unter noch beengteren Verhältnissen: dort waren außer Konstantin, seiner Frau mit den Kindern Aimi und Heino noch Grochen, Andreja und Maria untergebracht.

Mit Maria hatte niemand gerechnet. Sie war ein stilles Mädchen mit großen Augen und einem großen hübschen Mund. Sie war gerade sechzehn geworden. Ihr Vater, ein geflüchteter Lette, hatte im Stockholmer Hafen gearbeitet und war nach einem Unfall mit dem Kran in das Krankenhaus eingeliefert worden, in dem Andreja arbeitete. Dort war er zwei Wochen vor der Abreise gestorben. Er hatte Andreja gebeten, sich seiner Tochter anzunehmen. Andreja hatte es nicht fertiggebracht, ihm von den Fluchtplänen zu erzählen. Sie hatte ihm versprochen, für das Kind zu sorgen. Und so war Maria an Bord der Miß Jane gekommen.

Der nicht geringe Nachteil der größeren Kajüte war, daß sich das WC dort befand. Da siebzehn Personen an Bord waren, blieb Familie Kompus natürlich auch nachts kaum eine Stunde ungestört. Die Handpumpe, die für die Spülung sorgte, machte außerdem so viel Lärm, daß es nur Konstantin und den Kindern gelang, dabei weiterzuschlafen.

»Und wenn ich mir vorstelle, wie stolz wir auf dieses WC waren, als wir die Miß Jane kauften!« seufzte Maja.

»Ich bin immer noch stolz darauf«, sagte Konstantin. »In welchem Zustand wir Amerika auch erreichen, dieses ist und bleibt ein Stückchen Zivilisation an Bord der Miß Jane.«

Während Maja jetzt durch diese kleine helle Stadt lief, über die alten Gassen mit dem Katzenkopfpflaster, sehnte sie sich plötzlich sehr nach Konstantin – nach dem Alleinsein mit ihm. Sie waren erst eine Woche unterwegs. Nicht einmal Schweden hatten sie hinter sich, und schon jetzt beengte sie das ständige Zusammensein mit den vielen anderen so sehr, daß ihr übel davon werden konnte. Wieder einmal allein mit Konstantin spazierengehen, Arm in Arm wie früher, ein ruhiges Gespräch miteinander führen, ein leises Streicheln, ein Scherzwort, das nur sie verstanden... Doch Konstantin wollte nicht allein mit ihr von Bord gehen.

»Nicht, daß ich die Miß Jane nicht unter Augusts Obhut zurücklassen möchte, aber es ist wegen des guten Beispiels«, hatte er gesagt.

»Wieso Beispiel?« hatte sie leise gefragt, obwohl sie genau spürte, was er meinte.

»Wir müssen alle zusammenhalten. Und du und ich, wir sind die letzten, die sich absondern dürften. Bei unserem Unternehmen heißt es: alle für einen und einer für alle.«

Sie hatte gelächelt – seine Worte klangen so nach Propaganda. Doch er hatte ihr Lächeln anders aufgefaßt und sie fast hilflos angesehen. »Kannst du mich nicht verstehen?« hatte er gefragt.

»Doch, ich verstehe dich«, hatte sie erwidert.

»Maja, Sie träumen ja mit offenen Augen!« rief Lembit jetzt. »Sie sehen nicht mal, daß dort ein Milchgeschäft ist!«

Keine Kondensmilch. Pejke seufzte, als er aus dem Laden zurückkam.

»Wir kehren um«, sagte Lembit.

»Da ist eine Kirche«, entgegnete Maja. »Die alte Kirche des Birgittaklosters. Die möchte ich mir gern ansehen.«

Sie gingen über den Kirchhof. Es war ein alter Kirchhof zwischen hohen Mauern. In einem großen Torbogen war ein hölzernes Tor. Die Tür knarrte in den Angeln. Kein Mensch war zu sehen. Langsam gingen sie auf die Kirche zu. Durch die hohen Bäume lief jäh ein Schauder, und gleich darauf prasselten große Regentropfen auf die Blätter.

»Unheimlich«, sagte Lembit fröstelnd.

Es regnete kaum eine Minute lang. Doch alles war naß geworden, und es tropfte von den Bäumen.

»Ich mag Friedhöfe nicht«, sagte Harry.

Die Sonne brach durch, und jedes Blatt, jeder Grashalm funkelte. Sie gingen an alten Holzkreuzen vorüber. Eins davon war mit einem Strohblumenkranz geschmückt. Sie sahen ein kleines, von Grün überwuchertes Kindergrab mit einem Stein, daneben schwarze Marmortafeln und in einer Einfriedigung aus Schmiedeeisen ein weißes Grabmal zum Gedenken an den Großhändler Strandhamn, gestorben im Jahr 1936.

»Hier ist ein Postmeister Strandhamn, 1821 gestorben. Und ein Nils Strandhamn ohne Beruf, 1917«, sagte Pejke.

Max lief wie ein Spürhund zwischen den Gräbern. »Kaufmann Strandhamn, im Jahre 1856 geboren und 1901 gestorben«, meldete er.

»Und alle haben hierbleiben dürfen«, sagte Maja leise zu sich. Sie wollte nichts Bitteres sagen, doch die Worte kamen ganz von allein, ohne ihr Zutun. So besessen war sie, die Flüchtlingsfrau, davon, ob man bleiben durfte oder nicht – irgendwo, wo es auch sei. »Alle haben hierbleiben dürfen, schon über ein Jahrhundert.« Sie sah fast kindlich verwundert aus, als sie das sagte.

»Entschuldige, Tante Maja«, sagte Max, »aber ich finde, du bist ziemlich altmodisch. Es klingt, als ob du selber ein Jahrhundert lang irgendwo bleiben möchtest.«

»Vielleicht möchte ich das auch«, sagte Maja leise.

»Aber das ist doch Wahnsinn, Tante Maja!« rief Harry nun. Seine junge Stimme klang hart in der fast bedrückend stillen Umgebung. Er ähnelte August, wie er da stand, groß, gut aussehend, selbstsicher und elegant selbst im abgetragenen Sportanzug von seinem Vater. »Dieser Friede hier kann mir gestohlen bleiben«, fuhr er leidenschaftlich fort. »Hier ist alles tot; auch das, was hier noch lebt, ist tot. Es ist alles Vergangenheit, es ist alles eingeschlafen. Hier dieser Kirchhof und dort die alte Kirche und die uralte Burg und all die Strandhamns, die lebenden und die toten! Wir gehen wenigstens weg, Tante Maja, wir haben etwas Neues vor uns. Für uns ist noch alles möglich. Vielleicht landen wir an der Westküste von Afrika statt in Amerika – was macht's! Wir können dort doch wenigstens was tun!«

Pejke wandte sich ab, und Lembit scharrte mit der Schuhspitze im Kies. »Es stimmt, Maja, wir sind alle noch jung genug, um ein neues Leben zu beginnen. Sie und Konstantin natürlich auch. Konstantin ist dreiunddreißig – und Sie?«

»Achtundzwanzig«, erwiderte Maja und wurde rot. Warum wurde sie eigentlich rot?

»Hören Sie!« Lembit trat einen Schritt näher und sah sie fast drohend an. »Für Sie und Konstantin darf das keine Flucht sein. Für den Professor schon eher, der hat nicht mehr soviel zu erwarten. Die Rechte wird er nicht mehr lehren können dort drüben. Aber für Sie muß diese Reise ein anderes Ziel haben als nur in Sicherheit zu gelangen. Wir können dort drüben alle mit einem neuen Leben beginnen. Wir dürfen uns nicht mit Begriffen wie Frieden und Ruhe zufriedengeben. Diese Zeit fordert etwas anderes von uns. Eins muß ich Ihnen sagen: Für mich ist dies keine Flucht oder Notwendigkeit, sondern eine großartige Chance, die mir das Leben geboten hat. Und ich bin nicht aus Angst aufgebrochen, sondern weil ich diese Chance mit beiden Händen habe packen wollen, wenn ich auch Marit zurücklassen mußte!«

»Bravo«, murmelte Pejke leise. Er stand immer noch abgewandt da und schien nur halb bei der Sache zu sein.

»Wir denken genauso darüber, Lembit«, stimmte auch Harry zu. »Aber du darfst eins nicht vergessen – für Vater und Mutter, Tante Maja und Onkel Konstantin ist es natürlich ganz anders. Sie sind älter. Sie können sich einfach nicht vorstellen, wie wir fühlen.« Fast mitleidig klang seine Stimme. Maja hörte das und wurde verlegen. Doch gleichzeitig lehnte sich etwas in ihr auf. Was dachten die sich denn? War sie nicht auch noch jung? Und vor einem neuen Leben fürchtete sie sich gewiß nicht. Im Gegenteil, es verlangte sie danach. Doch sie hatte zu lange in dieser alten Welt gelebt, um ohne Schmerz Abschied von ihr zu nehmen. Außerdem unterschätzte sie die Schwierigkeiten der Reise nicht, was diese Jungen zweifellos taten.

»Ich will mir die alte Kirche doch noch ansehen«, sagte

sie. »Geht ihr nur schon zur Miß Jane zurück!«

Pejke zeigte auf eine kleine Holztafel, die an einen Baum genagelt war.

»Wir müssen den Schlüssel im Pastorat holen«, sagte er. »Ich werde hingehen, und dann begleite ich Sie.« Er stapfte auf seinen kurzen kräftigen Beinen davon.

Die anderen sahen ihm nach. »Pejke ist so ein prächtiger Kerl«, seufzte Harry. »Ein Jammer, daß er unglücklich verliebt ist. Gunvor will nichts von ihm wissen.«

»Sie trauert noch um ihren Marten«, sagte Max mit seiner sich überschlagenden Jungenstimme.

»Du brauchst deinen Senf nicht dazuzugeben!« wies Harry ihn schroff zurecht.

Max wurde rot.

Er tat Maja leid. Armer Max, dachte sie, es war so schwierig, in diesem Übergangsalter zu sein.

»Dann gehen wir also zurück«, sagte Lembit, als er Pejke mit einem riesigen Schlüssel in der Hand kommen sah. »Ich werde Konstantin sagen, daß ihr nicht lange wegbleibt. Und ...« Er zögerte und sagte dann: »Es tut mir leid, Maja, aber ich sehe mir lieber die Bilder vor dem Kino an als die Kirche einer Heiligen aus dem vierzehnten Jahrhundert. Ich bin nun mal kein feinbesaiteter Bursche.« Er sah sie so zerknirscht an, daß sie lachen mußte.

»Dann grüßen Sie Katherine Hepburn von mir!« entgegnete sie.

»Oh, du hast also doch gesehen, was gespielt wird, Tante Maja!« Maxens triumphierende Stimme überschlug sich wieder. »Das finde ich prima.«

»Wir werden noch häufiger Überraschungen miteinander

erleben«, sagte Maja und lachte. »Und wir wollen hoffen, daß du es immer prima findest. Kommen Sie mit, Pejke?«

Konstantin hatte am Nachmittag auslaufen wollen, doch es wurde nichts daraus. Gegen zwei Uhr wurde der Himmel schwarz wie Tinte. Die Wasserfläche des Vättersees fing an, sich häßlich zu kräuseln, und zeigte weiße Schaumköpfe. Mit kurzen heftigen Wellen klatschte das Wasser an das gemauerte Ufer. Der See sah aus wie Blei, und plötzlich wurde es sehr kalt.

»Vor ein wenig Wind fürchte ich mich nicht«, sagte Konstantin, »aber den Böen, die da kommen, traue ich nicht. Wir wollen lieber den Abend abwarten.«

August nickte. Mit schmutzigen Schaumfetzen spülte das Wasser über die kleine Pier. »Seht mal!« Er zeigte auf die Mitte des Sees. Wie ein schwarzer Vorhang fiel der Regen dort nieder. »Den Guß haben wir in ein paar Minuten hier«, sagte er voraus.

»Alle Mann unter Deck!« befahl Konstantin.

Es dauerte keine paar Minuten, sondern nur zehn Sekunden. Klatschend schlug der Regen herunter – es war kein gewöhnlicher Sommerschauer, sondern ein Wolkenbruch mit heftigen Windstößen. Das Wasser strömte den Kajütsniedergang hinunter, die Luke ließ sich nicht ganz dicht machen, weil die Schiebeklappe klemmte. Pejke hatte noch keine Zeit gehabt, sie sich vorzunehmen. Der Fußboden der großen Kajüte stand im Handumdrehen unter Wasser. Kisten und Bettzeug wurden naß. Es gab nur zwei Feudel und zwei Pützen. Justus und Pejke taten, was sie konnten.

»Eine kleine Kostprobe«, sagte August.

»Vor allem eine Lektion für uns«, erwiderte Konstantin. »Wir müssen sofort dafür sorgen, daß diese Luke richtig schließt.«

Kräftige Windstöße, die aus allen Richtungen zu kommen schienen, ließen die Miß Jane an ihren Leinen zerren. Alles, was nicht niet- und nagelfest war, bebte und klirrte. Ein Topf fiel klappernd zu Boden, drei Becher folgten.

Nach einer Stunde hörten Sturm und Regen ebenso plötzlich auf, wie sie gekommen waren. An Bord war alles durchnäßt.

»Wir laufen erst gegen Abend aus«, sagte Konstantin. »Erst muß alles trocken und aufgeräumt werden.« Der Wind war noch so kräftig, daß die Miß Jane in dieser Nacht vor dem Wind ein gutes Stück vorankommen würde.

Als die Fahrt weitergehen sollte, stellte sich heraus, daß Max und Harry fehlten. August regte sich auf, doch als Else mit Bitterkeit in der Stimme sagte, die beiden seien vermutlich Jaans Beispiel gefolgt, beruhigte er sich sofort und nahm für die Jungen Partei.

»Es wird höchste Zeit, daß wir diesen albernen Stolz ablegen, Else. Wir schleppen ohnehin schon zuviel Erinnerungen und Vorurteile mit uns herum. Und nun auch noch falsche Scham – das können wir uns einfach nicht leisten. Was Jaan heute morgen getan hat, war großartig. Und daß es Max und Harry nun auf ihre Weise versuchen ...« Doch er beendete den Satz nicht, als er sah, wie Lembit ihn anschaute. »Was ist denn?« fragte er gereizt.

»Ich fürchte, ich weiß, wo ich sie finde«, erwiderte Lembit.

»Und wo?«

»Sie haben natürlich geglaubt, daß sie bis zum Auslaufen bequem wieder hier sein würden«, sagte Lembit.

»Raus mit der Sprache, Mann! Wo sind sie?« fragte August ungeduldig.

»Ich fürchte, daß es zum Teil meine Schuld ist«, sagte Lembit. »Wir haben heute morgen zusammen vor dem Kino gestanden und uns die Fotos angesehen.«

August wurde dunkelrot. Else faßte ihn am Ärmel.

»Darf ich sie holen, August?« fragte Lembit.

Augusts Stimme bebte vor Zorn. »Diese Unverschämtheit! Und woher haben sie das Geld? Sie haben nicht das Recht...«

»Darf Lembit die Jungen holen, August?« drängte nun auch Else.

Lembit war schon weg. Sie sahen ihn davonrennen, erst die Pier hinunter, dann am Wasser entlang.

Inzwischen war es ziemlich spät geworden. Nach diesem merkwürdigen Tag war der Himmel im Westen roter und glühender, als sie ihn jemals gesehen hatten. Das Wasser war dunkelblau. Auf dem Strandweg, über den Lembit hastete, lagen noch Fetzen von schmutzigem Schaum. Lembit machte sich Vorwürfe. Das hätte ich vorhersehen müssen, sagte er mit zusammengebissenen Zähnen. Die beiden haben doch ganz hingerissen auf die Fotos gestarrt. Und das Geld? Wer sagt denn, daß sie nicht etwas zurückbehalten haben! Sie hatten kein Recht dazu, gut, aber sie sind noch so jung.

Er fand sie, noch ehe er das kleine graue Kino erreicht hatte. Sie rannten durch die stille Straße. Die Vorstellung war noch nicht zu Ende, aber sie hatten Angst bekommen. Keuchend blieben sie vor Lembit stehen. Er schaute ihnen in die verschwitzten Gesichter... Max denkt: Jetzt haben sie mich geschnappt, aber mir ist's gleich; doch Harry macht sich bittere Vorwürfe, dachte Lembit.

»Ihr werdet vermißt. Konstantin wollte schon auslaufen«, begann er.

»Woher weißt du denn, daß wir hier sind?« fragte Max nach Luft schnappend.

»Ich bin auch mal fünfzehn gewesen«, entgegnete Lembit kurz.

»Wir hätten es nicht tun dürfen. Es war gemein von uns«, sagte Harry.

»Woher habt ihr das Geld?« fragte Lembit.

»Heimlich behalten«, erklärte Max beinah stolz.

»Wer? Du? Und wie hast du das gemacht?«

»Einfach nicht alles abgegeben, was ich verdient habe«, sagte Max bockig.

»Findest du das unter diesen Umständen richtig?« fragte Lembit, der nun wirklich böse wurde. »Und du?« wandte er sich an Harry. »Hast du von dem heimlichen Taschengeld deines Bruders profitiert?»

Harry wurde blaß. Er konnte genau wie August sehr jähzornig werden. »Ich habe schon gesagt, daß ich es gemein von uns finde. Es tut mir leid, und nun hör auf damit!« Er lief wieder rascher.

Max trabte hinter ihnen her. »Er hat gesagt«, verteidigte er seinen Bruder, »daß er es mir in Amerika wiedergeben wird.«

Lembits Wut verflog wie durch einen Zauberschlag. Was für Kinder waren es doch noch! Und darüber hatte er sich aufgeregt. Natürlich rissen sie mal aus. Natürlich nahmen sie die letzte Chance wahr.

»Ihr seid verdammt kindisch!« hielt er ihnen vor, während sie hintereinander herliefen. »Ihr solltet langsam alt genug sein, um zu wissen, was ihr tut.«

»Wir wollten ja auch was dabei lernen«, keuchte Max. »Der Film spielte im Hafenviertel von San Franzisko. Da kommen wir zwar nicht hin, aber doch in andere Häfen. Und man kann nie wissen ...«

»Was versteht ihr schon von Hafenvierteln!« spottete Lembit.

Harry blieb plötzlich stehen. »Wenn du jetzt deinen verdammten Mund nicht hältst!«

Gespannt standen sie sich gegenüber. Lembit schwieg. Das Mitleid, das er mit dem Halbwüchsigen hatte, wagte er nicht zu zeigen. Doch etwas in seinem Gesicht verriet ihn. Harry wendete sich ebenso brüsk wieder ab. Sie liefen weiter, jetzt alle drei in regelmäßigem Laufschritt.

Auf dem Strandweg drehte sich Harry keuchend um. »Ich werde versuchen, es wiedergutzumachen.«

Lembit sagte nichts. Er hätte dem Jungen gern geholfen.

An Bord wurden sie mit so vernichtenden Blicken empfangen, daß Max in Tränen ausbrach, während Harry in sich zusammenkroch. Konstantin sagte nichts. Er versuchte, August mit den Augen in Schach zu halten, als wollte er sagen: Sie haben schon ihr Teil gehabt.

»Und alles wegen Katherine Hepburn«, seufzte Pejke.

»Du hast ja keine Ahnung!« zischte Lembit grimmig.

»Leinen los!« befahl Konstantins schwere Stimme. Und gleich darauf segelte die Miß Jane über die weite Wasserfläche des Vättersees, dem immer noch rot glühenden Westhimmel entgegen.

4

»Bestimmungsort?« fragte der Beamte der Hafenpolizei, der vor der Insel Marstrand an Bord kam.

»Eine Fahrt durch schwedische Territorialgewässer«, erwiderte Konstantin.

»Wie lange?«

»Vielleicht eine Woche.«

Der Schwede kontrollierte die estnischen Pässe sorgfältig. »Na, Kommunisten sind Sie jedenfalls nicht«, sagte er gelassen. Eine Erwiderung erhielt er nicht.

Er musterte Konstantin, der in dunklem Sweater und langer dunkler Hose vor ihm stand, eine alte blaue Uniformmütze auf dem Kopf. Dann betrachtete er August. Der sah schon eher aus wie ein Mann, der zum Vergnügen segelt. Grochen steckte den Kopf aus der Kajütsluke, und Jaan kam herbei, Heino und Aimi hinter sich. Die Kinder hatten gewöhnliche Schulkleider an. Nach einer Vergnügungsfahrt sah das alles nicht aus.

»Stark überbesetzt, die Jacht«, murmelte der Schwede.

Er gab die Pässe mit einem vielsagenden Blick zurück und wandte sich zum Gehen. Die Hand an der Mütze, doch ohne sich noch einmal umzuschauen, verließ er die Miß Jane.

»Segel setzen!« befahl Konstantin. »Wir kreuzen seewärts.«

Er drehte sich um und grüßte in Richtung Marstrand. Er

ließ die Hand lange an der Mütze und schaute nach dem alten Fort, das früher einmal den Zugang nach Gotenburg verteidigt hatte. »Leb wohl, Schweden!« murmelte er. »Vier Jahre lang bist du gastlich zu uns gewesen.«

Der Wind war günstig, die See mäßig bewegt. Die Miß Jane lag gut zu Wasser, genau wie es Konstantin und August erwartet hatten. Konstantin stand neben dem Großmast und legte fast liebkosend die Hand dagegen, während ihm fliegende Gischt ins Gesicht spritzte. August stand am Ruder. Er holte tief Luft: Der günstige Wind, die See und der Salzgeschmack in seinem Mund machten ihn ganz glücklich. Er blickte auf und lachte den kreischenden Möwen zu, die ihnen folgten. Konstantin drehte sich um, und die beiden Männer sahen einander an, die ganze Länge des voll stehenden Großsegels zwischen sich. Aber sie hatten nicht das Bedürfnis, sich etwas zuzuschreien – sie verstanden sich auch so.

Pejke, der die Fockschot bediente, stand neben Konstantin. »Ich bin froh, daß wir die langweilige Fahrt durch den Kanal hinter uns haben!« rief er. Sein Haar flatterte im Wind, und er spürte eine seltsame Bewegung in sich aufsteigen, die er nicht in Worte fassen konnte.

Dies hier, diese Fahrt der Miß Jane, war etwas Großartiges. Bisher hatte er es noch gar nicht begriffen. Im Kanal war ihm alles noch so klein und fast alltäglich erschienen. Doch jetzt, diese blaugrüne See vor dem Bug, der sich senkte und hob, das Klatschen, Rauschen und Spritzen des Wassers, das Schlingern und Stampfen ihres kleinen kräftigen Bootes auf den schäumenden Wellen, dies alles ließ den Himmel viel größer, die Miß Jane viel kleiner und das Leben viel wertvoller erscheinen. Doch er konnte nichts von dem, was in ihm vorging, aussprechen und putzte sich die Nase.

Sie kreuzten mit langen Schlägen. Lembit und Harry bedienten das Besansegel.

»Ist es nicht verrückt, daß unser einziger Chronometer ein alter Wecker ist?« schrie Harry nach einiger Zeit.

»Wenn dein Vater und Konstantin meinen, daß sie es damit schaffen, dann können wir uns ruhig damit abfinden«, rief Lembit zurück.

Das Segel über ihren Köpfen knatterte, und der Wind sang in der Takelage.

Max, Professor Lütke und Gunvor saßen, die Hände um die Knie geschlungen, im Ruderhaus. Der Professor hatte sich eine Wollmütze aufgesetzt, und Gunvors Haar flatterte unter dem schmalen Tuch hervor. Ihre Wangen hatten Farbe, und ihre Augen leuchteten.

»So sind wir früher auch gesegelt«, sagte sie. »Nur schneller.«

»Aber diese Reise hat ein Ziel«, erwiderte der Professor. Und nur das Ziel zählt, dachte er für sich, nicht die Kälte, nicht die unerträgliche Dünung und nicht die Einsamkeit unter den vielen anderen Menschen. Er hatte das Gefühl, daß der Wind alles durchdrang – das dicke Winterunterzeug, den Anzug, die schwere Düffeljacke. Gunvor sah, daß er fröstelte.

»Bei Madeira wird's wärmer«, sagte sie und lachte.

»Aber es ist schon Juni«, sagte der Professor. »Die Sonne steht hoch.«

»Wir sind auf der Nordsee«, sagte Gunvor. »Die Nordsee ist kalt, und der Wind kommt aus Nordwest.«

Justus, der unten in der Kajüte Else beim Kartoffelschälen

geholfen hatte, kam zu ihnen herauf. Er lehnte sich mit dem Rücken an Maxens Knie, blickte am Mast hoch, von dessen Topp der rotweiße Wimpel flatterte, reckte die Arme und stieß einen Schrei aus.

»Was sagst du?« fragte Max.

»Nichts«, erwiderte Justus.

»Es war eine Botschaft für die Möwen, Max«, meinte der Professor lächelnd. »Unser Freund Justus ist jung und äußert seine Lebensfreude.«

Justus warf dem Professor mit schief gelegtem Kopf einen vernichtenden Blick zu, doch dessen Augen sahen ihn so wohlwollend an, daß er lachen mußte. »Recht haben Sie auch noch!« sagte er.

»Dessen braucht man sich nicht zu schämen«, erwiderte der Ältere.

Gunvor betrachtete aufmerksam Justus' Profil, das trotz der stumpfen Nase hübsch und kräftig war. Dann schaute sie auf seine Hände, die breit waren wie Schaufeln, und dachte wieder an Marten. Marten hatte geweint, als sie sich verabschiedeten.

Außer Konstantin, August, Gunvor, dem kleinen Jaan und Pejke wurden alle seekrank. Der Seegang der Nordsee war kurz und heftig, der Wind unbeständig. Aimi und Andreja hatten am meisten darunter zu leiden. Maja tat mit kreideweißem Gesicht, was sie konnte. In ihrer Kajüte stank es. In der Kajüte der Laidoners war es nicht viel besser. Die Männer kochten für sich selber. Nur Kartoffeln. Den Kranken gab Konstantin ein wenig Reissuppe, doch sie behielten nichts bei sich. Er bedauerte sie nicht allzusehr. »In ein, zwei

Tagen haben sie es hinter sich. Und was sie jetzt nicht essen, bleibt uns für später.«

Am vierten Tag kam Sturm auf. Die Miß Jane tanzte und sprang mit nackten Masten über die weiß schäumenden Wellenberge und glitt in die Wellentäler, als ob sie ein Schlitten wäre. Gerade, als der Wind nachließ und es aussah, als ob das Schlimmste vorüber wäre, schlug die Miß Jane irgendwo unter der Wasserlinie leck. Das Wasser lief in den Raum. Es rauschte und gluckerte, und nach wenigen Minuten schwappte es beim heftigen Rollen des Bootes durch die Bodenluken der Kajüten. Maria, die es als erste sah, fing lautlos an zu weinen. Die Kinder schrien; es war ihre Feuertaufe. Nur Jaan beteiligte sich nicht. Mit verächtlichem Gesicht und vorgeschobener Unterlippe rief er ein paar männliche Worte und stieg an Deck. Gleichzeitig mit ihm schwankte auch der Professor grünlich blaß nach oben.

Konstantin verzog keine Miene. »Abwechselnd an die Pumpe!« befahl er. »Lembit als erster!«

Mittlerweile waren auch die anderen an Deck gekommen, das Rauschen des eindringenden Wassers und das furchteinflößende Klatschen des Wassers im Raum hatte sie hinaufgetrieben. Harry taumelte hinter Lembit her; beide hielten sich an allem fest, was sie greifen konnten. Das Boot tanzte noch immer wie besessen.

»Jeder, der hier oben nicht gebraucht wird, nach unten!« befahl Konstantin. »Wir haben keine Zeit, euch zu retten, wenn ihr über Bord gespült werdet.«

Harry sah sich um. Flehend blickte er Konstantin an, der gerade mit Pejke das Großsegel wieder klarmachte. Konstantin sah ihn fest an. »Gut«, sagte er, »du bleibst. Du wirst hier oben gebraucht.«

Der Junge folgte Lembit. Sie hielten sich an ein paar Klampen an Deck über dem Achterraum fest, beugten sich im Wind und stemmten die Füße krampfhaft gegen die Decksplanken der rollenden und schlingernden Miß Jane. Lembit starrte auf den an Steuerbord ins Deck eingelassenen eisernen Ring, den er nicht erreichen konnte. Es war der Griff der Pumpe.

»Wie krieg' ich den zu fassen, ohne über Bord zu gehen?« murmelte er. »Halt dich gut fest!« zischte er Harry zu. Er wartete geduckt, bis das Boot für einen Augenblick einigermaßen waagerecht lag. Dann packte er den Arm des Jungen mit der Linken und griff, sich vorwärts fallen lassend, nach dem eisernen Ring.

Lembit riß an dem Griff den drei Fuß langen Eisenkolben hoch, drückte ihn wieder hinein und holte ihn wieder hoch – damit war ein halber Liter Wasser aus dem Raum gepumpt. Er machte zweihundert Schläge, nach ihm Harry hundertfünfzig. Dann ließ Lembit ihn aufhören, der Junge konnte nicht mehr. Pejke und Justus lösten die beiden ab. Noch immer stand das Wasser wenige Zoll unter dem Kajütenfußboden, und noch immer schossen lange Wasserzungen durch die Lukenränder. Die Frauen taten nichts anderes als aufwischen.

Konstantin und August beschlossen, einen norwegischen Hafen anzulaufen. Als sie den Leuchtturm von Kragerö sichteten, sagte Lembit zu Konstantin: »Verdammter Mist. Jetzt schon aufzugeben!«

Doch der andere lachte, daß man's fast an der norwegischen Küste hören konnte. »Aufgeben? Mann, wir haben gerade erst angefangen. Was denkst du denn? Wir wollen doch nur das Leck reparieren.«

In einer kleinen Werft schleppten sie die Miß Jane auf die Helling. Da bekamen sie den Unterwasserteil des Schiffes zum erstenmal richtig zu Gesicht. Das sah nicht gut aus. Backbord vorn, wo auch das Leck entstanden war, gab es mehrere schwammartige Flecken. Und überall kam das Werg zerfranst aus den Nähten zwischen den Planken hervor wie die Füllung aus einer alten Puppe.

August stand da und schaute es sich mit zusammengebissenen Zähnen an. Er hatte die Fäuste in den Taschen seiner längst schmutzigen weißen Hosen geballt. Die Knöchel zeichneten sich deutlich unter dem Stoff ab. Konstantin lief wütend hin und her. Die anderen standen unbeweglich da und warteten.

»Es ist leicht in Ordnung zu bringen«, sagte Konstantin schließlich. »Aber es kostet uns drei Tage.«

»Und es kostet viel Geld«, ergänzte August. »Vermutlich den größten Teil von dem, was wir als unbedingt notwendige Reserve zurückgelegt haben.«

»Außerdem ist noch die Frage, ob wir hier Material bekommen«, entgegnete Konstantin zweifelnd.

Es war Abend. Auf der kleinen Werft befand sich nur ein alter Wächter, der sich sofort zurückgezogen hatte, um hinter einem Stapel Planken sein gestörtes und verbotenes Nikkerchen zu halten.

Konstantin blieb plötzlich stehen und fuhr hoch: »Das ist eine verdammte Schweinerei!«

»Was meinst du denn?« fragte Maja, die Heino auf dem Arm hatte, obwohl er viel zu groß dafür war. Der Kopf des

Jungen lehnte schwer auf ihrer Schulter.

»Wie die das Boot haben verkommen lassen! Dieser alte Kerl – na ja, es wird kein absichtlicher Betrug gewesen sein, auch von dem alten Propst wohl nicht, aber daß sie es so weit haben kommen lassen! An der Miß Jane liegt es nicht!«

Maja lächelte. Konstantin war also noch immer vernarrt in das Schiff. Aber das war nur gut. Sie setzte den Jungen ab und ließ sich auf einer Kabelrolle nieder, Heinos Kopf auf ihrem Schoß.

»Ich kann nicht mehr stehen«, sagte sie. »Aber es ist herrlich, wieder an Land zu sein.«

»Die Würmer müssen sie angefressen haben, als sie auf dem Trocknen lag«, erklärte August. »Wir müssen morgen versuchen, Kupferplatten zu beschaffen.«

Am nächsten Tag gelang es ihnen nicht nur, ein paar Kupferplatten aufzutreiben, sondern auch eine ordentliche Menge Pech und Werg und außerdem noch alte gute Farbe.

»Wir haben das Zeug so rasch bekommen, weil wir mit schwedischem Geld zahlen konnten. Die Norweger nehmen am liebsten schwedische Kronen«, berichtete Lembit, der vor den anderen zur Miß Jane zurückgekehrt war. »Deshalb ist der Chef dieser Werft hier auch so entgegenkommend.«

»Ich hatte mich auch schon gefragt, woran das liegt«, sagte Else, wurde aber rot dabei, denn sie hatte gemerkt, daß dieser große dunkle Norweger oft zu ihr herübersah.

»Konstantin meint, daß wir alles selber machen und innerhalb von drei Tagen fertig sein können«, fuhr Lembit fort. Er ging zu Grochen, die hinter einem Holzstapel auf einem alten Benzinkanister saß und fröstelnd Kartoffeln schälte. Jaan kauerte neben ihr.

»Wir fühlen uns wieder pudelwohl«, sagte sie tapfer, während sie zu Lembit aufsah. »Und wir haben uns hier ein Fleckchen in der Sonne ausgesucht.«

Der junge Mann blickte zweifelnd nach der blassen weißen Sonne, die trübe durch wässerige Wolkenfetzen schien. »Ja, ja«, sagte er kurz. Dann wandte er sich Else und Maja zu, die mit Andreja, Gunvor und Maria alle Kleider, das Bettzeug und die durchweichten Koffer von Bord herübergeschleppt und rundum auf der Werft ausgebreitet hatten, um sie trocknen zu lassen.

»Jaan, ruf Heino und Aimi!« sagte Grochen. »Dann bringe ich euch einen lustigen Vers bei, den wir zu meiner Zeit immer beim Seilspringen gesungen haben.«

»Ja, Omi!« Jaan rannte auf seinen kurzen Beinen davon und sprang über Balken, Fässer, über Werkzeug und alten Plunder.

»Hier liegen alte Taue in Hülle und Fülle«, sagte Omi Kompus zu Lembit. »Da wird wohl ein Stückchen übrig sein. Die Kinder müssen Bewegung haben.«

»Jetzt ist Murmelzeit, Omi«, erwiderte Lembit beinah verlegen. »Ich werde August fragen, ob ich ein paar Murmeln für sie kaufen darf. Die kosten ja fast nichts.«

Die alte Frau nickte erfreut. »Ja«, sagte sie – und gleich darauf grimmig: »Aber lungere nicht so rum, Junge! Du hast doch nicht umsonst Hände an den Armen. Und da stehst du nun und guckst zu, wie eine alte Frau Kartoffeln für euch schält. Schäm dich! Du könntest mir ruhig helfen.«

»Je lauter du schimpfst, desto lieber bist du mir, Omi Kompus«, sagte Lembit lachend. »Aber gestatte mir, erst mein Messer zu schleifen. Ich habe hinter dem Schuppen dort einen feinen Schleifstein gesehen.«

»Da sieht man's wieder«, sagte Grochen erbost, »das junge Volk kommt immer mit Ausflüchten!« Sie warf eine geschälte Kartoffel in den Eimer, daß das Wasser hochspritzte. »Und alles, was man hier ißt, schmeckt nach Öl und Rost«, murrte sie, während sie nach der nächsten Kartoffel griff.

Es kam genau, wie Konstantin es vorhergesagt hatte: In drei Tagen waren sie klar. Die Miß Jane, die sich im Fjord wiegte, machte kein Wasser mehr. Sie konnten stolz auf ihre Arbeit sein. Doch August und Konstantin machten sich Sorgen über die nahezu leere Kasse.

Die Frauen und Kinder, die während der Tage in kleinen Gruppen in den Ort gegangen waren, hatten nur zwei Dosen Kondensmilch auftreiben können. »Es sind immerhin zwei«, sagte Maja. »Für jedes Kind sechs Tage länger einen Eßlöffel.« Konstantin nickte, ohne etwas zu erwidern.

Es war Abend. Die Kinder, todmüde nach drei herrlichen, aufregenden Tagen, lagen in der Koje. Die Erwachsenen waren an Deck.

»Ich höre Musik«, sagte Gunvor. »Eine Ziehharmonika.«

»Auf der Landungsbrücke des Dampfers wird getanzt.« Lembit hatte schon davon gehört. »Wollen wir hingehen?«

Justus sah Else an und wurde rot. Dann blickte er zu August hinüber. »Sollen wir hingehen?« fragte er.

Pejke stand schon neben Gunvor, breit und unbeholfen, ohne ein Wort zu sagen.

Andreja wandte sich ab. Sie wollte gern tanzen. Es war, als ob die Musik immer deutlicher herüberklänge und sie lockte. Aber sie wußte, daß sie dann nur noch mehr als sonst an Erik denken mußte. An Erik, der immer fröhlich war und der noch gelacht hatte, als er im Stockholmer Hafen Abschied von ihr nahm. Erik, der die weiße Studentenmütze geschwenkt und etwas gerufen hatte, was sie nicht verstand. Aber sie hoffte, daß es das gleiche war, was er am Abend vorher sehr ernst gesagt hatte: »Ich komme dir nach. Glaub mir.«

Lembit trat zu ihr. »Andreja, ich weiß, daß du an Erik denkst. Und ich denke an Marit. Wir können also ungefährdet zusammen gehen und uns ein wenig trösten. Was meinst du dazu?«

Andreja wandte sich ihm zu und lachte, wenn auch ein wenig betrübt. Dann fing sie Marias Blick auf. Das Mädchen schaute mit großen Augen zu ihnen herüber. Maria wollte mit Lembit tanzen, das war deutlich zu merken. Sie ist erst sechzehn, dachte Andreja.

Doch dann sagte sie: »Also gut, wir gehen und nehmen Maria mit.« Sie legte Maria den Arm um den schmalen Rücken und dachte: Sie ist viel zu dünn angezogen. Ich muß ihr morgen einen von meinen Pullovern geben.

»Lembit«, sagte sie, »häng doch Maria deine Jacke um. Sie bibbert ja vor Kälte.«

»Wie kann man nur an so einem schönen Sommerabend frieren!« Damit legte er dem Mädchen die Joppe über die Schultern. Maria verkroch sich tief hinein und wurde dunkelrot.

»August, laß uns auch gehen!« bat Else. »Ich fände es herrlich, wieder einmal zu tanzen. Hör dir die Musik an!«

Schließlich waren Konstantin, Maja, Omi und der Professor die einzigen, die zurückblieben, denn Max hatte mit Recht erklärt: »Wenn Maria und Gunvor dürfen, darf ich auch!«

Lembit zog ihn mit. »Ein guter Partner für Maria«, rief er fröhlich. »Ab geht's?«

Maria verkroch sich in Lembits warmer Jacke und faßte nach Andrejas Arm.

»Frierst du immer noch?« fragte Andreja.

Maria nickte. »Ein bißchen, aber es wird schon vergehen.«

Auf der großen Landungsbrücke leuchteten rote und orangefarbene Lampions, die im schwachen Wind hin- und herschwangen. Es tanzten viele Paare. Als sie näherkamen, sahen sie die Norwegermädchen in ihren farbenfrohen Sweatern, Männer in Uniform, einzelne Segler in weißen Pullovern und kurzen Hosen. Ein Mann ging herum, der eine große Büchse vor dem Bauch hängen hatte, aus der er warme Würstchen verkaufte. »Mit Senf? Ohne Senf?« rief er. Sie gingen rasch an ihm vorbei.

Der Harmonikaspieler stand auf einem hölzernen Kaffeehausstuhl. Der Schweiß lief ihm übers Gesicht. Die Zigarrenkiste, die neben einem Stuhlbein auf dem Boden stand, war schon halb voll von Geldstücken.

August legte den Arm um seine Frau und tanzte rasch mit ihr zwischen die vielen Paare. »Es ist mir noch nie passiert, daß ich die Musik nicht anständig bezahlt habe«, sagte er schroff.

Else antwortete nicht. Sie hatte den Kopf an seine Schulter gelehnt und tanzte mit geschlossenen Augen. Heute abend war es ihr gleich, ob sie bezahlen konnten oder nicht. Es machte ihr nicht einmal etwas aus, daß sie harte Segelschuhe anhatte. Sie tanzte – sie tanzte genau wie früher. Und August war noch ein ebenso guter Partner wie früher, als sie die Feste des Jachtklubs in Tallinn besuchten. Sie hatte damals ein weißes Abendcape aus Pelz, und August war im Smoking der eleganteste Mann im Saal.

»Schau dir bloß mal an, wie unser Max mit der kleinen Maria herumstolpert«, hörte sie August sagen.

Sie sah nicht hin. Sie wollte nichts sehen. Sie wollte nur August spüren und sich einbilden, es sei alles noch wie früher. Er war noch der gleiche, er war das einzige in ihrem Leben, das sich nicht verändert hatte. Oder irrte sie sich? War auch er durch dieses Leben, das sie führten, verändert? Dies Leben des ständigen Zurückweichens und Verlierens?

Sie öffnete die Augen. Es hatte nichts genützt, sie zuzumachen. Die schlimmen Gedanken waren dennoch gekommen. Sie sah Max und Maria zusammen tanzen und lachte schrill auf. Es war ein Lachen, das August reizte.

»Weshalb lachst du so?« fragte er.

»Diese Maria«, sagte sie. »Sieh dir die Augen an! Und das Tüchlein, das sie sich um den Kopf gebunden hat. Ein typisches Flüchtlingskind. Sie paßt gut zu uns.«

August hörte nur die Kälte in ihren Worten und nicht die Verzweiflung in ihrer Stimme. Er machte eine Bewegung, als ob er sie loslassen wollte. »Wenn du nichts Freundlicheres zu sagen weißt«, entgegnete er, »dann schweig lieber!«

Sie biß sich auf die Lippen und spürte die Tränen in den Augen brennen. »August«, sagte sie so leise und bekümmert, daß er in ihr Gesicht hinabblickte und entdeckte, was los war. Seine Linke ließ ihre Hand los, er suchte in der Hosentasche und holte ein Taschentuch heraus. »Hier«, sagte er und wischte ihr die Tränen aus den Augen. »Komm!« Seine Stimme klang sanft und dunkel. »Vielleicht tanzen wir zum letztenmal zusammen, Else. Zum letztenmal auf europäischem Boden«, verbesserte er sich. Danach schwiegen beide.

Sie tanzten an Justus vorüber, der, die Hände in den Hosentaschen, am Rand stand und zusah und ihnen mit den Augen folgte.

Lembit tanzte fröhlich mit Andreja und drehte sie wie einen Kreisel herum. »Das habe ich mit Marit auch immer getan.«

»Tanzt du nachher auch mit Maria?« fragte Andreja.

»Meinetwegen«, erwiderte er. »Sie ist ein nettes Kind, nur schade, daß sie stumm ist wie ein Fisch.«

»Sie muß sich noch an uns gewöhnen«, sagte Andreja.

»Wir müssen uns alle noch aneinander gewöhnen«, entgegnete Lembit.

»Aber sie ist erst sechzehn und hat schon so viel durchgemacht«, sagte Andreja.

»Da kommen sie«, flüsterte Lembit. »Junge, was sich Max für Mühe gibt! Aber ein sehr glückliches Paar sind sie nicht.« Er lachte und winkte den beiden zu. Maria wurde rot. Max grinste verlegen. Doch dann lenkte er die Aufmerksamkeit von sich ab, indem er auf seinen Bruder zeigte.

Harry tanzte mit einem fremden, norwegischen Mädchen. Er sprach Schwedisch, als ob es seine Muttersprache wäre, und wirkte, als wäre er achtzehn und nicht erst sechzehn.

»Er möchte als Schwede angesehen werden«, flüsterte Lembit. »Er will kein Flüchtling sein.«

»Das versteht sich doch von selbst«, sagte Andreja so heftig, daß Lembit sie erstaunt ansah.

»Du hältst das doch nicht etwa für eine Schande?« fragte er scharf.

»Nein, das nicht, aber...« Sie zögerte.

»Was?« drängte er.

»Man kann doch nicht noch stolz auf sein Unglück sein«, sagte Andreja.

»Nein, aber man kann stolz in seinem Unglück sein«, erwiderte Lembit leidenschaftlich.

»Lembit«, sagte Andreja zögernd, »das gefällt mir an dir.«

»Was?« fragte er.

»Daß du das so sagst: stolz in seinem Unglück. Ich habe immer geglaubt...« Sie überlegte, wie sie es aussprechen sollte. »... immer geglaubt, daß du alles ziemlich leicht nimmst.«

»Du meinst, daß du mich immer für ein ziemlich einfaches Gemüt gehalten hast. Das bin ich wohl auch«, sagte er grinsend. »Aber manchmal kann ich auch was Überraschendes sagen. Nun komm, mein Mädchen!« Und damit schwenkte er sie wieder wie einen Kreisel herum.

Mein Mädchen, das hatte Erik auch immer gesagt. Beide schwiegen sie nun.

Auch Gunvor und Pejke schwiegen. Gunvor, weil sie an Marten dachte, und Pejke, weil er zu verlegen war. Außerdem war er schon froh, sie in den Armen halten zu dürfen. Wenn er doch nur ein bißchen besser tanzen könnte! Je mehr er sich bemühte, desto öfter trat er ihr auf die Zehen. Er seufzte. Und Gunvor seufzte auch. Doch plötzlich lachte sie.

»Was sind wir doch für ein stures Paar!« sagte sie.

»Du nicht«, erwiderte Pejke.

»Ach, Pejke!« Sie rüttelte ihn kurz an der Schulter und hätte ihm nichts Herrlicheres antun können.

Der Harmonikaspieler wurde von einem zweiten abgelöst, der schon eine Weile neben seinem Stuhl gestanden hatte. Der Mann mit den warmen Würstchen lief immer noch rastlos umher. Seine Würstchen waren schlecht und teuer. Vielleicht war nicht einmal Fleisch darin. Es war der 12. Juni 1945.

5

Acht schreckliche Tage auf der Nordsee folgten. Die Miß Jane bäumte sich gegen die heftigen Wind- und Regenböen aus Nordnordwest. Zweimal vierundzwanzig Stunden lang schlug mit der Regelmäßigkeit einer Uhr alle fünf Minuten eine Sturzsee über das Boot. Das Wasser leckte durch das Kajütsoberlicht. Niemand hatte mehr einen trockenen Faden am Leib, alles war durchnäßt.

Für die halb bewußtlosen Seekranken war es nicht so schlimm wie für die leicht Erkrankten und die Gesunden. An Deck und an der Pumpe fehlte es an Händen. Obendrein hatten alle Hunger, denn kochen konnte man kaum. Zweimal war ein ganzer Topf Kartoffelsuppe vom Feuer geschleudert und durch die Bodenluke in den Raum gespült worden.

Gegen Ende des fünften Tages durchfuhr die Männer an Bord ein entsetzlicher Schreck. In der Dämmerung wirkten die Schaumköpfe weißer und die Wellentäler schwärzer, und niemand von ihnen begriff, wie es möglich war, daß August die Gefahr entdeckte. Die anderen sahen nur, wie er mit ein paar gewaltigen Sprüngen vom Bug zum Ruder sprang, Lembit zur Seite stieß und das Rad mit aller Kraft herumdrehte. So verfehlten sie eine treibende Mine nur ganz knapp!

»Die ist von ihrem Platz losgerissen worden«, sagte August. »Genau wie wir.«

Im Hafen Fraserburgh in Schottland kamen zwei Beamte der Paßkontrolle an Bord. Lange starrten sie auf die estnischen Pässe. Sie kannten sich gut, die beiden Männer, denn schweigend, ohne sich anzusehen, fochten sie ihren Kampf mit sich selber aus. Die Menschlichkeit siegte:

Mit einem Achselzucken stempelte einer von ihnen die benötigten Durchreisevisa in die Pässe hinein.

Zwei Stunden später lief die Miß Jane mit der Kraft ihres kleinen Hilfsmotors in den Kaledonischen Kanal* ein, da Konstantin für das letzte Geld Dieselöl gekauft hatte. »Das ist jetzt wichtiger als Lebensmittel«, hatte er gesagt, und August war derselben Meinung.

In dem ruhigen Kanal erholten sich die Seekranken. Wie Maulwürfe, die im Frühjahr aus ihren Löchern hervorkriechen, kam einer nach dem anderen aus den Luken zum Vorschein. Graublaß setzten sie sich mit zitternden Knien irgendwo nieder. Die Sonne schien zögernd durch dünne Wolken, und es war völlig still. Selbst das Wasser war ruhig, es klatschte nicht, es rauschte nicht, es murmelte nur ein wenig um den Bug.

Leise und regelmäßig tuckerte der kleine Motor mit einem Geräusch, das nach dem Dröhnen des Meeres sehr sanft wirkte und von den dichtbewachsenen hohen Ufern kaum widerhallte. Sie liefen in einen See, Loch Ness, ein, der

---

* Der Kaledonische Kanal in Schottland verbindet die Nordsee mit dem Atlantik. Er besteht aus drei sehr schmalen, langgezogenen Seen, die gemeinsam das Tal Glen More bilden und durch kurze Kanäle miteinander verbunden sind. Da die Höhenunterschiede in diesem 90 km langen Tal beträchtlich sind, wurden in die Kanalteile Schleusen eingebaut.

schmal und dunkel, tief und schwarz vor ihnen lag. An roten Bojen waren kleine, bunt gestrichene Ruderboote festgemacht. Als die Miß Jane vorbeifuhr, tanzten sie leise auf den hellen Kräuselwellen der schwarz spiegelnden Fläche. Das Elend der vergangenen Woche, das ihnen doch noch so frisch in der Erinnerung stand, begann in der beruhigenden Stille dieser Umgebung unwirklich zu werden wie ein Alptraum, dessen man sich morgens beim Aufwachen kaum noch erinnert.

Lembit stand auf dem Vordeck und breitete beide Arme aus. »Kaledonischer Kanal, ich möchte dich küssen!« rief er laut.

Aus dem hohen dichten Farn am Ufer flogen zwei Vögel auf. »Moor-Schneehühner!« schrie August.

Die Vögel verschwanden lärmend im dichten Laub. Hier wuchsen Birken und Fichten mit viel Unterholz, Farn und Efeu. Die Berge zu beiden Seiten des Wassers waren hoch, hier und da steil und felsig. Schmale Bäche rauschten in tiefen steinigen Betten und bildeten Wasserfälle, die wie silbernes Spielzeug aussahen. Die Luft war mild, und hoch am blaßblauen Himmel trieben durchsichtige weiße Wolkenfedern. Ein paar kleine schwarze Vögel strichen dicht über das dunkle Wasser.

Grochen saß blaß und matt neben dem Professor und lehnte sich ein wenig an ihn. »Daß man so etwas Schönes noch einmal sehen darf!« seufzte sie. »Das ist die Mühe der Reise wert gewesen.«

Der Professor rieb sich die schmalen knochigen Hände. Er lächelte ein bißchen abwesend. »Die Nordsee war wirklich unangenehm, nicht wahr, Frau Kompus?« sagte er höflich.

»Was heißt unangenehm?« ereiferte sich Grochen grimmig. »Ich habe entdeckt, daß ich vorher überhaupt nicht gewußt habe, was Kälte und Nässe bedeuten.« Doch plötzlich sah sie ihn an, als ob sie eben erst richtig wach geworden wäre.

»Haben Sie eben Frau Kompus zu mir gesagt?«

Ein wenig verwirrt über die Frage schaute der Professor sie an. »Nun ja...«, begann er und stockte.

Doch Grochen schnitt ihm freundlich, aber energisch das Wort ab. »Wir sitzen doch schließlich im selben Boot«, sagte sie. »Hier, halt mal bitte!« Damit reichte sie ihm ihre Brille und blinzelte mit den kleinen dunklen Augen. Tief aus der Tasche ihres Rockes holte sie eine Schere und ein Kärtchen Stopfwolle. »So, nun gib sie wieder her!« befahl sie.

Sie schnitt den Wollfaden um den Steg durch, wickelte ihn ab und leckte dran. »Siehst du, ganz salzig«, sagte sie mit angewidertem Gesicht und warf ihn über Bord, wo er auf dem dunklen Wasser trieb. Danach wickelte sie einen sauberen Faden um den Brillensteg. Der Professor sah ihr zu, gebannter als früher, wenn er im Theater von Tartu das Opernballett gesehen hatte. Als er dann aufblickte, entdeckte er, daß ihr Nasenrücken entzündet war.

»Ich habe eine lindernde Salbe«, sagte er, ein wenig verlegen. Beim Sprechen war er sich über Backen und Kinn gefahren. »Pardon«, murmelte er erschrocken. Ein dichter grauer Stoppelbart bedeckte fast sein ganzes Gesicht. Grochen sah, wie er rot wurde.

»Geh dich nur waschen«, riet sie. »Maja hat kühles Süßwasser aus dem See geschöpft. Aber den Bart würde ich wachsen lassen, der steht dir wirklich nicht schlecht.«

Er stand auf und berührte einen Augenblick ihre Schulter. »Vielen Dank für den freundlichen Rat, Frau Kompus«, sagte er, »aber auf die Zivilisation verzichte ich lieber nicht so schnell.«

Er ging über das Deck zur Luke des Achterraums, machte kleine Umwege und stieg über viele Beine, denn überall saß jemand. Die Kinder balgten sich schon wieder. Else kochte, und er roch den würzigen Geruch von Suppe. Alle hatten wieder Hunger.

Konstantin sah die Ernährungslage übrigens ziemlich düster. Wegen der leeren Kasse bestand nun keine Möglichkeit mehr, den Proviantvorrat irgendwo zu ergänzen. Ich muß strenger werden, nahm er sich vor. Aber die anderen fanden ihn schon streng genug. Die Vorräte schienen noch groß zu sein, sie mußten jedoch noch mindestens zwei Monate reichen, möglicherweise länger, und nur August wußte, was das bedeuten konnte und was sie vielleicht noch alles erwartete. Konstantins Strenge war für alle hart, doch für ihn ganz besonders, da er die Verantwortung freiwillig auf sich genommen hatte. Es fiel ihm nicht leicht, hart zu sein und dadurch die anderen abzustoßen.

Nur Maja wußte, was er dachte und fühlte. Es bedrückte sie. Auch daß Konstantin die Verpflegungslage ungünstig beurteilte, beunruhigte sie stärker, als sie sich eingestehen wollte. Konstantin sah selten etwas zu düster.

Am späten Nachmittag schien die Sonne durch goldene Nebel. Das Wasser zwischen den hohen, jetzt fast schwarzen Ufern war dunkel wie geschmolzenes Blei mit goldenem Glanz darüber. Selbst die Kinder standen im Bann der romantischen Wildheit dieses schottischen Sees.

Maria und Gunvor starrten verträumt an den schroffen Berghängen empor. Pejke stand hinter ihnen und reinigte seine Pfeife. Er hatte zwar keinen Tabak, aber es war ein angenehmer Zeitvertreib.

»Es gibt hier wenig Vögel«, sagte Gunvor.

»Aber hin und wieder singt doch einer«, erwiderte Maria. »Hörst du?«

Die Stille wurde fast greifbar bei dem Vogelgesang. Pejke fuhr sich mit den Fingern durch das Haar. Er hatte ein seltsames Gefühl in der Magengrube. Ein fast unmerklicher Wind wehte ihnen einen süßen Duft zu.

»Jelängerjelieber«, sagte Gunvor und hob die hübsche kleine Nase in die Luft. »Riecht mal! Es ist nicht nur Jelängerjelieber. Ich rieche Felsen und Wasser, ja und natürlich dieses Jelängerjelieber, aber außerdem noch den Rauch eines Holzfeuers. Oder vielleicht ist es auch ein Torffeuer. Jedenfalls kommt der Rauch aus dem Schornstein eines richtigen Hauses.«

An einigen Stellen hatten sie diese einsamen Häuschen schon gesehen, aus grauen Steinbrocken gemauert und mit vermoostem Stroh gedeckt, mit einem kleinen eingezäunten Garten davor, einem Stück smaragdgrüner Wiese daneben, auf der hin und wieder eine Kuh stand, dazu Schafe und Bienenkörbe.

»Es ist Rauch von einem Torffeuer«, entschied Gunvor, die Nase noch immer im Wind.

»Ich rieche nichts«, sagte Pejke. Seine Stimme klang ein bißchen heiser, und er hatte die Worte nur ausgesprochen, um sich selber zu hören. Er war zweiundzwanzig und noch niemals so bodenlos verliebt gewesen.

»Dort fliegen Krähen«, sagte Maria. Die anderen blickten in die Höhe. Unter dem dunstig goldenen Himmel flogen sieben krächzende Krähen.

»Das bringt Glück!« rief Lembit, der hinter ihnen hockte und die Fockschot ausbesserte. »Glück«, fuhr er fort, »das bedeutet in unserem Fall einen gefüllten Magen. Etwas anderes können wir vorläufig nicht erwarten.«

Die anderen drei antworteten nicht.

»Wir kriegen Nebel!« rief Konstantin, der ein Stag ausgebessert hatte und nun den Rücken streckte. »Die Luft wird feucht, und über dem See steigen Nebel auf.«

Es wurde plötzlich auch kälter, doch das störte heute niemanden. Nach diesem herrlichen Tag gab es für jeden genügend trockene Kleider, eine Wohltat, die sie schon fast nicht mehr kannten. Selbst Jacken und Mäntel waren im Wind trocken geworden. Nur das Bettzeug war noch feucht. Maja, Else und Andreja hatten die Matratzen und Decken nach oben gebracht und ständig gedreht und umgehängt. Doch ganz hatte es noch nicht gereicht. »Dieser Schwede hatte recht – das Boot ist tatsächlich überbesetzt«, hatte Lembit erklärt, als alle Matratzen an Deck lagen. »Kein Quadratzentimeter Platz bleibt übrig.«

Bei dem aufsteigenden Nebel war es besser, wieder alles hinunterzubringen. Die Kajüten waren inzwischen saubergemacht worden, so gut oder schlecht es eben ging. Andreja hatte Maja geholfen, und Justus war wie immer Elses rechte Hand.

»Es ist wirklich so, als ob Justus überall zugleich wäre«, hatte Else gesagt. Die Wahrheit war, daß Justus ruhig und systematisch von einem Ende der Kajüte zum anderen arbeitete, während Else sich mal hier, mal dort beschäftigte.

»Saubermachen ist nicht meine Stärke«, klagte sie. »Ich habe es auch früher nie zu tun brauchen.« Doch dann lachte sie, um ihr Gejammer wiedergutzumachen. »Ich bin eine alte Quengelliese und flattere wie ein Huhn hin und her, das weiß ich wohl!« rief sie. »Aber ich gebe mir wirklich Mühe.«

Justus sah sie nur an. »Guck mich nicht so an!« sagte Else.

»Es ist so seltsam zu denken«, sagte Justus langsam, »daß wir uns unter normalen Umständen nie begegnet wären. Jedenfalls nicht auf gleicher Ebene. Vielleicht hättest du meinen Chef mal angerufen, er solle jemanden schicken, um die elektrischen Leitungen nachzusehen. Und dann hätte ich in dein Haus kommen dürfen.«

»Warum sagst du so etwas?« fragte Else.

»Nur so«, erwiderte Justus und machte sich daran, die nächste Ecke zu säubern.

Else dachte an das, was August ihr an jenem letzten Abend in Norwegen nach dem Tanzen gesagt hatte: »Ich mag Justus sehr gern. Aber ich würde nicht gern Schwierigkeiten mit ihm bekommen. Deshalb mußt du aufpassen. Er hat dich den ganzen Abend nicht aus den Augen gelassen. Du bist älter als er, Else, und du bist eine schöne Frau. Das weißt du selbst. Sei vorsichtig mit Justus!«

Sie hatte nichts erwidert. Was sollte sie tun? Sie ermutigte Justus wirklich nicht, aber unfreundlich konnte sie auch nicht zu ihm sein.

»Du hast dein Leben lang jeden Mann um den Finger wikkeln können, ohne dir große Mühe zu geben«, hatte August weiter gesagt. »Ich weiß, daß es dir manchmal mehr Ärger bereitet hat als Vergnügen. Du bist zu schön, das ist alles. Aber jetzt – an Bord der Miß Jane – mußt du sehr vorsichtig sein, Else. Wir können keine Komplikationen brauchen und schon gar keine gebrochenen Herzen.«

Sie hatte August widersprechen und ihm sagen wollen, daß sie keineswegs jeden um den Finger wickeln könne. Weder ihn, August, der eher sie um den Finger wickelte, noch Gerhard, der während ihrer Schulzeit ihre große Liebe gewesen war und der ihr viel Kummer bereitet hatte, als er ihr eine andere, ein viel älteres Mädchen, vorzog. Sie wollte sagen, daß es mit Justus nicht so schlimm sein könne, es werde sich schon geben. Doch sie hatte geschwiegen. Sie war so müde und glücklich gewesen an jenem Abend, und sie wollte die Stimmung nicht mit so komplizierten Dingen verderben. Außerdem war Justus' Hilfe an Bord unschätzbar für sie. Und wie hätte sie sie zurückweisen können? Er hatte ihr immer geholfen, und sie hatte ihn gewähren lassen – auch nach jenem Gespräch mit August. Ängstlich dafür zu sorgen, daß sie niemals allein blieben, war nicht nötig. Sie war auch mit August niemals allein. Alleinsein, das war ein Luxus aus ihrem früheren Leben. Doch heute, an diesem ersten Tag zwischen den schottischen Bergen, war alles anders. Alle waren oben an Deck, niemand war krank, alle hatten wieder Hunger und waren voller Lebenslust – gerade heute war sie ein paar Stunden allein mit Justus gewesen. Und was war nun eigentlich geschehen? Nichts. Aber sie fing an zu begreifen, daß August recht hatte. Sie mußte Justus aus dem Wege gehen. Aber wie? Wie geht man einem Menschen auf einem

Boot von dreizehneinhalb Meter Länge aus dem Wege? dachte sie bitter.

»Justus, wie alt bist du?« fragte sie plötzlich.

»Siebenundzwanzig«, sagte er widerstrebend, ehe er mit einer Pütz Schmutzwasser die Treppe hinaufging.

Während er oben war, trat sie vor den Spiegel. Ich bin fünfunddreißig, dachte sie. Was soll ich tun, um ihm das klarzumachen? Sie zog das Haar von den Schläfen weg. Gunvor und sie hatten das gleiche glänzend blonde Haar, wellig und weich. Sie war immer stolz auf ihr Haar gewesen, und als sich zeigte, daß ihre Tochter ebenso schönes Haar bekam, war sie erstaunt gewesen, ja, fast nahm sie es ihr ein wenig übel. Sie war immer schöner gewesen als ihre Tochter – vielleicht war sie es sogar noch jetzt. – Ich muß etwas tun, um älter auszusehen, dachte sie. Das ist die Lösung. Ich darf mein Haar nicht mehr zehn Minuten täglich bürsten, ich muß den Lippenstift ins Meer werfen. Aber ich weiß nicht, ob ich es fertigbringe. – Wie sie jetzt mit großen verzweifelten Augen dastand, sah sie schon älter aus.

Justus kam wieder die Treppe herunter. Else ließ die Hände sinken und nahm mit einer Grimasse Abschied von ihrem Spiegelbild. Es war eine Grimasse, die sie häßlich machte, eine Grimasse voll Trotz und Selbstverspottung, aber auch voll Mut und Selbstverleugnung. Doch sie gelang ihr noch nicht so recht. Sie fühlte sich eher lächerlich, und das Weinen war ihr näher als das Lachen. »Ich werde mir das Haar mit Seewasser waschen«, murmelte sie böse und ließ die Arme schlaff herunterhängen, um Justus zu zeigen, wie alt und müde sie sei.

»Wann haben wir wieder Englischunterricht?« fragte er.

»Ich habe mit August besprochen, daß ich in Zukunft nur noch die Kinder nehme. Die Älteren unterrichtet er selbst«, erklärte sie. Es war ein Schuß ins Blaue, sie hatte nichts mit August besprochen. Aber was machte das aus? August würde es gern tun. Obendrein würde es ihn ablenken. Konstantin war zwar bescheiden und hatte Feingefühl, aber trotzdem war es für August nicht angenehm, immer die zweite Geige spielen zu müssen. Sie hob fröstelnd die Schultern und zog wieder ein Gesicht.

»Frierst du?« fragte Justus besorgt.

»Gar nicht«, erwiderte sie. »Ich gehe an Deck.« Und fort war sie.

Die Dämmerung fiel. Der eben noch goldene Himmel war mattgrau geworden, und dunkle Wolkenfetzen zogen vorbei. Lembit und Pejke hatten die Positionslaternen angezündet, eine rote an Backbord und eine grüne an Steuerbord. Es war immer ein tüchtiges Stück Arbeit, das Füllen und Schleppen der schweren Petroleumlaternen.

»Aber hier im Kanal ist es ein Kinderspiel«, sagte Lembit.

Der Wind hatte erheblich aufgefrischt. Die Nebelfetzen auf dem See verdichteten sich und bildeten bald eine geschlossene Decke. Es wurde rasch dunkel zwischen den hohen felsigen Ufern, die keine Meile voneinander entfernt waren.

»Wir müssen uns jetzt dem südwestlichen Ende des Sees nähern«, sagte Konstantin. Er stand in der Kajüte und beugte sich im Licht der Petroleumlampe über die Karte.

August stand am Ruder. Lembit und Pejke hielten Ausguck auf dem Vordeck. Konstantin trat zu ihnen. Es war mittlerweile pechfinster. Das schwarze Wasser schimmerte nur im Schein der Laternen ein wenig.

»Wir müssen hier gut achtgeben. Irgendwo ist die Einfahrt zum nächsten Kanalstück«, sagte Konstantin. »Bis Aberchalder und zum nächsten See, dem Loch Oich, haben wir noch sieben Schleusen vor uns. Es wäre doch verrückt, wenn man davon gar nichts sehen sollte!«

»Man sieht's!« erklärte Pejke.

»Man sieht's nicht!« widersprach Lembit.

»Hört auf mit den Flausen!« befahl Konstantin. Sie konnten zwar sein Gesicht nicht erkennen, hörten aber an seiner Stimme, daß er sich ärgerte, weil er die Einfahrt nicht fand. »Motor abstellen!« sagte er.

Lembit lief in den Achterraum. Ein wenig später wurde es totenstill.

»Sie hat mehr!« hörten sie plötzlich Heinos Kinderstimme aus der großen Kajüte. Majas Stimme klang besänftigend dazwischen. Der Junge quengelte noch eine Weile.

»Die Kinder werden lästig«, sagte Konstantin.

»Hattest du es anders erwartet?« fragte Lembit.

»Nein«, entgegnete der andere mürrisch.

»Die armen Dinger sind eine Woche lang hundeelend gewesen«, sagte Pejke. Seine tiefe Stimme wirkte immer wie Balsam.

»Der Professor hat eine Taschenlampe«, sagte Lembit. »Soll ich die...?« Doch er kam nicht dazu, den Satz zu beenden.

»Da!« rief Pejke und hob den Finger. »Hört mal!«

Glockengeläut. Es mußte eben erst begonnen haben, denn bisher war der Klang keinem aufgefallen. Die Töne hallten über das Wasser. Weit weg konnte die Kirche nicht sein.

Andreja kam aus der beleuchteten Kajüte heraufgelaufen. »Sind das Glocken?« hörten die Männer sie fragen.

Danach schwiegen alle vier und lauschten. Der Eindruck war stärker, als sie zugeben wollten.

»An der Einfahrt zu einem Kanal läutet man doch keine Glocken, oder?« erkundigte sich Pejke vorsichtig.

»Du spinnst wohl?« zischte Lembit.

»Motor anwerfen!« befahl Konstantin. »August, halt mal auf die Glocken zu.«

Langsam näherten sie sich dem Ufer. Die grüne Steuerbordlaterne beleuchtete dichtes Farnkraut und efeubewachsene Bäume. Konstantin richtete das Strahlenbündel der Taschenlampe, die inzwischen jemand geholt hatte, darauf.

»Ich sehe einen Landesteg«, rief Lembit. »Einen großen Holzsteg!«

»Dies muß Fort Augustus sein«, sagte Konstantin. »Dann sind wir auch dicht bei der Kanaleinfahrt.« Seine Stimme klang erleichtert.

Er richtete die Taschenlampe auf den Landesteg. Zwei dunkle Gestalten, die mit Sturmlaternen winkten, kamen den Weg zwischen den Bäumen herab. »Gott sei mit Ihnen!« rief eine helle Stimme in einem ziemlich harten englischen Dialekt. »Wir haben Sie kommen hören.«

Konstantin antwortete, doch seine Stimme gehorchte ihm nicht, so daß seine Worte unverständlich blieben.

Die Männer mit den Laternen kamen näher. Es waren Mönche, Benediktiner in schwarzen Kutten mit Ledergürteln. Sie fragten, ob sie ihnen auf irgendeine Weise helfen könnten. Erregtes Durcheinander herrschte jetzt an Bord der

Miß Jane. August bat Konstantin, als Sprecher auftreten zu dürfen, und erklärte den Grund ihrer Fahrt.

»Und das Ziel Ihrer Reise?« fragte einer der Mönche.

»Amerika, die Neue Welt«, erwiderte August. Er legte ein wenig Spott in die Stimme, den er eigentlich gar nicht fühlte. Doch gegenüber der Ruhe, die von diesen Männern ausging, wirkte die Reise der Miß Jane unwirklich und sinnlos.

»Machen Sie an unserm Steg fest«, sagte der Benediktiner. »Und schlafen Sie diese Nacht hier. Wir bringen Ihnen morgen früh frische Lebensmittel. Gottes Friede sei in dieser Nacht mit Ihnen.«

Noch immer läuteten die Glocken.

»Das Ganze ist mir ein Rätsel«, murmelte Konstantin. »Auf der Karte ist nur ein Fort eingezeichnet.«

Am nächsten Morgen wurde das Rätsel gelöst. Das alte, im Jahr 1715 erbaute Fort Augustus war seit langem Benediktinerkloster. Wo Konstantin Soldaten erwartet hatte, waren Männer in schwarzem Habit, die ihnen den Weg zeigten, ihnen halfen und Proviant brachten. Zehn Liter frische Milch, Gemüse aus der eigenen Landwirtschaft, Hammelfleisch. Sogar Zigaretten waren dabei und ein paar Tafeln Schokolade.

Der Älteste der Patres segnete die Miß Jane mit ernsten Gebärden und einem leisen Gebet. Niemand an Bord kniete, niemand betete mit, und dennoch bestand in diesem Augenblick eine tiefe Verbundenheit zwischen ihnen und diesen Männern, die in einem anderen Glauben lebten. Grochen drückte das vielleicht am besten aus, als sie den Mönchen vor der Abfahrt dankbar die Hand schüttelte und mit bebender Stimme sagte: »Wir weinen ja alle die gleichen Tränen.«

Keiner der Mönche verstand Estnisch, und August übersetzte ihre Worte nicht, denn er hatte zu seiner eigenen Stimme kein Zutrauen. Doch das machte nicht viel aus, denn hinter Grochens Brillengläsern und hinter denen des alten Benediktiners standen wirklich die gleichen Tränen.

»Gott blicke nieder auf dies Unternehmen und führe es in seiner Güte zu einem guten Ende!« sagte der alte Mann in der Kutte, während er Grochens Hand immer noch in der seinen hielt. »Fahrt im Vertrauen auf ihn!«

Die alte Frau verstand ihn nicht, doch sie nickte eifrig und schüttelte wieder seine Hand. »Ich hab' einfach getan, als ob ich ihn verstanden hätte«, sagte sie nachher zu den anderen. »Das ist das höflichste.«

Die Mönche standen noch auf dem Steg, als Lembit und Justus die Leinen loswarfen. Das Boot war vielleicht sechs, sieben Meter vom Land entfernt, als der alte Priester in die tiefe Tasche seines Gewandes griff und noch ein Päckchen Tabak hervorholte. Mit einem Lachen warf er es an Bord.

»Das hätte ich beinahe vergessen!«

Lembit fing es auf. Konstantin legte grüßend die Hand an die Mütze. Und Grochen sagte seufzend: »Was für ein reizender Mensch!«

Sie liefen in den Kanal. Innerhalb von anderthalb Stunden brachte die Miß Jane sieben Schleusen hinter sich. Sie stieg immer höher.

»Es sieht ja geradeso aus, als ob wir zum Himmel hinaufsegeln wollten«, sagte die alte Frau.

»Mach dir keine Illusionen, Grochen!« warnte Konstantin. »Hinter dem Loch Oich sinken wir durch andere Schleusenstufen wieder nach unten.«

6

Nach den stürmischen Tagen auf der Nordsee nahm die sonst oft so launenhafte Irische See sie freundlich auf. Die Miß Jane tanzte zwar tüchtig, doch offenbar hatten sich alle Mitfahrenden daran gewöhnt. Niemand wurde mehr seekrank, nicht einmal Professor Lütke, der vorher am schwersten gelitten hatte. Die Frauen, die im frischen Süßwasser des Loch Lochy alle Decken und Bezüge gewaschen hatten, konnten nun die Kajüten und das Bettzeug einigermaßen sauberhalten, was der Stimmung sehr zugute kam. Um so mehr, als jetzt auf den Petroleumkochern ordentlich gekocht werden konnte und alle gesunden Appetit entwickelten.

Außerdem schien etwas von der bezaubernden Atmosphäre des Schottischen Hochlands an ihnen haften geblieben zu sein. Etwas von der Frische des kalten kristallklaren Wassers in den tiefen Seen, etwas von der Großartigkeit der hohen, stillen Berge mit ihren weichen Linien und den violettgrauen Farben.

Der sanfte Professor Lütke, der bisher ziemlich schweigsam gewesen war, stellte jetzt ganze Theorien über die Korrelation zwischen der Landschaft und der Entwicklung des menschlichen Charakters auf.

»Korrelation«, seufzte Grochen. »Du bist mir zu gelehrt, Professor!«

Sie blieb dabei, ihn abwechselnd Professor und Junge zu

nennen, ein Wechsel, der das Einverständnis zwischen ihnen sehr förderte. Sie fühlten sich wohl, wenn sie zusammen saßen. Er nannte sie jetzt Frau Omi, ein Ausweg, auf den er recht stolz war und mit dem sie sich schließlich auch abfand. Doch seine Socken wollte er ihr nicht zum Stopfen geben – nur zusehen, wie sie die Strümpfe der anderen stopfte, das wollte er gern, um etwas dabei zu lernen.

»Ich werde in Kürze selbst die Nadel in die Hand nehmen«, sagte er.

»Die Nadel in die Hand nehmen!« spottete Omi. »Männer nehmen lieber große Worte in den Mund.«

»Ihr Sohn Konstantin nimmt niemals große Worte in den Mund«, entgegnete er. Die alte Frau schaute auf und wurde rot bei dem Lob, das ihrem Sohn zuteil wurde, doch im nächsten Moment funkelten ihre Augen schon wieder. »Das hab' ich ihm auch abgewöhnt, als er noch kurze Hosen trug«, sagte sie.

Nun schwiegen sie beide, denn dies war gefährliches Gelände, das Gelände von »früher«. Drei Viertel ihres Lebens hatten sich in diesem »Früher« abgespielt – und nun war es unwiderruflich vorbei.

»Wir lernen doch ganz gut, uns damit abzufinden«, sagte der Professor.

Grochen wußte sofort, worüber er sprach. »Die Reise zwingt uns vorauszuschauen«, entgegnete sie ernst. »Wenn man vorausschaut, ist es leichter, nicht zurückzublicken. Nur stillstehen ist gefährlich.«

Professor Lütke nickte. »Es kann gefährlich sein«, sagte er. »Aber manchmal ist es nötig. Ich habe in meinem Leben oft stillgestanden, und es hat mir nie leidgetan. Wie kann sich ein Mensch besinnen, wenn er nicht hin und wieder still-steht?« Er sah auf Grochens rastlos stopfende Finger nieder, und seine Mundwinkel verzogen sich zu einem schiefen Lä-cheln.

»Lächle nicht so boshaft, Professor!« sagte sie. »Männer können sich's leisten, stillzustehen, sich zu besinnen und ei-nen Haufen Einbildungen zu haben, aber eine Frau muß ar-beiten. Das ist immer so gewesen und wird immer so blei-ben.«

Er schüttelte den Kopf. »Das ist ein überwundener Stand-punkt, Frau Omi.«

»Überwunden oder nicht«, ereiferte sich Grochen. »Es ist meiner.«

»Dann wird es höchste Zeit, daß Sie sich ein bißchen um-schauen«, sagte der Professor. »Die Rollenverteilung hat sich in der letzten Zeit ein wenig gewandelt.«

Grochen geriet immer mehr in Harnisch. »Mich werdet ihr nicht überzeugen. Ich habe nie was anderes gesehen als schwer arbeitende Frauen, während sich die Männer mei-stens nichts abgehen ließen.«

»Dem muß ich unbedingt widersprechen«, entgegnete der Professor, während er über das schieferfarbene Wasser hin-ausschaute, dessen Dünung ihm zu seiner unaussprechlichen Erleichterung keine Beschwerden mehr verursachte. Er dach-te: Sie hat immer schwer arbeiten müssen – leicht hat sie es gewiß nicht gehabt. Aber so wenig Objektivität geht mir doch zu weit. Er schaute sie von der Seite an, sah die kleine stählerne Brille, die straff zurückgekämmten grauen Haare und den winzigen Knoten auf dem gebeugten Nacken, die eif-rig stopfenden Finger – und plötzlich weckte diese emsige, hilfsbereite zähe Frau so viel Mitgefühl in ihm, daß seine Stimme noch sanfter klang als gewöhnlich. »Du hast sicher harte Nüsse zu knacken gehabt, Omi Kompus. Aber deshalb brauchst du doch noch nicht so scharf zu sein.« Es war das erstemal, daß er sie so anredete, und vielleicht war es das, was sie milder stimmte. Jedenfalls entgegnete sie, ohne von ihrer Arbeit aufzublicken: »Du bist viel jünger als ich, Professor. Du bist nicht verheiratet. Du weißt nicht, wie es manchmal in einem Menschen aussehen kann.«

Es dauerte eine Weile, ehe sie Antwort erhielt. Ebensowenig wie sie von ihrem Stopfstrumpf aufschaute, wandte er den Blick vom Meer.

»Du irrst dich, Omi«, sagte er schließlich. »Erstens hat jeder Mensch seine Sorgen, ob jung oder alt. Und zweitens – ich bin verheiratet gewesen. Meine Frau ist zusammen mit unserem ersten Kind gestorben. Das ist nun zwanzig Jahre her. Ein Autounfall.«

Die alte Frau antwortete nicht. Es war kaum zu bemerken, daß ihre Finger ein wenig unsicherer arbeiteten.

Die fast eintönige, sanfte Stimme neben ihr fuhr fort: »All die jungen Männer hier an Bord... Ich muß immer an meinen Jungen denken. Wie der nun wäre und wie er sich gehalten hätte unter den schwierigen Umständen, in denen wir gelebt haben.«

»Ich bitte um Verzeihung«, sagte Grochen demütig. »Dann hast du auch viel Kummer gehabt.«

»Wollen wir nicht zu einem fröhlicheren Thema übergehen, Frau Omi?« fragte er plötzlich. Er wandte den Blick vom Meer ab und sah sie wieder von der Seite an. »Sie können stolz sein auf Ihren Sohn«, sagte er.

»Ja«, erwiderte sie. »Auf Konstantin kann ich sehr stolz sein. Und dabei war er als kleiner Junge gar nichts Besonderes.«

Neben ihr blieb es still. Das Klatschen des Wassers, das Rauschen der See um den Bug und das sanfte Pfeifen des Windes in der Takelage waren die einzigen Laute. Es waren viele Menschen an Bord der Miß Jane, doch man hörte selten laute Stimmen oder Geräusche. Selbst die Kinder waren ruhig. Jaan war unerschöpflich im Ausdenken von stillen Spielen. Und Maria erwies sich als tüchtige Hilfe bei den Kindern.

Der Professor und Grochen saßen immer noch schweigend nebeneinander. Der Professor wies auf die Lichter eines Leuchtturms

»Das wird St. John's Point sein«, sagte er. »Und dort drüben auf der anderen Seite müssen wir den Leuchtturm von Chicken Rock südlich der Insel Man sehen können. Ich habe heute mittag unten auf die Karte geschaut.«

»Ja, auf Konstantin bin ich recht stolz«, wiederholte die alte Frau nach langer Zeit, ohne den Leuchtturm zu beachten. »Aber er ist nicht mein einziger Sohn.«

Der Professor schaute weiter nach dem kreisenden Licht des Leuchtturms, denn er wagte sie nicht anzusehen. Jetzt kam etwas – das spürte er –, was sich die alte Frau vom Herzen reden wollte.

»Mein anderer Sohn heißt Janus. Janus Kompus. Ich weiß nicht, ob du von dem mal gehört hast. Er war viel tüchtiger als Konstantin und beendete die fünfjährige Handelsschule in vier Jahren. Er erhielt ein Stipendium, um zu studieren. Später wurde er Beamter und bekam eine gute Stellung.

Doch als 1940 die Russen kamen, ging er zu ihnen über. Und als 1941 die Deutschen kamen, zu denen. Die Deutschen machten einen großen Mann aus ihm, und sein Name stand dauernd in den Zeitungen. Eine traurige Berühmtheit, aber er bildete sich viel darauf ein. Damals bin ich mit Konstantin und Maja und den Kindern geflüchtet. Ich habe es nicht bedauert. Aber von Janus werde ich wohl nie mehr etwas hören. Ich schäme mich seinetwegen.«

Jaan kam rasch und leise über die glatten Decksplanken gelaufen. »Tante Maja sagt, Omi möchte zum Essen kommen«, meldete er.

Es gab Erbsen mit einer winzigen Menge Speck.

»Erbsen müßten viereckig sein«, sagte Konstantin, als er die kleinen rollenden Kugeln auf dem Teller sah.

»Es gibt so vieles auf der Welt, was anders sein müßte«, entgegnete Grochen.

»Wetten, daß wir auch dann noch nicht zufrieden wären, Mutter?« fragte Konstantin.

»Ich bin nicht unzufrieden«, erwiderte die alte Frau ruhig. »Ich müßte mich schämen, wenn ich's wäre.«

»Es geht ja auch alles nach Wunsch«, sagte Konstantin. »Bei dem guten Wind holt die Miß Jane die verlorene Zeit wieder ein.«

Doch es blieb nicht immer so. Der Nordwestwind, der ihnen so gut zustatten gekommen war, legte sich am nächsten Tag. In völliger Windstille schaukelte die Miß Jane auf der herrlich ruhigen blauen See, und nur die Strömung trug sie ein wenig weiter. Lembit, Pejke und Harry nutzten die Gelegenheit und sprangen in Badehosen ins Wasser. Pejke und Harry, die gute Taucher waren, sollten untersuchen, ob die Kupferplatten auf den ausgebesserten Stellen noch ordentlich auf ihren Plätzen saßen. Und Lembit badete, weil ihm, wie er sagte, das Blau des Meeres so gut stand.

»Außerdem treffe ich vielleicht ein paar hübsche irische Meerjungfrauen«, rief er aus dem Wasser und strich sich prustend das nasse Haar zurück.

»Ich hoffe für dich, daß du Glück hast!« rief ihm Andreja von Bord zu. »Aber du machst immer viel zuviel Wind.«

»Wo ist Max?« rief August. »An der Leine darf er auch schwimmen.«

Doch Max war an Deck nicht zu finden. Er war empört nach unten gegangen, weil sein Vater ihm verboten hatte, wie Harry zu baden. Harry schwamm besser, das gab er zu. Aber so ein Anfänger sei er schließlich auch nicht, hatte er wütend gesagt.

Maria kam den Niedergang herunter. Max sah, daß ihre Augen ganz rot waren.

»Warum heulst du denn?« fragte er erstaunt.

»Ich heule nicht. Es ist der Wind«, sagte Maria.

»Es ist ja gar kein Wind«, erwiderte der Junge. »Typisch Mädchen – Mädchen weinen dauernd und um nichts.«

Maria würdigte ihn keiner Antwort.

»Was ist denn?« fragte der Junge ungeduldig.

»Ich durfte Lembits Uhr umbinden, und als ich sie zuschnallen wollte, ist sie hingefallen, und nun steht sie.«

Darauf wußte Max nichts zu entgegnen. Das war wirklich schlimm. Lembits Uhr war – abgesehen von einem alten Wecker – die einzige Uhr, die noch gegangen war.

»Zeig mal her!« sagte er.

Maria reichte sie ihm. Der Junge schüttelte sie vorsichtig und hielt sie ans Ohr. »Sie geht«, sagte er. »Nein, sie geht nicht.«

Niedergeschlagen setzten sie sich nebeneinander auf die Lederbank.

»Du mußt doch einsehen«, sagte Max, »daß wir auch ohne Armbanduhr nach Amerika kommen, nicht wahr?« Maria nickte. »Der alte Wecker von Onkel Konstantin, der tut es ja noch«, fuhr er fort. »Und außerdem haben wir noch die Sonne und den Mond.«

»Ich weiß nicht, was ich tun soll, um es wiedergutzumachen«, flüsterte Maria.

»Das kannst du nicht gutmachen«, sagte der Junge erbarmungslos. »Nun hör doch auf mit der Heulerei, das hilft ja nichts!«

Doch Maria schluchzte herzzerbrechend.

»Mutter hat einmal einen Hund angefahren«, erzählte der Junge. »Mit dem Auto. Da sagte sie auch: Wie kann ich das wiedergutmachen? Und da hat Vater gesagt: Du kannst nur dafür sorgen, daß dir so etwas nie wieder passiert.«

»Aber es sind ja gar keine Uhren mehr da«, schluchzte Maria.

Der Junge grinste. »Du bist wirklich blöd«, sagte er. »Das mußt du natürlich bildlich verstehen. Nie etwas anbrennen lassen und immer gut auf die Kinder aufpassen und so was...«

»Das tue ich ja schon«, schluchzte Maria wieder. »Aber doch nicht für Lembit.«

»Hört euch das an!« sagte Max und wurde richtig böse auf Lembit. »Dieser große, dicke, starke Lembit kann schon für sich selber sorgen. Mit oder ohne Uhr.«

»Du verstehst überhaupt nichts davon«, sagte Maria.

»Na, dann versteh ich eben nichts davon!« sagte der Junge
ärgerlich und stieg, die Hände in den Taschen, so gleichgültig
wie möglich den Niedergang hinauf.

An diesem Abend ging die Miß Jane in der Dundalk Bay vor
Anker. Konstantin und August waren sich darin einig, daß
sie der Felsküste nicht näher kommen dürften. Die Miß Jane
hatte zwar nicht viel Tiefgang, aber der Grund war hier trü-
gerisch. Die Felsen liefen von der Küste seewärts weit ins
Wasser hinaus, und eine schwache Brandung spielte über
vermutliche Untiefen.

Es war eine seltsame Windstille. Der Himmel war düster
und unheilverkündend. Die Sonne ging hinter violetten und
schwefelgelben Schleiern unter, die ein geisterhaftes Licht
auf das hüglige Land warfen.

»Ich traue dem Wetter nicht«, sagte August.

Konstantin nickte schweigend.

»Können wir nicht lieber den Motor anwerfen und noch
ein Stück weiter vom Land entfernt ankern. Hier sind wir
vielleicht noch zu nah an der Küste«, meinte August.

Konstantin schüttelte den Kopf. »Die Miß Jane liegt sicher vor Anker«, erwiderte er. »Und wir müssen Brennstoff
sparen. Wir werden ihn noch dringend brauchen.«

»Du wirst wohl recht haben«, sagte August.

»Vater, Vater!« Jaan kam angelaufen, wie immer barfuß
über das Deck trabend. »Wir haben ein Rotkehlchen gefangen! Komm mit und guck's dir an!«

August ging hinter ihm her.

»In Tante Majas Kajüte«, rief der Junge über die Schulter und verschwand in der Luke.

Dort saß ein Rotkehlchen auf dem abgeräumten Tisch. Das kleine Tier war so erschöpft, daß es sich nicht auf den Beinen halten konnte. Bei jeder Bewegung des Bootes rollte es auf dem glatten Wachstuch hin und her wie ein Federball.

»Armes Tier«, sagte Maja. »Wie können wir ihm helfen, so weit von zu Haus entfernt?«

August legte einen Topfdeckel umgekehrt auf den Petroleumbrenner, der in seinen Ringen einigermaßen waagerecht hing. Er nahm den kleinen Vogel behutsam auf und setzte ihn in den Deckel. Dort blieb das Tier ruhig sitzen, tief in die zerrauften Federn gedrückt. Es ruhte sich aus.

Nach einer Weile flog es zu einer Schüssel Wasser, die Maja auf den Tisch gestellt hatte. Es trank, während alle vermieden, auch nur die geringste Bewegung zu machen, um es nicht zu erschrecken. Die Kinder hielten vor Spannung den Atem an. Sie stießen einen Seufzer aus, als das Rotkehlchen zu dem Petroleumkocher zurückflog und sich auf den umgedrehten Deckel setzte.

»Vielleicht will es immer bei uns bleiben«, flüsterte Heino.

»Es gehört mir«, sagte Jaan mit einem Flüstern, das heiser klang vor Erregung. »Ich habe es an Deck gefunden.«

»Ich fürchte, daß ihr es nicht behalten könnt«, sagte August. »Sobald es ausgeruht ist, fliegt es weg.« Und ich fürchte, in die falsche Richtung, dachte er dann. Auf die offene See zu. Das Tier hat das Richtungsgefühl verloren.

Zum großen Kummer der Kinder – vor allem Aimis, die in

Schluchzen ausbrach – flog das Rotkehlchen auf, noch ehe es dunkel war. Es fand instinktiv den Weg nach draußen und flatterte davon. Im Zickzack wandte es sich der offenen See zu, wie August gefürchtet hatte. »Wir hätten es hier doch nicht festhalten können«, sagte Maja. »Gefangenschaft ist das Schlimmste, was man einem lebenden Wesen antun kann.«

»Die Nordsee ist noch schlimmer«, entgegnete Jaan überzeugt.

»Nein, Junge«, erwiderte Maja. »Die Nordsee ist nicht schlimmer.«

Auf einmal schrie jemand durch die Luke herunter: »Seht euch das einmal an!«

Als sie an Deck kamen, sahen sie, daß ein großer Schwarm von vielleicht fünfzig Eulen mit unruhigen Flügelschlägen um die Miß Jane kreiste. Hin und wieder ließen sich einige auf den Webeleinen nieder, blieben einen Augenblick sitzen und flogen wieder auf. Es war ein spukhafter Anblick, in der tiefen Dämmerung die großen Vögel wie flatternde schwarze Schatten vor dem violettblauen Himmel zu sehen. Außerdem war der Lärm so stark, daß Aimi Angst bekam, die Hände auf die Ohren drückte und wieder anfing zu weinen. Ab und zu war es, als ob eine Flamme aufzuckte, wenn sich ein Paar dieser grün schimmernden Augen unter all dem flatternden Schwarz bewegte.

»Es ist etwas im Anzug«, meinte August. »Irgend etwas muß an Land geschehen sein, wovor sie geflohen sind. Oder vielleicht ist es auch Furcht vor etwas, was erst noch kommen soll. Wie könnten Vögel sonst so kopflos werden?«

Jetzt ließ sich mindestens ein Dutzend Eulen im Tauwerk

nieder und rührte sich dann nicht mehr. Wie unbewegliche Schatten wiegten sie sich mit Masten und Takelage vor dem Hintergrund des nun tiefvioletten Himmels.

»So einen sonderbaren Abend habe ich noch nie erlebt«, flüsterte Andreja, die, den Arm um Marias Schulter, neben Grochen stand.

»Wie im Theater«, sagte die alte Frau. Sie fröstelte, denn es war kühl geworden.

»Und wir mußten nicht einmal Eintritt bezahlen!« scherzte Lembit. »Nun vergessen wir auch die dumme Uhr, wie, Maria?«

Er versetzte ihr einen freundlichen Klaps auf die Schulter, und das Mädchen sah dankbar zu ihm auf. Sie wäre für ihn durchs Feuer gegangen. Das ist der schönste Abend meines Lebens, dachte sie.

Noch immer kreisten die Eulen um das Schiff. Der größere Teil saß schon in der Takelage, so daß sich die Vögel, die noch ruhelos umherjagten, deutlicher als einzelne Schatten gegen den gespenstischen Nachthimmel und den seltsam glitzernden Widerschein der Laternen auf dem wogenden Wasser abhoben.

»Seht mal Justus!« rief Pejke.

Justus hatte eine Eule gefangen und trug das Tier, das hilflos in seinen breiten Händen hockte, ruhig über Deck und in die Kajüte hinunter. Die Eule zwinkerte in das Licht, und hinter den schmalen Augenspalten schimmerten die Augen wie grüne Edelsteine.

»Seht mal, wie schön sie ist«, sagte Justus. Hinter ihm drängten sich die anderen. Jaan arbeitete sich mit seinen kleinen spitzen Ellbogen energisch nach vorn. Justus setzte das Tier auf den Tisch. Es blieb unbeweglich sitzen. Er nahm die Hände weg, und immer noch rührte sich der Vogel nicht.

»Welch beneidenswerte Ruhe«, sagte Professor Lütke.

Die Eule zwinkerte mit den Augen.

»Sie sieht aus, als ob sie uns alle zum Narren halten wollte«, sagte Lembit, und Heino, dem es mittlerweile auch gelungen war, nach vorn zu kommen, rief: »Sie hat ja eine Brille auf!«

»Ihr müßtet längst im Bett sein, Kinder«, sagte Maja.

»Ach, Tante Maja«, sagte Harry, »ist das nicht besser für sie als zehn Stunden Naturkunde in der Schule?«

Else, die hinter Gunvor stand, schwieg. Sie fühlte Justus' Augen auf sich gerichtet, als erwarte er ein Wort des Dankes. Daß er diesen schönen Vogel gefangen hatte, war, das wußte sie genau, eine Huldigung für sie.

»Gunvor, sieh mal, was für eine prächtige Zeichnung das Gefieder hat!« sagte sie plötzlich, um die Spannung zwischen sich und Justus zu brechen und gleichzeitig ihre Tochter mit einzubeziehen.

Gunvor strich vorsichtig mit einem Finger über die glänzenden Federn, die wie eine dichte Decke übereinanderlagen und sich fettig anfühlten. Der Vogel blieb unbeweglich sitzen. Nur seine Augen blinzelten.

»Siehst du nun, daß es eine richtige Brille ist?« rief Heino und klatschte in die Hände, um den Vogel noch einmal zum Zwinkern zu bringen. Seine Mutter griff nach seiner Hand und hielt sie fest. »Nicht!« sagte sie. »Wird es nicht Zeit, Justus, den Vogel wieder freizulassen?«

»Ich werde froh sein, wenn mich das weise alte Tier nicht

mehr anschaut«, sagte Lembit. »Mir wird ganz elend dabei.«

»Bringt das Vieh herauf! Die anderen fliegen fort!« rief plötzlich Konstantin durch die Luke herunter.

Niemand streckte die Hände nach der Eule aus. Sie saß da, als ob sie für alle Zeiten so sitzen bleiben wollte und ganz zufrieden dabei wäre.

»Los, Justus!« sagte Else, und gehorsam barg er den Vogel in beiden Händen und trug ihn an Deck. Nur noch vier oder fünf Eulen umkreisten die Miß Jane, als ob sie auf die zurückgebliebene Gefangene warteten. Justus ließ sie los, und mit hastigen, unregelmäßigen Flügelschlägen flog sie davon, hinter den anderen her. Als die Vögel in nördlicher Richtung verschwunden waren, wurde es still an Bord.

Pejke und Harry hatten die ersten vier Stunden der Nacht Wache mit Konstantin. Eine Wache ohne Konstantin oder August war nicht denkbar, da nur diese beiden wirklich die Verantwortung tragen konnten. Länger als vier Stunden hintereinander zu schlafen war für sie also nicht möglich. Konstantin zeigte bisher nicht die mindeste Müdigkeit. Doch August merkte man es bereits an. Er hatte dunkle Ringe unter den Augen, die überanstrengt und rot aussahen. Aber er wollte sich nichts anmerken lassen und sprach niemals darüber. Else betrachtete ihn häufig voller Sorgen – August war nicht besonders kräftig und in jedem Fall weniger abgehärtet als Konstantin.

Während Konstantin nun an Steuerbord auf und ab lief und Harry und Pejke auf der Backbordseite standen und leise miteinander redeten, geschah zum drittenmal an diesem Abend etwas Ungewöhnliches. Um Mitternacht kam plötzlich heftiger Wind auf, der innerhalb weniger Minuten an Stärke zunahm und unberechenbar umsprang. Die Miß Jane riß an ihrer Ankerkette, sprang senkrecht hoch und klatschte mit dumpfem Dröhnen wieder aufs Wasser zurück, das sie abermals hochwarf. Konstantin, der am Ruder stand, glaubte, das Boot beben und stöhnen zu fühlen. Er fürchtete, daß der Anker nicht halten und die Brandung die Miß Jane unerbittlich gegen die Felsen werfen würde. Er dachte an den Rat, den August ihm an diesem Nachmittag gegeben hatte ...

»Pejke!« schrie er in den Lärm von Wind und Wasser. »Ruf Lembit und Justus! Sie sollen den Motor anlassen!«

Die Worte waren kaum verklungen, da riß sich die Miß Jane auch schon los. Lembit sprang wie eine Katze an Deck und verschwand ebenso schnell wieder im Achterraum, wo Justus bereits die Haube vom Motor genommen hatte. Die Miß Jane tanzte und schlingerte auf den Wellen und wurde mit losgerissenem Anker auf die felsige Küste zugetrieben. Konstantin am Ruder war machtlos, solange sich die Schiffsschraube nicht drehte. Es ging um Sekunden.

»Das verdammte alte Ding!« Lembit verwünschte den uralten Einzylindermotor.

Justus sagte nichts. Mit zusammengebissenen Zähnen arbeitete er an dem Schwungrad, das er wie ein Rasender herumdrehte. Der Schweiß lief ihm übers Gesicht. Lembit hantierte mit dem Spiritusbrenner, um den Motor vorzuwärmen. Die bläulichen Flammen des Brenners beleuchteten gespenstisch ihre Gesichter.

»Springt er nicht an?« brüllte Konstantin durch die Finsternis. Er hörte nichts als den Lärm von Sturm und Wellen.

»Töff, töff«, machte der Motor.

»Beinah!« schrie Harry, der in die Luke hinabschaute, klatschnaß von den Sturzseen, die über dem Schiff zusammenschlugen. Er hielt sich zu beiden Seiten am Schanzkleid fest.

»Vielleicht ist die Brennstoffleitung verstopft«, stieß Justus zwischen zusammengebissenen Zähnen hervor. Der Schweiß tropfte ihm in die Augen, und er wischte ihn mit einer Bewegung des linken Armes weg. Die rechte Hand drehte das Schwungrad.

Harry schaute auf. Er zitterte vor Angst. Mit gewaltigen Stößen wurde die Miß Jane auf die Küste zugetrieben. Sie schlingerte und rollte vor dem losgerissenen Anker. Mit jeder gischtenden Welle wurde ihr Heck mehr dem Land zugekehrt, und sie schoß auf dem Wellenberg der Küste zu. Dann glitt sie wieder in ein Wellental und wartete stampfend auf den nächsten Angriff.

Die Gischt spritzte in großen Fetzen über das Deck, und zwischendurch sah Harry in der pechschwarzen Finsternis, wie die Brandung weißschäumend gegen die Felsen toste.

»Töff, töff, töff, töff«, machte der Motor. Dann schwieg er wieder.

Lembit fluchte.

Wir schaffen es nicht mehr, dachte Harry. Ein eiskalter Schauder lief ihm über den Rücken. Er dachte an Max, der unten war und nicht heraufkommen durfte. Ich ersaufe wenigstens wie ein Mann an Deck, dachte er mit bitterer Befriedigung und hätte sich doch ohrfeigen können dafür. Wenn wir es doch noch schaffen, dachte er, werde ich Vater fragen, ob Max nicht auch Wache gehen darf, er ist schließlich kein kleines Kind mehr. Er spie einen Mundvoll Salzwasser aus und starrte wieder in die Finsternis und das überkommende Wasser, um zu sehen, was vor ihnen lag. In diesem Augenblick sprang der Motor an. Stöhnend vor Erleichterung ließ Justus das Schwungrad los.

»Wenn es nur nicht zu spät ist!« brüllte Lembit. Er überschrie den ohrenbetäubenden Lärm der tobenden See und des heulenden Sturms, der am Tauwerk zerrte. Zwei losgerissene Stagen klatschten pfeifend gegen den Mast.

»An die Pumpe!« befahl Konstantin. August stand jetzt neben ihm am Ruder. Sie wußten beide, daß der Motor allein es nicht schaffen konnte. »Der Wind kommt jetzt wieder aus einer anderen Richtung!« schrie Konstantin. »Wir können Kurs ändern.« Doch so einfach war das nicht.

Hart schlingernd legte sich die Miß Jane mit dem Bug in die brechenden, brüllenden Wellen. Sie bebte vom Vor- bis zum Achtersteven.

»Wenn sie's nur aushält!« murmelte August.

»Sie hat einen guten Rumpf!« schrie Konstantin, der mehr erraten als gehört hatte, was der andere sagte. »Wir halten jetzt wenigstens Abstand. Sobald der Wind nachläßt, setzen wir ein paar Segel.«

Es dauerte über eine Stunde, ehe der Sturm nachließ. Endlich konnten Fock- und Besansegel gehißt und der Anker eingeholt werden. Dann wuchs allmählich der Abstand zwischen der stampfenden Miß Jane und den gefährlichen Felsen. Ebenso stolz wie Konstantin auf sein Boot war Justus auf seinen Motor, der ihnen, nachdem er erst einmal in Gang gebracht war, treu und zäh geholfen hatte, dem sicheren Untergang zu entgehen.

127

»Mit einem Einzylinder ist nicht viel zu machen!« brüllte Lembit an der Pumpe.

»Besser ein Zylinder als gar keiner!« schrie Justus.

Die ganze Nacht durch lösten sich Lembit, Justus und Pejke an der Pumpe ab. Auch Harry tat seine fünfhundert Schläge, dann wurde er jedoch von seinem Vater in die Koje geschickt. August selbst, weiß vor Erschöpfung, hatte das Kommando von Konstantin übernommen, sobald der Wind beim ersten Morgendämmern ein wenig abgeflaut war. Dann legte er sich plötzlich, und am frühen Morgen war die See wieder ruhig. Die Sonne stieg rot und strahlend über dem schieferfarbenen, leise dünenden Wasser auf.

»Ich bin kein Seemann«, brummte Lembit. »Ich kann die Scheinheiligkeit des Meeres nicht ausstehen.«

Einige Stunden später lagen sie wieder in derselben Bucht. Harry und Pejke tauchten, um zu untersuchen, wie es mit den ausgebesserten Stellen unter der Wasserlinie aussah. Sie berichteten, daß die Kupferplatten noch an ihrem Platz saßen und – soweit sie es feststellen konnten – auch wasserdicht schlossen.

Dennoch hatte die Miß Jane viel Wasser gemacht. Konstantin ließ es messen. Stündlich drangen zwölf Liter Wasser in den Raum.

»Damit werden wir leicht fertig«, sagte Konstantin. Seine Stimme klang munter. »Aber wir brauchen dringend günstigen Wind«, sagte er zu August, als sie allein waren. »Wir verlieren wieder viel zuviel Zeit.«

»Wir wollen froh sein, daß wir noch leben«, erwiderte August, und seine Augen suchten Else, die mit Maja und Omi am Ruderhaus saß und in der Sonne Kartoffeln schälte.

7

Lembit hockte auf dem Rand der Koje, die er mit Justus teilte, und versuchte, mit seinen geschwollenen Füßen in ein Paar Socken zu kommen. Er hatte einen Krampf im Bauch, und alle Muskeln waren schmerzhaft verspannt. Außerdem legte sich das Schiff so sehr über, daß es schon Anstrengung kostete, auf der Holzbank sitzen zu bleiben. Als es Lembit endlich gelungen war, einen Fuß in die Sockenöffnung zu kriegen, kam eine gewaltige Woge, die ihn vornüber sinken und in die Arme des Professors fallen ließ, der selber rücklings hinschlug und sich am Kopf verletzte. Lembit fluchte und richtete sich mühsam wieder auf. Dann begann er seufzend und stöhnend noch einmal. Er verwünschte die Miß Jane und alle, die an Bord waren, so laut und heftig, daß es die anderen ärgerte. Sie wurden böse.

»Warum machst du wegen so einer Kleinigkeit soviel Wind!« brummte Pejke. »Laß doch die alten Socken an den Füßen, bis sie dir abfaulen! Ich tu das auch.«

»Du verdirbst uns das ganze Spiel«, sagte Max, der mit Professor Lütke eine Partie Patience spielte.

Professor Lütke, graublaß, mit rotgeränderten Augen, machte nur ein irritiertes Gesicht. Trotz der heftigen Schlingerbewegungen der Miß Jane hielt er die aufgeweichten, verschimmelten Karten. Mit mühsamer Spannung konzentrierte er sich auf sie. Max suchte immer häufiger Zuflucht bei ihm, dem älteren Mann, und dafür war er dankbar.

»Sie werden auch nicht für voll angesehen«, hatte der Junge vor einigen Tagen zu ihm gesagt.

»Da hast du recht, Max«, hatte der Professor geantwortet. »An Deck können sie nur vollwertige Kräfte brauchen.«

»Und wir dürfen unten sitzen!« brummte der Junge neidisch. »Warum darf Harry denn an Deck?«

»Vermutlich, weil sie ihn brauchen«, erwiderte der Professor.

»Er ist nur ein Jahr älter als ich«, beklagte sich der Junge.

»Wir sind nicht alle diesen – diesen Strapazen gewachsen«, entgegnete der Ältere zögernd.

Strapazen war ein schwaches Wort für das, was sie nun schon seit vielen Tagen durchmachten. Stinkend, naß, durchfroren, hungrig und lustlos schoben und drängten sie sich umeinander. Unter Deck, im Achterraum und in den beiden übervollen Kajüten gab es keinen Fleck, wo sich jemand hätte drehen oder wenden können. Obendrein baumelte dort noch Wäsche zum Trocknen und nahm einen großen Teil des spärlichen Lichts weg, das durch die kleinen Bullaugen fiel. In Lee gab es noch weniger Licht. Dort war nichts als grau schäumendes Wasser, das an die Scheibe klatschte, über das Oberdeck schlug und durch die vielen Risse und Spalten der Miß Jane leckte.

Die Kinder hockten wie nasse Küken auf einer der Bänke beieinander, so eng wie möglich in eine Ecke gedrückt. Jaan las. Aimi und Heino hatten alle Lebhaftigkeit verloren. Sie aßen auch fast nichts. Maja war darüber beunruhigt, doch Konstantin sagte: Das holen sie später schon wieder ein. Er hatte andere Sorgen als die blassen, apathischen Kinder, die das Schlingern des Schiffes schlecht vertrugen.

Marias Hilfe war in jener Zeit unschätzbar. Maja, die schon mehr zu tun hatte, als sie schaffen konnte, brauchte sich kaum um die Kinder zu kümmern. Maria wusch ihnen die schmutzigen Gesichter und Hände, half ihnen beim Pumpen, wenn sie im WC gewesen waren, fütterte sie mit kleinen Bissen und erzählte ihnen Geschichten dabei – immer die gleichen –, damit sie das Häppchen Reis oder das Löffelchen kondensierte Milch herunterschluckten. Mit Aimi versuchte sie zu lesen und mit Heino Buchstaben zu schreiben. Oder sie zeichnete Tiere, Esel und Kamele, oder auch Früchte, Äpfel, Birnen und Weintrauben. Sie sprach stets leise und sehr ruhig. Sie sagte nicht viel, doch die Kinder hörten auf sie. Sie fingen auch an, Maria zu rufen, wenn sie etwas wollten. Maja merkte es, und es störte sie mehr, als sie es sich selber zugeben wollte. Sie hatte zu viel zu tun und brauchte alle inneren Kräfte, um nicht aufzugeben.

Omi war krank und lag Tag und Nacht mit geschlossenen Augen, doch bei vollem Bewußtsein, auf einem abgeteilten Stück einer der Bänke in der großen Kajüte. Sie fragte nichts, sie verlangte nichts. Es zerriß Maja das Herz, sie in den feuchten Sachen da liegen und frösteln zu sehen und ihr nicht zu trockenen Sachen verhelfen zu können. Es gab allmählich überhaupt nichts Trockenes mehr an Bord. Allenthalben machte das Schiff in der gewaltigen Dünung des Atlantik Wasser. Der Ozean warf das Boot hin und her und spielte damit wie mit einer Nußschale.

Doch Konstantin sagte oft: »Wir dürfen nicht über das Wetter klagen. Wir haben keinen Nebel, keinen Sturm und keine Windstille... Eine gute kräftige Brise aus Westen ist genau das, was wir brauchen, und die Miß Jane hält sich ausgezeichnet.«

Gewiß, es war genau das, was sie brauchten. Sie hatten Glück: frischer Wind, volle Segel, kein Regen, kein Sturm, nur die gnadenlose See, die viel zu groß für sie war, nur die Wellen, die wie Wasserberge, drohend und wild, auf sie zugerast kamen und die Miß Jane hochwippten wie einen Ball, hinschmissen wie einen unnützen Fetzen, abwärts gleiten ließen wie ein verlorenes Ding. Viel sehen konnten sie nicht, dazu lagen sie zu niedrig auf dem Wasser, zu tief in den Wellentälern. Und während des kurzen Augenblicks auf dem Gipfel eines Wellenkammes waren sie zu verblüfft, um etwas anderes zu sehen als die nächste schon heranrollende Wassermasse. Ach, Augen und Ohren geschlossen halten zu dürfen, um all dies Wasser nicht sehen, all dies drohende Brausen, Schäumen, Rollen, Saugen, Klatschen und Dröhnen nicht hören zu müssen! Nie war es still, nie gab es Ruhe, nie ließ die Menschen zu Atem kommen, dieses wahnsinnig machende Klatschen und Rauschen.

»Irgendwo tief im Binnenland leben, wohin kein Wasser kommt, wo man unter einer Baumkrone stillsitzen kann, wo die Vögel keinen Wind unter die Flügel bekommen und wo kein anderes Geräusch zu hören ist als das von fallenden Früchten«, träumte Lembit im Achterraum.

»Im einen Augenblick fluchst du«, warf Pejke ihm vor, »und im nächsten spielst du den Dichter!«

»Eins von beiden muß ich tun, um die verfluchten Schmerzen in meinen Muskeln zu vergessen«, erwiderte Lembit, der inzwischen eine Socke anbekommen hatte und nun mit der zweiten rang. »Von dem Krampf in meinem Bauch gar nicht zu reden. Oder von dem wunden Gaumen.«

»Als ob es uns nicht fast allen so erginge!« höhnte Pejke.

»Mutter hat Furcht, daß wir alle etwas mit dem Blinddarm kriegen«, sagte Max.

»Das wäre schon ein sehr großer Zufall«, meinte der Professor. »Mal los, Junge, du bist an der Reihe.«

»Blinddarm oder nicht, jämmerlicher kann es gar nicht mehr werden«, sagte Lembit.

»Ihr seid Konstantin und August gegenüber verflucht undankbar«, fuhr Pejke auf. »Die beiden arbeiten sich kaputt, um uns auf die andere Seite des Ozeans zu bringen. Sie gönnen sich keine Stunde anständigen Schlaf, sitzen da mit einer Mannschaft, die keine Erfahrung hat und nur an der Pumpe zu brauchen ist, und ihr hockt hier und tut nichts als nörgeln – nein, entschuldigen Sie, Professor, auf Sie ist das natürlich nicht gemünzt. Ich habe Sie nie ein böses Wort sagen hören.«

»Der Bube da ist nicht auf dem richtigen Platz, Max«, sagte der Professor. »Da gehört die Treffdame hin.«

»Ich kann die Gedanken nicht zusammenhalten bei diesem Gequassel«, sagte der Junge ärgerlich.

»Es ist kein Gequassel«, entgegnete der Professor. »Es ist ein unvermeidlicher Gedankenaustausch.«

»Professor«, sagte Lembit und hob triumphierend den zweiten Fuß mit der Socke in die Luft, wobei er sich am Rand der Achterluke festhielt. »Ihr freundlicher Spott hängt mir schon lange zum Halse heraus. Aber trotzdem mag ich Sie leiden.«

»Danke für das Kompliment, Lembit. Ich mag Sie auch.

Aber sie müßten versuchen, Ihre Launen etwas besser im Zaum zu halten. Sie lassen ihnen manchmal ein bißchen viel freien Lauf.«

Pejke grinste. Lembit stand auf – gebückt, denn er konnte hier im Achterraum nicht aufrecht stehen – und klopfte sich auf den Hintern. »Wenn ich nur nicht immer so verflucht naß wäre, Professor, dann würden Sie mich auch mal von meiner besseren Seite sehen!« Er grinste und fuhr fort: »Ich hab' den Wecker zwar noch nicht läuten hören, aber so allmählich werde ich wohl wieder an der Reihe sein. Die Pumpe ist doch eine treue Geliebte – sie läßt einen nie im Stich.«

Er schob den Lukendeckel auf und zog sich stöhnend an Deck.

»Erst hat er immer große Töne geredet«, sagte Max grollend, »und wenn man ihn jetzt so sieht...« Aus irgendeinem Grunde konnte er Lembit nicht leiden – alle mochten ihn gern, auch Maria, die ihn dauernd anschaute, wenn sie glaubte, daß es keiner sah. Und ihn, Max, mochte niemand – er könnte ebensogut über Bord gehen, ihn würde niemand vermissen. Es wäre vielleicht ganz gut, es mal zu probieren, dachte er bitter. Es machte sich doch kein Mensch was aus ihm. Mutter dachte immer nur an Vater und Harry, die alle vier Stunden wie ersoffene Katzen vom Decksdienst nach unten kamen, um sich versorgen zu lassen. Als ob er selber nicht gern das gleiche täte! Dann würden sie auch für ihn sorgen. Dann würden sie auch ihn beachten!

»Wenn man ihn jetzt so sieht«, wiederholte er noch einmal geringschätzig, »mit seinen ewigen Bauchschmerzen und seinem Rheumatismus...«

»Er leistet nach Konstantin und deinem Vater noch immer

lie meiste Arbeit«, sagte Pejke sofort. »Sei du also lieber still, Freundchen!«

»Ich bin nicht dein Freundchen!« gab der Junge patzig zurück.

Pejke zuckte die Achseln, und Max beugte sich tief über las Kartenspiel, um die plötzlich aufsteigenden Tränen zu verbergen. Das fehlte gerade noch, daß sie ihn heulen sahen! Er schluckte und knirschte mit den Zähnen.

»Spiel die Acht aus!« sagte der Professor.

Die Luke öffnete sich wieder, und Justus ließ die tropfnassen Beine herabbaumeln. Das Wasser spritzte in die Runde, und zugleich mit der nächsten Sturzsee kam Justus selbst. Er ließ sich fallen und flog gegen Max. Der Junge verlor das Gleichgewicht, und zusammen fielen die beiden seitlich auf die Bank.

»Entschuldige«, sagte Justus.

Der Junge brummte etwas Unverständliches.

Auch Justus hatte entzündete Augen. Die Lider waren rot und geschwollen. Es sah aus, als ob Salzkrusten in den Wimpern klebten. Seine Lippen waren angeschwollen und aufgeplatzt. Justus warf den klatschnassen Regenmantel wie einen Lumpen auf den Boden und schüttelte sich in seinem nassen Hemd.

»Jetzt eine Pfeife und eine Tasse Kaffee!« spottete er grinsend.

»Der Ölgestank von deinem Motor ist doch auch ganz lekker«, tröstete Pejke ihn und zeigte auf die schmierige Mischung von Wasser und Öl, die zwischen den breiten Spalten der Bodenplanken stand.

»Gleich gehen wir essen«, sagte der Professor. »Ich wette,

Else hat die Kartoffeln fertig.«

»Falls sie nicht wieder mit einer Nadel in der verstopften Leitung des Kochers gebohrt hat«, sagte Justus grinsend. »Ich habe gestern eine ganze Stunde gebraucht, um die abgebrochene Spitze dieser Nadel wieder herauszuholen.«

Nun schwiegen alle, denn sie dachten ans Essen. Die Augenblicke in der Kajüte der Laidoners oder in der der Familie Kompus, in der sie sich um die Tische drängten und von Else und Maja die warmen Schüsseln mit den Speisen in die Hand gedrückt bekamen, bildeten den Höhepunkt des Tages. Es konnte dicker Kartoffelbrei sein oder eine Kelle klebriger Reis mit ein wenig Dörrfisch darin – immer stieg ihnen der Geruch warm und stärkend in die Nase. Gewöhnlich waren sie noch eine Stunde nach der Mahlzeit satt.

Das Schlingern des Schiffes machte sie nicht mehr krank. Magen und Gleichgewichtsorgane hatten sich angepaßt. Aber dafür waren sie nun wieder hungriger, als der Lebensmittelvorrat es zuließ, und durstiger, als die Menge Trinkwasser auf dem Schiff es erlaubte. Die Wasserrationen wurden ebenso sparsam zugemessen wie die Essensportionen. Konstantin war in diesen beiden Punkten so unerbittlich, daß niemand daran zu rütteln wagte und Else und Maja sich strikt an die von ihm bewilligten Rationen beim Kochen hielten.

Nur für Omi, die krank war, wurde eine Ausnahme gemacht. Sie bekam eine Tasse Wasser je Tag extra, ein Vorrecht, das sie bestimmt zurückgewiesen hätte, wenn es ihr zu Bewußtsein gekommen wäre. Kondensierte Milch hatte sie jedenfalls immer abgelehnt.

»Sie ist gut für dich, Grochen«, hatte Maja gesagt.

»Für die Kinder ist sie besser«, hatte Omi geantwortet und dann die Lippen so fest zusammengekniffen, daß Maja nachgeben mußte.

Maja selbst war müde, so müde, daß sie das Gefühl hatte, sich nie im Leben mehr ausruhen zu können. Sie hatte es sich nicht träumen lassen, welche Schwierigkeiten es mit sich brachte, für neun Personen Essen zu kochen und einigermaßen Ordnung zu halten in den überfüllten Kajüten, dem stampfenden und schlingernden kleinen Boot. Schon der Versuch, Platz zum Kochen zu schaffen und den Kocher anzustecken, stieß jeden Tag wieder auf fast unüberwindliche Hindernisse. Der Petroleumkocher war ihr ärgster Feind und dennoch ihr tröstender Freund. Nachts träumte sie davon, und tagsüber haßte sie das Ding. Doch der Apparat ermöglichte es, daß alle Münder zu essen bekamen, daß es kochendes Wasser für dünnen Tee gab und daß Grochen nachts eine Wärmflasche bekommen konnte. Else dagegen zeigte sich in der anderen Kajüte den Schwierigkeiten plötzlich überraschend gut gewachsen. Sie brachte es irgendwie fertig, mit den gleichen Zutaten besser zu kochen als Maja. Sie konnte auch besser organisieren und rackerte sich nicht so ab. Noch nie im Leben hatte sie harte Arbeit tun müssen – jetzt fand sie fast Gefallen daran. Noch nie hatte sie sich aufzuopfern brauchen – jetzt tat sie es und hatte das Gefühl, daß ihr Leben ausgefüllt sei. Sie war stets für August bereit, sie kümmerte sich um Harry, auf den sie stolz war, und tat für Max, was sie konnte, wenn es der arme Junge auch nicht bemerkte. Sie versuchte, dem Professor zu helfen, indem sie mit ihm redete, und sie versuchte Justus abzuschrecken, indem sie ihn wie ein kleines Kind behandelte. Sie vernachlässigte sich, wie sie es sich vorgenommen hatte. Es kostete sie auch keine Mühe mehr, sich kaum noch zu waschen, genausowenig wie all die anderen, die bei dem beißenden Salzwasser lieber darauf verzichteten.

Gunvor, die vor drei Tagen den Niedergang heruntergefallen war, lag mit häßlichen Blutergüssen und einem verstauchten Knöchel in der großen Kajüte, wo sie sich bei erbärmlichem Licht mit einem Stapel alter Stockholmer Zeitungen voller Schimmel und gelber Feuchtigkeitsflecken zu trösten versuchte. Sie las Theaterkritiken, Filmprogramme und Anzeigen der großen Geschäfte.

»Ein Pelzmantel für zwölfhundert Kronen«, las sie Maja vor. »Das ist nicht teuer. Mutters Persianer hat damals sehr viel mehr gekostet.«

»Kind, was verstehst du denn davon!« entgegnete Maja gereizt. Sie wußte kaum, was Persianer war.

»Mutter wollte ihn verkaufen«, erwiderte Gunvor, »in Stockholm. Doch Vater wollte es nicht. ›Du bekommst nicht ein Viertel des Wertes dafür‹, sagte er, ›und ordentliche Kleidung braucht man immer.‹ Ja, und nun hängt er hier im Bugraum und schimmelt! – Diesen französischen Film hätte ich gern gesehen«, erklärte sie kurz darauf. »Aber Vater hat es nicht erlaubt. Sicher war der Film zu offen.« Plötzlich schwieg sie beschämt, die Augen auf Maria gerichtet. Sie hatte sich so fest vorgenommen, nicht über ihren Vater zu sprechen, wenn Maria dabei war. Doch sie vergaß es immer wieder. Maria tat, als hätte sie nichts gehört. Vielleicht vermißt sie ihren Vater nicht sehr, dachte Gunvor, vielleicht war er kein guter Vater. Oder sie spricht deshalb nie von ihm, weil sie es sonst nicht ertragen könnte. Andreja dagegen mußte sich ständig etwas zu schaffen machen, um nicht immer an Erik zu denken. Seltsam, sie selber dachte gar nicht mehr so häufig an Marten. Aber dieses Leben an Bord war auch so fremd und so anders. Und jetzt kam noch dazu, daß sie den ganzen Tag hier liegen und zusehen mußte, wie Maja sich abrackerte und wie die Männer klatschnaß und müde von der Arbeit an Deck herunterkamen. Justus hatte schon ganz tiefe Schatten unter den entzündeten Augen. Das stand ihm nicht einmal schlecht – wie ein Schauspieler sah er aus. Justus war nett, aber schrecklich alt, schon fast dreißig...

Andreja machte genau wie die Männer Dienst an der Pumpe und half außerdem noch Else, seitdem Gunvor sich den Knöchel verstaucht hatte. Auch Maja war sie behilflich, Grochen umzubetten und zu säubern. Arme Omi, dachte Gunvor, sie war schon ganz wundgelegen, und trotzdem klagte sie nie. Maja und Andreja überlegten immer wieder, wie sie Grochen am besten helfen konnten, aber es war sehr schwierig, da alles so naß war.

Harry, der beste Kletterer an Bord, tat, was er konnte, um Kleider und Decken zum Trocknen so hoch wie möglich in die Wanten zu hängen. Doch August erlaubte ihm nicht, bis in die Saling zu steigen, deshalb glückte es ihm selten, etwas wirklich trocken herunterzuholen. Aber wenigstens rochen die Sachen, die oben gehangen hatten, nicht mehr so muffig.

Else konnte Andrejas Hilfe gut brauchen, da Justus durch den schweren Dienst an Bord völlig in Anspruch genommen war. August hatte das gemeinsam mit Konstantin so eingerichtet, und die Wirkung war ausgezeichnet. Der junge Mann war, wenn er vom Dienst kam, einfach zu müde, um noch für andere Dinge Interesse zu haben. Die Arbeit an

Deck war hart. Das Tauwerk der Miß Jane war, wie sich nun herausstellte, doch schon recht abgenutzt, und die vielen Ausbesserungsarbeiten, die zum Wachdienst gehörten, erforderten eine Menge Zeit und Anstrengungen, die oft kaum zu lohnen schienen.

Auch das ständige Pumpen wurde zu einer harten Belastung für die Mannschaft, die genau wie Konstantin und August nie genügend Schlaf bekam. Konstantin war zäh und unerschütterlich. Er forderte viel von seinen Leuten, doch sie nahmen alles von ihm hin, auch seine heftigen Ausfälle, wenn etwas schief zu gehen drohte. Ja, vielleicht ließen gerade diese Ausfälle sie erst richtig spüren, wie unmenschlich schwer seine eigene Aufgabe war. Als Kapitän und Navigator auf diesem überladenen, schlingernden und knarrenden Schiff inmitten der grenzenlosen Wasserwüste mußte er von sich und den anderen einfach alles fordern, um die Reise zu einem guten Ende zu bringen.

»Wenn ich dich nicht hätte!« sagte er zu Maja, wenn er todmüde und klatschnaß unter Deck kam, um ein paar Stunden zu ruhen. Sie schaute ihn dankbar an. Sein Gesicht war wund und voller Bartstoppeln, denn an Rasieren war einfach nicht zu denken, und das beißende Salz von den ständig über Bord schlagenden Sturzseen hatte die Haut rissig und spröde gemacht.

Und: »Wenn ich dich nicht hätte!« sagte er an Deck zu August, der schweigend und gehorsam jede Anweisung von ihm ausführte und der doch selbst so ausgezeichnete Entscheidungen fällte, wenn es erforderlich wurde, so daß Konstantin ihn in den letzten Tagen immer häufiger Ko-Kapitän statt Steuermann genannt hatte.

»Wir können über unsere Besatzung nicht klagen, Ko-Kapitän!« schrie er eines Morgens, als August Wache und Ruder von ihm übernahm.

In diesem Augenblick erklomm die Miß Jane einen Wasserberg. In der Tiefe zwischen den Wellen war nichts anderes zu sehen als farblose See, übersät mit kleinen weißen Schaumflocken, die der Wind über die Dünung der weiten Wasserfläche trieb. Vom Gipfel des Wellenberges betrachtet, wirkte der ganze Ozean wie eine einzige Schaummasse, aus der sich hin und wieder eine gewaltige Rollsee löste und in einer unbeschreiblichen Fontäne von Tropfen und Spritzern auseinanderbrach.

Es dauerte nur einen Augenblick, denn seitlich, genau wie sie den Wellengipfel erklommen hatte, glitt die Miß Jane jetzt mit rasender Geschwindigkeit die lange Schräge in das folgende Wellental hinab, eine grau wirbelnde Spur hinter sich ziehend.

Augusts Augen folgten den Bewegungen von Konstantins Händen am Ruderrad.

»Du fängst jede Bewegung auf, die sie macht«, schrie er über das Lärmen des Wassers.

»Das tust du doch auch«, erwiderte Konstantin.

»Aber es macht mir große Mühe!« rief August. »Ich bin an die Ruderpinne gewöhnt, die ist empfindlicher.«

»Ich wünschte auch, daß wir eine Ruderpinne hätten statt des Rades!« schrie Konstantin zurück. »Besonders jetzt, bei diesem Seegang.«

»Und dennoch enttäuscht sie mich nicht«, lobte August die Miß Jane, die wieder aufwärtsstieg.

»Nicht enttäuschen, sagst du?« rief Konstantin. »Mann,

sie hält sich über alle Erwartungen gut. Sie ist ausgezeichnet. Noch besser, als ich je erwartet hätte – von einigen Kleinigkeiten abgesehen! Es ist geradezu ein Genuß, zu spüren, wie fest sie auf dem Wasser liegt.«

Das Geräusch des Windes im Tauwerk wurde zu einem lauten Brummen, und als die Miß Jane wieder abwärtsglitt, schwoll der Lärm des Wassers an, als ob zwei Eisenbahnzüge aneinander vorbeiführen.

Konstantin schrie noch etwas, doch August konnte es nicht verstehen und brüllte nur: »Geh ruhig runter! Maja wartet mit dem Tee.«

Konstantin lachte müde. Er legte die Hand einen Augenblick auf Augusts Schulter, schien noch etwas sagen zu wollen, wandte sich dann jedoch ab und stieg in die Kajüte hinunter. August blieb allein im Ruderhaus.

Lembit war an Deck beschäftigt. Er ließ die Logleine auslaufen. Sie mußten jetzt ständig mit gegißtem Besteck navigieren, denn bei diesem Seegang war es auf dem kleinen Fahrzeug unmöglich, den Sextanten zu handhaben, ganz abgesehen davon, daß die Sonne immer nur kurz zwischen den Wolken zum Vorschein kam.

Zwischen Lembit auf dem Achterdeck und August am Ruder stand Pejke, stützte sich gegen das Achterluk und schuftete an der Pumpe. Er hatte die Augen gegen den Wind und das überkommende Wasser, das in großen Güssen auf das Deck der Miß Jane schlug, zu schmalen Schlitzen zusammengekniffen und hielt sich, regelmäßig auf- und niederpumpend, mühsam im Gleichgewicht.

»Nein«, murmelte August, den Blick starr auf den Kompaß gerichtet – der Kurs war Südsüdost –, »nein, über unsere

142

Mannschaft können wir nicht klagen. Auch über Justus nicht. Armer Kerl!«

»Wo hast du die Seife?« fragte Andreja unten.

»Du hast sie als letzte gehabt«, erwiderte Else, den Arm um den Mastkoker gelegt, um nicht zu fallen.

»Das ist nicht wahr. Du hast sie für Jaan gebraucht.«

»Du irrst dich«, entgegnete Else ruhig.

Die beiden Frauen sahen einander an, starr und gespannt, fast feindselig. Das geschah in letzter Zeit öfters. Andreja lehnte sich gegen Elses Sicherheit auf. Sie ertrug es nicht, daß die andere, in der sie früher nichts als ein verwöhntes Luxusgeschöpf gesehen hatte, ihr in allen Dingen und ständig überlegen war. Else sah besser aus, sie hielt sich besser und hatte schönere Bewegungen. Sie verstand es, mit den Männern umzugehen, so als ob jeder ihr persönlich ergebener Diener wäre. Justus' blinde Verehrung nahm sie kühl hin wie etwas Selbstverständliches, und sogar von ihren Söhnen erwartete sie eine Anerkennung, die ihr nicht als Mutter, sondern als Frau galt. Oft spürte Andreja, die selbst bitter entbehrte, was Else in so reichem Maß zufiel, daß dies alles nicht Elses Schuld war.

Als Jaan seine Mutter wütend wegstieß, weil sie ihm das Gesicht waschen wollte, verspürte Andreja eine gewisse Schadenfreude. Ich bin neidisch, sagte sie sich, ich vermisse Erik, ich fühle mich einsam und werde hysterisch. Ich fange schon an, Lembit nett zu finden, doch er macht sich aus keiner etwas oder aus allen gleich viel, und außerdem möchte ich Maria nicht weh tun. Maria liebt ihn. Sie liebt ihn wirklich, weit mehr als ich. Sie würde sich für ihn opfern, während er für mich nur eine Leere füllen würde. Aber sie ist so jung. Und verletzbar.

Sie stellte Marias sehnsüchtige und nichts fordernde Liebe und ihr eigenes bitteres Entbehren Elses Reichtum gegenüber und nahm es der anderen übel, daß sie soviel besaß. Sie nahm die Höflichkeit übel, mit der August selbst unter den schwierigsten Umständen seine Frau behandelte, die Ritterlichkeit Harrys seiner Mutter gegenüber und die Unterwürfigkeit Justus', der gar nicht sah, daß er nicht erwünscht war.

»Du verkuppelst Justus an Gunvor!« stieß sie plötzlich hervor, völlig unvermittelt von der Frage nach der verschwundenen Seife auf das überspringend, was in ihr bohrte.

Else wurde blaß und sah Andreja schweigend an, immer noch am Mastkoker Halt suchend, der überaus störend zwischen Tisch und Kajütswand stand. In der Stille, die folgte, hörten sie beide das Wasser vom Oberdeck durch die Speigatten gurgeln und dann den nächsten Brecher über das Deck rauschen.

»Darauf erwartest du wohl keine Antwort«, sagte Else mit beherrschter Stimme.

»Du stellst dich auf ein Podest und fühlst dich da oben ganz groß«, warf Andreja ihr ungerechterweise vor. »Du kümmerst dich gar nicht darum, was andere hier durchmachen.«

»Ich glaube nicht, daß dieses Gespräch zu einem Ergebnis führen kann«, erwiderte Else von oben herab.

»Siehst du! Jetzt verschanzt du dich hinter deiner Sicherheit. Hinter deiner alten Sicherheit, die noch von früher stammt, die dich in Zukunft aber auch noch einmal im Stich lassen wird. Ich wünsch' es dir, denn es wird heilsam für dich sein.« Andreja zitterte vor Leidenschaft und war gleichzeitig entsetzt über sich selbst. Sie hatte nicht geglaubt, daß sich ihr Groll so ungehemmt äußern könnte.

»Ich weiß nicht, was du hast, Andreja«, hörte sie Else mit einer Stimme sagen, die aus weiter Ferne zu kommen schien, quer durch das ständige Rauschen von saugendem und schlürfendem Wasser. »Du solltest dich vielleicht erst ein wenig ausruhen und die Seife Seife sein lassen.«

»Ich spreche nicht über Seife!« sagte sie heftig. »Ich spreche über dich und deine Einstellung, als ob die ganze Welt dir gehörte!«

»Als ob die ganze Welt mir gehörte!« wiederholte Else mit bitterem Spott. »Mach dich doch nicht lächerlich, Andreja!« In ihrer Stimme lag Geringschätzung. In ihrer neuerworbenen Kraft, die sich tatsächlich auf die wenigen Sicherheiten stützte, die ihr noch nicht genommen waren, verachtete sie Andrejas Mangel an Selbstbeherrschung. Sie verstand auch die Gründe dafür nicht.

»Du weißt gar nicht, wie reich du bist!« Andreja weinte nun fast.

»Kind, wir sind noch niemals so arm gewesen«, erwiderte Else.

Die andere sah sie mit den rot umrandeten Augen an und schrie ihr ins Gesicht: »Aber du weißt nicht, wie arm ich bin! Wie arm wir anderen alle sind, verglichen mit dir! Denk doch mal an Maria, an Justus, an mich! Doch das kannst du dir eben nicht vorstellen!« Ihre Stimme klang nun höhnisch. »Du sitzt ungerührt inmitten deiner Sicherheiten, du hast August, du hast deine Jungen, du hast alle, sie fliegen und springen für dich, auch wenn du's nicht von ihnen verlangst. Du bist Else, die schöne Else Laidoner, immer noch die schöne Else Laidoner von früher!« Andrejas Stimme überschlug sich, und das Mädchen brach in ein hysterisches Schluchzen aus. Vier Wochen früher hätte sie sich deshalb noch geschämt. Sie ließ sich auf die Bank fallen, rutschte durch eine heftige Bewegung des Bootes auf den nassen Fußboden, wo das schmutzige Raumwasser durch die Bodenluke hochspülte, und blieb liegen. Else schaute ratlos zu ihr nieder. Nur gut, daß wir allein sind, dachte sie. Aber was fange ich mit ihr an? Behutsam legte sie Andreja die Hand auf die zuckende Schulter, während sie sich mit der anderen festhielt. Wenn dieses Boot doch einmal stilläge, wenn es nicht dieses ewige Steigen und Sinken mit dem übelkeiterregenden Augenblick dazwischen gäbe! Sie kniete neben Andreja nieder und versuchte, sie zwischen Bank und Klapptisch aus ihrer liegenden Stellung hochzuziehen. Dort unten stank es – ein drückender Geruch von Öl und Schmutzwasser.

»Du bist einfach erschöpft«, sagte sie. »Dieses Pumpen ist keine Arbeit für eine Frau.« Aber sie begriff nicht, daß Andreja diese Arbeit tat, um das Gefühl zu haben, doch etwas wert zu sein. Sie übernahm ihren Teil an dem Kampf so gut wie die Männer – so gut wie Maja und Else unter Deck.

Jaan kam herein. »Mutter, Heino hat wieder in meinem Buch gekritzelt!« Er sah die beiden Frauen auf dem Boden. »Habt ihr was verloren? Laßt mich mal suchen! Ich finde alles. Ich habe Katzenaugen, ich kann durch alle Ritzen gukken. Ich kann den Lukendeckel hochnehmen und mit meinen Gummistiefeln in den Raum hinuntersteigen. Nicht weinen, Tante Andreja. Ist es der Anhänger von Onkel Erik?«

Er drängte in seinem Eifer die beiden Frauen energisch auseinander und schob sich zwischen sie, die Nase auf dem Boden.

Else stand auf, kehrte Andreja den Rücken zu und fing an, den Petroleumkocher mit einem alten Lappen sauberzumachen, wovon ihre Hände noch schmutziger wurden, als sie so schon waren. Ihre Finger waren seit einiger Zeit wund und hatten kleine Blasen, die unangenehm juckten.

»Es ist nichts, Jaan«, hörte sie Andreja sagen mit einer Stimme, die sanfter war als vorhin. »Ich habe nichts verloren. Ich habe mir nur weh getan. Es ist meine Schuld.«

Else ließ sich nicht anmerken, daß sie es gehört hatte, obwohl die letzten Worte zweifellos für sie gemeint waren.

»Jaan, würdest du bei Tante Maja den Trichter für mich holen?« fragte sie so gleichmütig wie möglich.

Während der Junge davonstolperte, sagte sie, den Rücken immer noch Andreja zugewandt: »Vielleicht hast du recht, daß ich immer noch versuche, meinen Stolz zu retten.«

Andreja antwortete nicht. Wieder klatschte Wasser aufs Deck. Es sickerte durch den schlecht schließenden Lukendeckel herein.

»August hat schon oft gesagt, daß wir dankbar sein müssen für alles, was wir noch haben. Vielleicht bin ich nicht dankbar genug. Es tut mir leid, wenn dich das gestört hat.«

»Und jetzt bist du mit dir zufrieden, weil du das gesagt hast«, erwiderte Andreja hinter ihr.

Elses Wangen fingen an zu glühen. Sie antwortete nicht, wußte aber, daß die andere recht hatte.

Jaan kam mit dem Trichter.

»Danke schön. Nun geh wieder zu Heino und Aimi, willst du?«

»Nein«, entgegnete Jaan. »Ich bleibe hier. Sie sind langweilig. Und Maria erzählt immer so kindische Geschichten. Sie glaubt wohl, daß ich acht bin.«

»Ich werde dir zwei schwierige lateinische Wörter für jede Kartoffel beibringen, die du mir schälst«, versprach Else.

»Drei«, forderte Jaan.

»Gut. Hier ist das Messer. Wo die Schüssel steht, weißt du ja.«

Der Junge setzte sich und stützte sich mit den Gummistiefeln gegen ein Bein des festgeschraubten Tisches. Andreja setzte sich mit einem zweiten Messer neben ihn. Else goß durch den Trichter Petroleum in den Druckkocher. Dieser Kanister war fast wieder leer. Es ging beängstigend schnell.

»Im Kanister ist kaum noch was drin«, sagte sie so ruhig wie möglich.

»Die Positionslaternen verbrauchen auch soviel«, erwiderte Andreja.

»Ich habe schon zwei Kartoffeln geschält«, meldete Jaan. »Wo bleiben nun meine lateinischen Wörter, Mutter?«

»*Ignorare*«, sagte Else, »das heißt nicht wissen.«

»*Ignorare*«, wiederholte der Junge.

»Und *vanitas* ist Eitelkeit«, sagte seine Mutter.

»*Vanitas*«, skandierte Jaan.

»Und *dolor*: Schmerz. Nun hast du drei.«

»Aber ich hab' schon zwei Kartoffeln fertig.«

»Ich werde dir nachher noch mehr Wörter aufschreiben«, sagte Else müde. »Schäl nur jetzt erst mal weiter!«

»Komm, Jaan«, sagte Andreja, »mach weiter!«

So half ihnen der Alltag, wieder ins Gleichgewicht zu kommen.

Konstantin schrieb an diesem Abend ins Logbuch: »16. Juli. Himmel bewölkt, graue See. In 24 Stunden 84 Meilen gelaufen. Machen etwas mehr Wasser. Nicht ernst. Keine besonderen Vorkommnisse an Bord.«

8

Am vierundzwanzigsten Juli begegnete die Miß Jane einem Öltanker, der Zomorra, die auf dem Weg von Texas zur spanischen Südküste war. »Wir wollen ihr aus dem Weg gehen«, sagte August, der am Ruder stand. »Wir werden wenden.«

»Sie dreht schon bei«, sagte Konstantin.

Das große Schiff änderte den Kurs, offenbar neugierig, was das kleine Segelschiff so weit draußen auf See wollte.

»Der Mann da versteht sein Fach«, sagte Konstantin. »Sieh nur, wie vorsichtig er beidreht und sich uns nähert. Gleich werden wir ruhig bei ihm in Lee liegen.«

Der Wind war weniger kräftig als in den letzten Tagen, und die Sonne schien vom hellblauen Himmel. Die Sicht war ausgezeichnet.

»He!« rief Konstantin Justus zu, der auf dem Vordeck beschäftigt war. »Rutsch mal in den Vorderraum und hol mir ein altes Stück Segeltuch und den Farbtopf!«

Als sich die Zomorra und die Miß Jane sehr nahe gekommen waren, hißte Konstantin das Signal QZK.

»Was bedeutet das?« fragte Harry.

»Ich bitte ihn, mir seinen Standort, seine Länge und Breite anzugeben«, erwiderte Konstantin. »Ich möchte mein Besteck, meine eigene Standortbestimmung, kontrollieren.« Diese Gelegenheit war ihm überaus willkommen. »Meist gehen große Schiffe den kleinen Seglern aus dem Weg, weil sie fürchten, daß sie etwas gefragt werden.«

Die Zomorra lief in einem Halbkreis vor der Miß Jane entlang, und als die Sicht am besten war, sank eine große schwarze Tafel über die Reling der Brücke. Darauf standen mit riesigen weißen Kreidebuchstaben Länge und Breite so deutlich, daß kein Mißverständnis möglich war.

»Ein tüchtiger Bursche!« murmelte Konstantin.

»Wir schicken ihm aus New York eine Stange Zigaretten«, rief Lembit vom Achterdeck. Pejke, der an der Pumpe stand, grinste.

Dann klang die Stimme des Tankerkapitäns durch das Sprachrohr: »Wohin?«

»Nach Madeira«, schrie Konstantin, so laut er konnte.

»Gute Fahrt!« lautete die Antwort.

Drei Stöße der Sirene, und die Zomorra setzte ihre Reise fort, in einem vorsichtigen Bogen um die Miß Jane herumfahrend. Konstantin winkte als Zeichen seines Danks mit beiden Armen. Die anderen nahmen sein Winken auf.

»Ein feiner Bursche«, murmelte er vergnügt. »Heute ist ein ausgezeichneter Tag, August!«

August lachte ihm schweigend zu. Wird auch Zeit, dachte er.

Am folgenden Tag sahen sie Land: den weißen Leuchtturm von Porto Santo hoch auf einem Felsen. Dreißig Meilen nordostwärts von Madeira. Als Maja an Deck kam, um es sich anzusehen, weinte sie vor Freude.

»Dort ist Kolumbus mit der Tochter des Gouverneurs getraut worden«, berichtete Lembit.

»Nein, wirklich?« fragte Pejke, den Mund so weit geöffnet vor Verwunderung, daß Lembit laut auflachte.

Sie liefen nah an der Insel entlang. In der Bucht, an der die kleine Stadt völlig verlassen zu liegen schien, war kein Fahrzeug zu sehen. Kein Lebenszeichen verriet, daß die Häuser bewohnt waren, kein Stück Wäsche, kein spielendes Kind, kein trocknendes Netz. Porto Santo schien in einen trostlosen Schlaf versunken zu sein. Die Felsen zu beiden Seiten des Hafens stiegen grau und kahl aus dem Meer auf, hoben sich im grellen Sonnenlicht vom blauen Himmel ab, von kreischenden Vögeln umschwärmt.

Konstantin steckte den Kurs ab. »Sie läuft gut«, sagte er. Wenn Konstantin von »sie« sprach, meinte er immer die Miß Jane.

Die Sicht war klar, und dennoch schien etwas wie gelblicher Dunst über der See zu hängen. Nach einigen Stunden mußte Madeira in Sicht kommen.

»Ich erwarte eine hoch aufragende grüne Insel, die wir aus der Ferne schon sehen müssen«, sagte August, der Konstantins Spannung im Lauf des Nachmittags zu teilen begann.

»Ich kann doch nicht falsch gerechnet haben«, meinte Konstantin nach einer Weile. »Vielleicht fahren wir genau zwischen Porto Santo und Madeira durch.« Damit lief er wieder in die Kajüte hinunter zu seiner an die Wand gehefteten Karte, kratzte sich am Kopf und berechnete den Kurs zum soundsovielten Mal neu. »Wenn wir gegen Abend noch immer kein Land sehen...« murmelte er.

Er stieg wieder an Deck und stellte sich im Ruderhaus hinter August. Während er in das grelle Sonnenlicht starrte, glaubte er nach einer Weile überall Berge und weiße Häuser zu sehen. »Irgendwas stimmt nicht mit mir«, sagte er zu August.

»Wenn mit dir was nicht stimmt, stimmt's mit mir auch nicht«, erwiderte August. »Da! Was ist das? Genau voraus?« Beide kniffen zwei-, dreimal die Augen zu und rissen sie wieder auf. Doch es war jedesmal noch da: die Umrisse eines Berges, gelbgrau und gar nicht weit entfernt.

»Nicht mehr als vier Meilen«, schätzte Konstantin. »Und wir hatten erwartet, die Insel auf viele Meilen Abstand zu sehen!«

Es war ein herrlicher Anblick: die Berge Madeiras im Licht der untergehenden Sonne. Kein Segel, kein Schiff war zu sehen. Sie liefen zwischen kleinen Felseninseln hindurch. Die den Passatwinden ausgesetzte Seite Madeiras sah grimmig aus, kahle Felsen ragten hoch aus der See auf, scharf wie Messer. Die Miß Jane kam in Lee der Insel, und die Segel fingen an zu killen.

»Wenn wir genug Dieselöl hätten, liefen wir jetzt besser mit dem Motor«, sagte Konstantin.

Endlich, nach zwei Stunden langem, mühsamem Manövrieren, liefen sie in der tiefen Dämmerung auf die Reede von Funchal. Dort lagen große Dampfer vor Anker. Die Stadt zog sich mit ihren vielen brennenden Lichtern an den Berghängen entlang.

Sie ankerten und schliefen zum erstenmal seit Wochen in dieser Nacht einen langen, ungestörten Schlaf auf der sich sanft wiegenden Miß Jane.

Am nächsten Morgen wies ihnen der Hafenmeister einen Liegeplatz an, gut geschützt zwischen einem schnellen kleinen Hafenboot und einer leuchtendblau gestrichenen Luxusjacht. Justus und Lembit warfen ein paar geschäftigen Einheimischen die Leinen zu.

Sie sahen nicht viel von den reizvollen grünen Bergen Madeiras. Funchal, eine Stadt mit engen, ansteigenden Gassen und schmutzigweißen Häusern, nahm ihnen jede Aussicht.

Die Leute von der Hafenbehörde erwiesen sich als höchst unzugänglich. Erst erschien ein mürrischer Arzt in Khakiuniform, der rasend schnell in einem Kauderwelsch von Englisch und Portugiesisch darüber wetterte, daß keine Gesundheitszeugnisse an Bord waren. Schließlich begnügte er sich aber doch mit den für ihn unlesbaren schwedischen Arbeitsgenehmigungen, die Konstantin ihm schlau unter die Nase hielt. Dann kamen mißtrauische Zollbeamte, die, als sie die estnischen Pässe sahen, einfach nicht glauben wollten, daß die Besatzung der Miß Jane nicht aus lauter Kommunisten bestehe. Ein höherer Beamter wurde zugezogen und kam zu dem gleichen Ergebnis: Dies sind estnische Pässe, Estland steht unter russischer Herrschaft, also sind diese Menschen Kommunisten.

Das Schiff konnte im Hafen liegenbleiben, doch nicht mehr als drei Personen durften gleichzeitig an Land. Um nicht in weitere Schwierigkeiten zu geraten, fanden sich Konstantin und August schließlich damit ab.

Das erste, was geregelt wurde, war die Trinkwasserversorgung. Die Kinder, die an Deck in der Sonne spielten, tranken Wasser in großen Zügen, spülten sich den Mund damit aus und spuckten das Wasser dann im hohen Bogen in den Hafen. So viel Süßwasser zu haben, daß sie verschwenderisch damit umgehen konnten, machte sie rein närrisch. Ihre Väter und Justus brachten Eimer voll aus einer Garage angeschleppt, die ein Stück weiter am Kai stand. Das Wasser schwappte auf die Pflastersteine und verdunstete dampfend.

»Jetzt gehen wir in die Stadt zum Postamt«, sagte Konstantin.

Statt Justus war diesmal Professor Lütke der dritte Mann. Er war nervös. »Ich kann mich nicht mehr genau erinnern, ob es Washington Avenue oder Washington Street ist«, sagte er. »Mr. Herman Päts, Washington Avenue 203, Cincinnati«, murmelte er. »Oder Mr. Herman Päts, Washington Street 203, Cincinnati. Ich weiß es nicht!« Er hob in einer hilflosen Bewegung die Hände.

»Hören Sie, Professor«, sagte Konstantin, »wir können froh sein, daß Sie überhaupt auf diese Idee gekommen sind. Und wir wollen hoffen, daß Sie Erfolg damit haben.«

Herman Päts war ein früherer Schüler von Professor Lütke. Vor Jahren war er nach Amerika ausgewandert, und anfangs hatten der Hochschullehrer und der ehemalige Schüler gelegentlich Briefe gewechselt. In einer der zahlreichen schlaflosen Nächte an Bord war der Professor auf den Gedanken gekommen, diesem Herman Päts zu telegrafieren. Päts war ein anhänglicher junger Mann gewesen und hatte, als er auswanderte, ein beträchtliches Vermögen besessen. Wenn er mit zweihundert Dollar siebzehn Landsleute retten konnte...

»Wir schicken zwei Telegramme«, bestimmte August. »Eins in die Washington Street und eins in die Washington Avenue.«

Geld hatten sie nicht. Konstantin bot seinen Trauring an. Der Beamte hinter dem Schalter sah, daß es ernst war. Er sprach einigermaßen Englisch und war von anderer Art als die Leute der Hafenbehörde. Nach einer kleinen Konferenz hinter geschlossenen Türen mit zwei anderen Herren wurden die Telegramme ohne Bezahlung angenommen.

»Sie zahlen es aus der eigenen Tasche«, meinte Konstantin. »You pay it yourself?« erkundigte er sich. Der Mann – in einer grauen Baumwolljacke mit Ärmelschützern – lachte und zuckte die Achseln. »The three of us«, erwiderte er.

Konstantin schüttelte dem Mann durch das Schalterfenster herzlich die Hand. »Es kann lange dauern, ehe Sie Antwort bekommen«, warnte dieser.

»We'll wait a week«, sagte Konstantin.

Sieben Tage können sehr lange dauern. Von Tag zu Tag wuchs die Spannung. Ob eins der Telegramme Herman Päts erreichte? Mit dem Warten ging kostbare Zeit verloren. Jeden Tag nahm der Lebensmittelvorrat um viele Rationen ab.

Konstantin und August machten in der Stadt alles zu Geld, was sie noch besaßen: fünf Trauringe, drei Uhren, die nicht gingen. Doch Elses Pelzmantel brachte nichts und kam wieder an Bord zurück. Harry hängte ihn zum Lüften in die Wanten.

»Diesen Schimmel kriegst du nie wieder raus, Else«, sagte er.

Else zuckte die Achseln.

Für das bißchen Geld, das sie bekamen, kauften sie Reis, frischen Fisch und Obst für die Kinder. Maja und Else kochten jede einen Topf Suppe aus einer großen Krabbe, die sie sich geteilt hatten. Lembit hatte sie vom Fischmarkt mitgebracht.

»Dort war alles glitschig und glatt. So was hab' ich noch nicht gesehen«, berichtete er. »Riesenmengen Fisch liegen da auf der Straße, schwarz wie die Nacht, mit stahlblauen Flossen. Dann eine Art schleimige Muscheln und Massen von diesen Krabben, große hilflose Tiere wie hundertmal vergrößerte Bettwanzen. Und dann war da eine Schildkröte, die frei herumkroch – langsam, unbeholfen wie ein Blinder.«

»Madeira ist ganz anders, als ich mir immer vorgestellt habe«, sagte Gunvor. Maria und sie wuschen gerade die Wäsche, und die ganze Takelage war schon mit flatternden Hosen und Hemden behängt.

»Wir sind keine Touristen«, sagte Lembit. »Wenn du an der Reihe bist, an Land zu gehen, dann sieh dir mal die feinen Hotels an, die Anlegebrücken der großen Fahrgastlinien, den Park mit den herrlichen Bäumen und die teuren Geschäfte in den Straßen dahinter.«

»Ich will lieber nicht an Land«, fiel Gunvor ihm ins Wort. Nur zuschauen, dachte sie bitter, während man so rasend gern alles mögliche tun möchte... Doch laut sagte sie: »Wenn ich an Land komme, tanzt mir der Boden unter den Füßen. Es ist, als ob sich mir alles vor den Augen drehte.«

»Ja«, sagte Maria, »genau, als ob sich alles drehte.«

»Es ist, als säße man auf einer Wippe und zugleich im Karussell«, entgegnete Lembit. »Wir sind zu lange auf dem Ozean herumgetanzt.« Er lachte, schob die Hände in die Taschen und schaute anerkennend auf ihre roten, schrumpligen Hände in der Seifenlauge.

»Schön, das Süßwasser«, sagte er.

»Ja, herrlich«, erwiderte Maria mit einem scheuen Blick auf ihn. Sie wagte Lembit nie richtig anzusehen. Sie hatte das Gefühl, daß sie dann keine Luft mehr bekäme. Aber sie hätte sein Gesicht zeichnen können – so häufig hatte sie es in aller

Ruhe betrachtet, während er sie nicht ansah. Lembit war schön – und er erinnerte sie an früher. Sie hatte ständig das Gefühl, ihm früher in den Straßen von Tartu schon begegnet zu sein. Oder vielleicht war er einmal bei ihrem Vater im Geschäft gewesen, um Schuhe zu kaufen. Jetzt hatte er keine heilen Schuhe mehr. Sie wußte, daß er gestern seine schönen schwedischen Schuhe verkauft hatte, auch seinen guten Mantel. August hatte getobt, vor allem, weil Lembit ein altes krächzendes Grammophon gekauft hatte.

»Bist du denn verrückt geworden?« hatte er gefragt.

»Wir kommen jetzt in wärmere Gebiete«, hatte Lembit entgegnet. »Die Sonne wird uns braten, und die Passatwinde werden uns streicheln. Warum soll die arme Miß Jane all den Ballast mitschleppen? Wir können besser eine fröhliche Melodie als meinen Mantel gebrauchen.«

»Wenn du deinen Kram unbedingt loswerden wolltest, dann hättest du das Geld ja in die gemeinsame Kasse tun können«, meinte August.

Doch da war Lembit böse geworden. »Ihr behaltet doch alle eure Mäntel und Schuhe, nicht wahr? Und wenn sie verfault sind, ehe wir drüben ankommen! Warum soll ich dann nicht damit machen können, was ich will?«

»Unter den Umständen, in denen wir uns befinden, kauft man kein Grammophon«, hatte August heftig erklärt.

»Unter den Umständen, in denen wir uns befinden, kauft man gerade ein Grammophon«, hatte Lembit erwidert. »Es lenkt ab, es kann die Stimmung ein wenig heben – und der Himmel weiß, daß wir das alle sehr nötig haben, vielleicht noch mehr als essen.«

»Du bist verrückt«, hatte August gesagt.

»Vielleicht denkst du später anders darüber«, hatte Lembit erwidert.

Dabei hatten sie es gelassen. Und nun war Lembit mit dieser großen Krabbe gekommen. Wenn ich Lembit bitte, den Anhänger, den ich von Mutter habe, zu verkaufen, kann ich sie vielleicht auch alle mal einladen, dachte Maria. Aber werde ich Mutters Anhänger nicht sehr vermissen, wenn ich in Amerika bin? Sie vergaß das Waschen und stand da, die Arme in der Seifenlauge.

»Ich hole neues Spülwasser«, sagte Gunvor, die sich jederzeit bis zu der Garage von Escorcio wagte. Bei Escorcio war ein netter Junge, der Domingo hieß und immer »Bueno, bueno« zu ihr sagte. Sie nannte ihn Domingo Bueno. Gestern hatte er ihr drei Papierblumen geschenkt. Man stelle sich das vor, auf Madeira, der Insel, die immer nach Blumen duftete. Wenigstens stand das in dem Prospekt, den Onkel Konstantin vor ein paar Tagen mitgebracht hatte. »Das erste, was dem Fremden auffällt«, stand dort, »ist der schwere Blumenduft, der über der ganzen Insel hängt.« Doch hier am Hafen roch sie nichts anderes als Schmieröl, Benzin und Schmutzwasser. Nur gestern in der Garage von Escorcio hatte sie etwas anderes gerochen. Domingo hatte in seinem kleinen Verschlag gestanden und auf einem Gaskocher Tomaten mit Speck und Eiern gebraten. Sie war rasch weggelaufen, und er war hinter ihr hergekommen mit drei Papierblumen. Wenn es wenigstens ein wenig aus seiner Pfanne gewesen wäre...

»Deine Lauge ist schon ganz schwarz«, sagte sie zu Maria. »Schütt sie über Bord. Ich laufe lieber mit zwei Eimern.«

»Was haben wir nun wirklich in diesen Telegrammen geschrieben?« fragte Konstantin August zum soundsovielten Mal.

»Siebzehn estnische Flüchtlinge erbitten dringend Hilfe stop Madeira erreicht stop Ziel Amerika stop Telegrafische Sendung 200 Dollar stop Erbitte unbedingt Antwort Unterschrift Emil Lütke a/b Miß Jane, Funchal.«

»Und wie haben wir sie adressiert?«

»Wir haben eins an die Washington Street und eins an die Washington Avenue geschickt«, erwiderte August mit erzwungener Ruhe. »Und unser Freund hinter dem Schalter hat versprochen, etwas hinzuzusetzen, damit alle ihr bestes tun, um den Adressaten zu finden. Herman Päts...« Er schwieg eine Weile. Dann fügte er hinzu: »Herman Päts – Else sieht ihn nachts schon im Traum.«

Konstantin nickte. »Ich auch«, sagte er kurz. »Heute nacht trat er auf mich zu mit dem Gesicht von einem der Kerle der schwedischen Fremdenpolizei. Ein freundliches, nichtssagendes Gesicht. Er hatte eine Ratte am Schwanz in der Hand, und die steckte er mir zu. Ich glaube nicht an Träume, und das ist nur gut, denn dieser Traum war nicht sehr vielversprechend.« Er schwieg und fuhr sich heftig mit den Fingern durchs Haar.

Professor Lütke lag den größten Teil des Tages auf einer Matratze auf dem Vordeck. Harry hatte eine Persenning ausgespannt, damit der alte Mann Schatten hatte.

»Der Mann ist krank«, sagte Konstantin.

»Er ist nie der Kräftigste gewesen«, erwiderte August. »Aber du hättest seine Vorlesungen hören müssen! Sie waren die besten der ganzen Universität Tartu. Völkerrecht. Und er ist jahrelang Delegierter in Genf gewesen.«

»Genf und Völkerrecht!« schmähte Konstantin. »Was hat all das schöne Gerede geholfen?«

»Vielleicht doch mehr, als wir vorläufig überblicken können«, erwiderte August kurz. »Es ist leicht, über gute Versuche zu spotten.«

»Solange sich die Menschen nicht ändern...«, begann Konstantin.

»Dieses Schlagwort haben wir oft genug gehört«, fiel August ihm schroff ins Wort. »Damit wirst du mich auch nicht überzeugen. Natürlich ändern sich die Menschen. Aber im Schneckentempo, und das ist uns nicht schnell genug.«

»Sie ändern sich eben nicht!« beharrte Konstantin eigensinnig.

»Blödsinn!« Augusts Stimme klang grimmig. »Nicht ändern, das gibt es auf dieser Welt nicht. Alles ändert sich. Ständig. Warum sollte sich ausgerechnet die Menschheit nicht ändern? Sie hat es ja schon.«

»Das glaube ich nicht«, sagte Konstantin.

»Bist du dabei gewesen, als die Barbaren das Römische Reich gestürzt haben? Bist du dabei gewesen, als die Azteken ihre Menschenopfer brachten? Hast du gesehen, wie sich in Westeuropa – es ist noch kein Jahrhundert her – kleine Kinder in den Bergwerken totarbeiteten und in Fabriken die Schwindsucht bekamen? Nein? Dann erzähl mir also nicht noch einmal, die Welt mache keine Fortschritte! Auch wenn wir hier auf der Miß Jane sitzen und auch wenn noch immer viehische Dinge geschehen!« Er strich sich mit der Hand über die schmerzenden Augen – er versuchte, sich wieder zu beruhigen. Das Reden hatte ihn aufgewühlt. Wenn er Defätismus irgendwelcher Art begegnete, war es, als ob sich sein ganzes Wesen dagegen auflehnte. Nicht, daß Konstantin etwa ein Defätist gewesen wäre. Im Gegenteil, in der Praxis war er ein Kämpfer, unbedingt. Vielleicht noch mehr als August. Gerade deshalb hatten diese nachgeschwatzten Worte aus Konstantins Mund ihn, August, mehr gereizt, als wenn sie irgendein beliebiger anderer gesagt hätte.

»Ich leg' mal eine Platte aufs Grammophon – einverstanden?« fragte Lembit mit zögerndem Lachen. »Viel Auswahl haben wir nicht: *Sous les toits de Paris* und *C'est pour ça que je t'ai donné ma vie*. Oder wollt ihr lieber *Dein ist mein ganzes Herz* und *Rote Rosen*? Die letzte ist allerdings ein bißchen zerschrammt. Na ja, das darf einen nicht stören.«

Er zog das Grammophon auf, das wie eine Jammerorgel ächzte.

»Zerschrammt auch noch!« sagte August.

»*Dein ist mein ganzes Herz*«, kündigte Lembit an und legte die Platte auf.

»Nun warten wir noch einen Tag«, entschied Konstantin, nachdem die Woche verstrichen war.

»Du gehst heute mit Else spazieren«, sagte er an diesem letzten Tag zu August. »Maja und ich haben es gestern getan.«

»Spazierengehen«, sagte Else.

Spazierengehen, nur zum Vergnügen und um beieinander zu sein – das war ganz unwirklich. Spazierengehen auf Madeira! Sie lachte. »Aber sollen wir dann nicht eins der Kinder mitnehmen?« fragte sie.

»Harry?« August sah, daß Max sie anschaute. Seine Augen waren voller Verlangen, während sich das empfindsame

Jungengesicht mürrisch verschloß.

»Ich möchte Max gern mitnehmen«, sagte er.

»Gut, dann setze ich mir gleich den Hut auf«, sagte Else lachend.

Max grinste über diesen Scherz seiner Mutter. Er hockte sich aufs Deck, die Beine unter sich gekreuzt. Dann stützte er die Handflächen zu beiden Seiten der Schenkel auf die Planken, drückte sich hoch und schaukelte zwischen seinen langen Armen.

»Hör auf, Max!« rief Gunvor. »Das ist ein abscheuliches Kunststück. Du wirkst wie ein Betteljunge.«

Max grinste. »Bin ich auch«, sagte er hänselnd. »Ich besitze noch weniger als der Junge mit dem Holzbein, der gestern hier hinter den anderen herhinkte.«

Gunvor wurde rot – sie erinnerte sich des Jungen. Nachdem er vorbeigekommen war, hatte sie unten in der Kajüte, wo niemand war, einen richtigen Weinkrampf gehabt. Die Welt war schrecklich, solange solche Jungen so herumlaufen mußten. Ein Trupp Kinder war vorbeigerannt, alle mit verwelkten Blumen in der Hand, die wahrscheinlich von Touristenautos stammten, die hier häufig mit Blumen geschmückt wurden. Ein Junge kam in großem Abstand hinterher. Er hatte ein hölzernes Stelzbein unter dem kurzen Beinstumpf und bewegte den Körper wie ein Wurm, während er hinter den anderen herhinkte. Er rief ihnen nach, sie sollten auf ihn warten. Doch die anderen rannten weiter, und sie lachten und schrien. Sie hatten ihn vergessen. Während er sich anstrengte, um sie einzuholen, verlor er seine Blumen.

»Du bist verrückt«, sagte sie zu Max und kämpfte gegen die Tränen, die ihr bei der Erinnerung an den Jungen wieder in die Augen stiegen.

»Von seiner Schwester erfährt man genau, was man taugt«, brummte Max gutmütig und sprang auf. »Gehen wir jetzt, Vater?«

Sie gingen durch die Stadt. Immer höher gelangten sie. Durch die engen, gewundenen Straßen, durch dunkle, ungepflasterte Gassen, wo vor den schmutzigweißen Häusern Korbflechter zwischen hohen Stapeln von weißem Rohr saßen, vorbei an dunklen Werkstätten der Silberschmiede, aus denen das hohe trockene Klicken kleiner Hämmer klang.

Der Junge ging zwischen seinen Eltern. Vor zwei Autos mit gleichgültigen Touristen, die laut hupend durch die enge Straße aufwärtsfuhren, mußten sie zur Seite treten.

»Seltsam«, war das einzige, was Else sagte.

Eine alte Frau mit einem Seeräubergesicht kam auf sie zu, hielt die Hand auf und murmelte etwas von der Madonna. August schüttelte den Kopf, und die alte Frau zog böse ab.

Sie gingen so weit, daß Funchal tief unter ihnen lag. Vorbei an Villen mit ummauerten Gärten, die an den Hängen erbaut waren. Üppige Zweige blühender Bougainvilleen in allen Tönen von Rot, Violett und Orange hingen über den Mauern und rankten sich an den Dächern hoch.

Else und August gingen nun nebeneinander und hatten einander den Arm um den Rücken gelegt. Max lief neben ihnen her. Sie schwiegen, und er pfiff sich eins.

»Was für ein herrlicher Tag!« sagte Else. »Den werde ich nie vergessen.«

Sie gingen an zwei Feldern mit blauen Hortensien vorüber. Ein Mann mit einem Ochsenkarren kam ihnen entgegen. Der Ochse war schmutzigweiß, und die Hautfalten seines Halses schlappten beim Laufen von einer Seite zur anderen. Dann kamen sie durch Weinberge mit tiefblauen Schatten. Alles war in Terrassen aufgeteilt, scharf gezeichnet, dazwischen hier und da ein Haus oder ein Baum.

»Wie Spielsachen«, sagte Max. Der Boden war rostrot, leicht und trocken. Doch um die Bergspitzen hingen Nebelfetzen, und an den steilen Felswänden sickerte Feuchtigkeit herab, die in der Sonne verdampfte.

»Madeira ist ein alter erloschener Vulkan«, sagte August. »Der Boden ist unglaublich fruchtbar. Früher wurde hier mit Negersklaven Zuckerrohr angebaut, bis ein Engländer kam und mit dem Weinbau begann – jetzt baut man auf der Insel Wein an.«

Ein kleiner Junge mit einem riesigen Strohhut kam einen schmalen steilen Weg herabgestiegen. Er zog einen Esel hinter sich her. Der Esel hatte keine Lust zu laufen, und es klang, als ob er vor Ärger quiekte. Doch als er näherkam, sahen sie, daß er zwei quiekende Ferkel in den Körben auf seinem Rücken trug. Max lachte dem Jungen zu, und der Junge erwiderte sein Lachen.

Max pfiff nicht mehr. Er sang. Er ging jetzt ein Stück vor den Eltern.

»Daß wir ihn mitgenommen haben«, sagte August, »ist besser für ihn als alle Predigten, die wir ihm an Bord halten, weil er oft so lästig wird.«

»Uns tut es auch gut«, entgegnete Else und bückte sich nach einer kleinen violetten Blume, die sie nicht kannte. Sie drehte den Stengel abwesend zwischen den Fingern und sagte: »Eigentlich macht es kaum noch etwas aus, ob das Geld aus Amerika kommt oder nicht. Wir werden es wohl auch mit wenig Verpflegung schaffen, und dann kann immer noch einmal ein Tag kommen wie dieser.«

August antwortete nicht. Er betrachtete den weiteren Verlauf der Reise düsterer.

Sie gingen auf einem anderen Weg zurück. Jetzt sahen sie das blaue Meer vor sich. Auf einem kahlen roten Erdwall am Straßenrand saßen zwei Frauen. Sie hüteten drei kleine Kinder und ein paar Ziegen und stickten. Sie trugen schwarze Kleider und schauten nicht von ihrer Handarbeit auf, weder zu den Vorübergehenden noch zu der blauen See.

»Diese Frauen wohnen auf der gesegneten Insel Madeira«, sagte August. »Möchtest du mit ihnen tauschen?«

»Niemals«, entgegnete Else.

Max trat einen Stein vor sich her. Plötzlich drehte er sich zu seinen Eltern um. »Ich möchte später einmal wieder hierherkommen«, sagte er.

»Auf der Hochzeitsreise«, sagte Else lachend.

Der Junge grinste verlegen und trat den Stein weiter. August drückte Elses Arm.

Als sie den Hafen erreichten, kam Konstantin ihnen entgegengelaufen. Die Mütze saß ihm hinten auf dem Kopf. »Es ist Antwort gekommen. Herman Päts hat zweihundert Dollar geschickt.« Seine Stimme klang zehn Jahre jünger.

Max war gar nicht erstaunt. »Ich kann mir gut vorstellen, daß er dem Professor helfen wollte«, sagte er gelassen. »Er ist auch schrecklich nett, der Onkel Emil. Aber ihr kennt ihn nicht so gut wie ich.« Und pfeifend ging er über die Laufplanke.

9

Sie verließen den Hafen von Madeira bei völliger Windstille. Das kostete sie zwar zwölf Liter ihres kostbaren Diesel-
öls, aber noch länger zu warten schien Konstantin unverantwortlich. Sie waren jetzt schon zu spät dran, um nach der
großen Überfahrt noch mit gutem Wetter vor der amerikanischen Küste rechnen zu dürfen.

»Wir können dort eine unangenehme See kriegen«, sagte
Konstantin. »Und die fünfundzwanzig Liter Dieselöl werden wir bitter nötig haben für den starken Verkehr in den
amerikanischen Häfen.«

»Du scheinst dir noch nicht ganz klar zu sein, ob wir den
Potomac oder den Hudson hinauffahren wollen«, sagte Lembit. »Wir können ja abstimmen. Wer ist für Washington und
wer für New York?«

»Ich will ja nichts sagen«, entgegnete Grochen bissig,
»aber Übermut tut selten gut. Halt du dich nur an dein
Grammophon!« Das Grammophon hatte Grochens grenzen-
lose Verachtung erregt. Doch Lembit sagte voraus, der Tag
werde schon kommen, wo sie noch um »ein Lied« bitten würde.

Übrigens war ein wenig Übermut wohl durch die Einkäu-
fe gerechtfertigt, die sie gemacht hatten. Sie hatten einen
tüchtigen Vorrat Kartoffeln und Reis geladen, auch Olivenöl und auf Majas Bitte ein wenig Weizenmehl, ferner Brot,

Dörrfisch und ein paar Dosen Kondensmilch. Hafermehl war noch vorhanden. Spiritus und Petroleum hatten sie in ausreichender Menge bekommen können, doch mit dem Dieselöl war es schwierig gewesen. Nur mit größter Mühe hatten sie zwanzig Liter ergattert und dafür einen hohen Preis zahlen müssen. Doch Konstantin sagte: »Und wenn sie das Doppelte gefordert hätten, wir hätten es nehmen müssen.«

Für Professor Lütke hatten sie einen Arzt kommen lassen. Er litt an chronischer Verstopfung und ständigen Kopfschmerzen. Der Arzt war ein junger Portugiese, der in unbeholfenem Englisch Medizin verschrieben und Andreja als Krankenschwester Anweisungen gegeben hatte. »Versuchen Sie, ihm einen besseren Liegeplatz zu beschaffen«, hatte er unter anderem gesagt. Deshalb waren nun Harry und Max in den Achterraum gezogen, und der Professor hatte die Bank erhalten, auf der die beiden Jungen bisher zusammen geschlafen hatten.

»Mir ist es sehr recht«, sagte Max, der sich nun den Männern zugehörig fühlte.

Else und Jaan schliefen auf der anderen Bank, August und Gunvor auf Matratzen auf dem Boden. »Jetzt ist alles trokken, da ist es ein Genuß, hier zu schlafen«, sagte August.

Sauber, trocken und ausgeruht machten sie sich auf den Weg. Vor einem schwachen, lauen Wind lief die Miß Jane auf südwestlichem Kurs. Eine breite, geschmeidige Dünung streichelte ihr die Flanken. »Sieh dir mal ihre Nase an!« meinte August. »Die Miß Jane riecht ihren Kurs.«

»Je weiter wir nach Süden ausholen, desto sicherer können wir uns auf die Passatwinde verlassen«, sagte Konstantin. »Es scheint ein Umweg zu sein, aber es lohnt sich immer.«

Noch fünf-, sechstausend Meilen, dachte August. Er spähte zu einer kleinen, vereinzelten Wolke hinauf, die am hellblauen Himmel dahintrieb. Das sind wir, dachte er.

»Ja, es ist eine lange Strecke«, erwiderte Konstantin auf den unausgesprochenen Gedanken.

Doch die Miß Jane hielt sich tapfer vor dem Wind auf der großen Dünung Kurs Südwest. Hinter ihnen verschwand Madeira in einem Dunst von rosa und mattvioletten Tönen. Vor ihnen lagen viele Wochen, in denen sie nichts anderes sehen würden als See und Himmel – Himmel und See – tagein, tagaus.

Von Madeira bis zu den Antillen sind es knapp dreitausend Seemeilen in der Vogelfluglinie. Ein Segelboot im Zug der Passatwinde fährt jedoch nicht geradeaus, sondern macht einen kleinen, ganz natürlichen Umweg, indem es Strom und Windrichtung folgt. Nimmt man dazu die kleinen und großen Zickzacklinien, die jedes Segelschiff beim Kreuzen fährt, dann werden aus den dreitausend vielleicht dreitausendfünfhundert Seemeilen.

Domingo Bueno hatte kurz vor dem Auslaufen aus Funchal als Huldigung für Gunvor einen Knoblauchzopf gebracht. »Bueno, bueno«, hatte er gesagt und energisch auf die kleinen weißen Knoblauchknollen gezeigt. Nun hing die Knoblauchschnur baumelnd in der Kajüte der Laidoners und pendelte im Rhythmus der Dünung hin und her. Als nach Wochen ein Fleck Farbe an der Stelle abgerieben war, wo der Knoblauchzopf an die Kajütswand schlug, hatten sie noch immer nichts anderes gesehen als Wasser und Himmel. Doch das Wetter war prächtig, und das Leben spielte sich hauptsächlich an Deck ab, wo alle, die gerade keinen Dienst hatten, in der Sonne lagen. Die Kinder spielten auf dem Achterdeck, meist sitzend, liegend oder kriechend – und zu ihrer Empörung am Besanmast festgebunden. Der Raum, den sie zur Verfügung hatten, war äußerst klein, außerdem standen und lagen Kabel, Trossen, die Ankerkette, die Logleine, Klampen im Weg. Doch sie hatten sich allmählich an vieles gewöhnt und waren mit wenigem zufrieden. Justus hatte ihnen ein Stäbchenspiel geschnitzt aus kleinen Hölzern, mit dem sich vor allem Heino und Aimi stundenlang beschäftigen konnten. Jaan lag viel auf dem Rücken, blickte zu den Wolken auf und phantasierte. Mittags wurde er genau wie die Kleinen während der größten Hitze nach unten geschickt, um zu schlafen. Dafür durfte er abends länger aufbleiben, um den Sonnenuntergang und das Aufkommen der Sterne zu sehen.

»Ich werde später Maler. Ich habe nie gewußt, daß es soviel Farben gibt«, hatte er an einem der ersten Abende gesagt.

»Wohin wirst du ihn schicken?« fragte Lembit August im Scherz. »Auf die Kunstakademie in Philadelphia oder auf die in Boston?«

August lachte. »Ich werde froh sein, wenn er ein anständiger Anstreicher werden darf.«

Lembit schaute zum Masttopp hinauf, der vor dem Abendhimmel schwankte. Er kniff die Augen zu Schlitzen zusammen und sagte: »Ist das dein ganzes Streben, August? Hast du gar keinen Ehrgeiz mehr?«

August schwieg.

»Ich könnte das nicht«, fuhr Lembit fort. »Ich stelle noch

zu viele Forderungen an das Leben. Vielleicht, weil ich jung bin und immer viel erwartet habe. Du hast schon viel bekommen – auch wenn du auf vieles wieder verzichten mußt. Aber du hast wenigstens manches kennengelernt, was wir nie kennenlernen werden.«

Lembit, der sonst immer Witze riß, war noch nie so ernst gewesen. Doch August wich aus – er war sich seiner selbst nicht sicher genug.

»Das Kreuz des Südens scheint dich philosophisch zu machen«, sagte er.

»Ich muß es noch werden«, erwiderte Lembit. »Du bist es schon.«

Eines Abends sahen sie einen Passagierdampfer einer der großen Schiffahrtslinien vorüberfahren. Es war gegen Mitternacht, und die Luft war mild. Sie waren an Deck, grübelten oder träumten unter dem funkelnden Sternenhimmel. Der Dampfer war märchenhaft erleuchtet.

»Gewiß ist ein Fest an Bord«, sagte Harry, der bäuchlings auf dem Achterdeck lag.

Helles Licht strahlte aus wohl hundert Bullaugen, und die Brücke stand weiß und gespenstisch darüber, scheinbar verlassen.

Die See rund um die Miß Jane war dick und zäh wie Suppe. Die phosphoreszierenden Quallen strahlten ein seltsam grünliches Licht aus, so daß das Wasser wie milchig durchscheinendes Gelee wirkte.

»Man kann einfach nicht glauben, daß das alles wahr ist«, sagte Pejke träumerisch.

»Eigentlich müßte man Max und Jaan wecken, damit sie

das auch sehen, Vater«, sagte Harry und wies auf die leuchtende See und auf den Passagierdampfer, der langsam nach Süden lief.

»Warum nicht gleich auch noch Gunvor und Maria und Grochen und den Professor und die anderen«, sagte Lembit.

»Die anderen liegen hier an Deck«, hörte man Andrejas Stimme aus der Dunkelheit. Doch es traf nicht zu, was sie sagte, denn Else und Maja waren nicht an Deck, sondern unten, um die Kajüten für die Nacht bereitzumachen.

Die Lichter des Dampfers wurden schwächer, je weiter sich das Schiff der Kimm näherte.

»Sie nimmt Kurs auf die Kapverdischen Inseln«, entgegnete August. »In zwei Tagen läuft sie dort im Hafen ein.«

Niemand antwortete. Es würde lange dauern, ehe die Miß Jane einen Hafen erreichte. Plötzlich hörten sie Justus fluchen. Er hatte die Logleine eingeholt und nicht daran gedacht, daß Fäden der Quallen daran hingen. Seine Hände und Unterarme wurden wie von glühenden Nadeln gestochen.

»Olivenöl drauf!« rief Andreja. »Komm nur mit!« Und schon lief sie die Kajütstreppe hinunter.

Olivenöl war im Augenblick das Allheilmittel. Für verbrannte Haut und Blasen, für das Durchliegen, für entzündete Augen, für wunde Hände und Verstopfung.

Andreja massierte sanft Justus' Arme und Hände. »Das haben wir nun auch gelernt, Justus«, sagte sie, »daß man sich an Quallen verbrennen kann. Es gibt eine Menge Dinge außer Feuer, an denen man sich verbrennen kann. Aber Olivenöl hilft da nicht immer. Wie ist's? Tut's noch weh?«

»So schlimm ist's nicht«, entgegnete Justus. Er fand es sehr angenehm, daß Andreja ihn massierte. Es geschah nicht oft, daß sich jemand persönlich um ihn bemühte. »Wir machen jetzt durchschnittlich vier Knoten«, sagte er, um das Gespräch in Gang zu halten.

»Ja, wir kommen gut voran«, sagte Andreja. Sie zögerte einen Augenblick, dann fuhr sie leise fort: »Sag mal, Justus, was wirst du tun, wenn wir ankommen?«

»Arbeit in meinem Beruf suchen«, erwiderte Justus.

»Und dann?«

»Und dann? Was meinst du damit?«

»Ach, weißt du...« Sie zögerte wieder. Sie hörte Maja im WC Wasser pumpen. Aimi und Heino schliefen dicht aneinandergedrückt in der Koje, und Grochen lag mit geschlossenen Augen auf ihrer Bank. Sie schlief wohl auch. »Du bist ein Mann, der genau wie Konstantin am glücklichsten sein würde mit einer guten einfachen Frau und einer Schar netter Kinder, Justus.« Sie sprach hastig, weil Maja jeden Augenblick hereinkommen konnte. »Vergiß nicht, ein tüchtiger Handwerker verdient dort drüben genug, um bequem eine Familie erhalten und sich ein eigenes Haus leisten zu können. Du hast Kinder gern, Justus. Stell dir vor, daß du in ein paar Jahren die eigenen Kinder zur Schule bringst und daß dir deine Frau dann von der Küchentür nachwinkt und für euch alle ein Butterbrotpäckchen gemacht hat...«

»Was meinst du eigentlich?« fragte Justus verlegen und sehr langsam. »Willst du mich heiraten?«

»Nein!« Andreja lachte herzlich. »Ich habe doch Erik, der versprochen hat, mir nachzukommen.« In vier Jahren, dachte sie fast bitter.

»Dann bring den Jungen auch nicht auf solche Gedanken!« erklang plötzlich Grochens Stimme. »Laß ihn seine Pläne selber machen! Dazu ist er erwachsen genug!«

Andreja schwieg. Sie war erst verärgert, aber dann mußte sie doch lachen. Justus grinste. »Ich habe nie viel von Frauen verstanden«, sagte er gutmütig.

»Das merkt man«, entgegnete Grochen. »Aber tröste dich, Junge, du hast es hier auch mit sonderbaren Frauen zu tun. Maja ist die einzig normale. Und genauso eine Frau ist für dich die richtige.«

»Siehst du, Grochen, nun sagst du's selber!« rief Andreja.

»Was?« fragte die alte Frau.

»Ach, nichts!« sagte Andreja. »Wir wollen es vergessen.«

»Das Olivenöl war jedenfalls sehr angenehm«, sagte Justus freundlich. »Es hat gut geholfen.«

»Aber verbrenn dich nicht noch mal!« warnte Andreja.

Die Miß Jane segelte weiter. Jeden Tag fast neunzig Meilen. Die Passatwinde hielten ihr Versprechen, und die See blieb ruhig. Sie streichelte die Flanken des kleinen Schiffes, ließ die Besatzung jedoch niemals vergessen, daß sie von ihrer Gnade abhängig war. Sie war mächtig und beherrschte alles.

Das Leben an Bord bekam in dieser Zeit fast etwas Häusliches. Die Kinder mit ihren nackten Oberkörpern in Sonne und Wind wurden braun und sogar dick. Sie erhielten drei Mahlzeiten am Tag: Haferbrei zum Frühstück, Reis oder Kartoffeln mit Stockfisch um zwölf Uhr und sechs Teelöffel Kondensmilch mit eingeweichten Haferflocken am Abend.

»Aimi hat sicher schon drei Pfund zugenommen«, sagte Maja glücklich.

Auch die Erwachsenen bekamen ausreichend zu essen, wurden braun und fast sorglos. Sogar das regelmäßige Pumpen war jetzt eine angenehme Aufgabe und eine nützliche Körperübung geworden. Hundert Schläge je Stunde für jedes Mitglied der Besatzung.

»Das ist gut für unsere Linie, da wir jetzt praktisch nur Kartoffeln und Reis essen«, erklärte Konstantin.

»Das hab' ich doch immer gesagt«, entgegnete Lembit. »Die Pumpe ist unsere beste Freundin.«

»Du kannst sagen, was du willst«, erwiderte Max, der auch seinen Senf dazugeben mußte, »ohne die Pumpe wären wir alle längst ersoffen.«

»Es wird Zeit, daß du wieder zur Schule gehst und lernst, dich anständig auszudrücken«, sagte Else.

»Der Himmel ist blau
und das Wasser ist lau«,
reimte Jaan, der mit Professor Lütke auf dem Achterdeck saß. Sie lehnten sich beide an den Besanmast und konnten beim Reden einer des anderen Gesicht nicht sehen.

»Weißt du, Jaan, dies ist jetzt wirklich ein Urlaub, ohne daß die Finanzen des Landes darunter zu leiden haben«, sagte der Professor, der sein körperliches Wohlbefinden und den warmen Wind genoß, der über seine rasierten Wangen strich. Gestern war an Deck der Miß Jane Haarschneide- und Rasiertag gewesen. Die Haarbüschel und Seifenschaumklumpen waren von Bord geflogen.

»Urlaub, ohne daß die Finanzen des Landes darunter zu

leiden haben«, wiederholte Jaan genau. »Was bedeutet das, Onkel Emil?«

»Das bedeutet, daß man Ferien hat, ohne daß das Gehalt vom Staat weitergezahlt wird«, erwiderte Professor Lütke.

»Wenn man sich vorstellt, daß unser Gehalt weitergezahlt würde!« sagte Jaan lachend.

»Wieviel hast du denn verdient, junger Mann, in der guten alten Zeit?« erkundigte sich der Professor.

»Das kam drauf an«, entgegnete der Junge. »In Tallinn bekam ich eine Mark im Monat, und das war genug. Aber in Stockholm habe ich 25 Öre die Woche gekriegt, und das hat nicht gereicht. Alle Jungen hatten mehr. Es war ein echter Hungerlohn.«

Der Professor schmunzelte. »Siehst du, daß das Meer eine ganz andere Farbe hat als der Himmel, Jaan?« sagte er dann.

»Hab' ich schon lange gesehen«, erwiderte der Junge. »Kannst du mir Farben beibringen, Onkel Emil? Ich meine Namen von Farben – nicht einfach rot und blau und grün, sondern Namen für all die verschiedenen blauen, roten und grünen Farbtöne. Sonst kann ich später keine Farben kaufen.«

»Du wirst schon lernen, sie selbst zu mischen, wenn es einmal so weit kommen sollte«, sagte der Professor. »Aber wenn du dann malst, was wir jetzt sehen, wird es dir niemand glauben. Ein olivgrünes Meer unter einem türkisblauen Himmel – wer würde das für wirklich halten? Oder ein türkisfarbenes Meer unter einem grauen Himmel? Wir haben nach und nach so viel gesehen, Jaan – einen Himmel mit Farben wie Stahl, einen goldenen Himmel mit weißen Wolken, einen kupfernen Himmel mit Wolken wie verlorene Schäfchen oder Hahnenfedern, einen Himmel von hartem gleichmäßigem Blau von einem Horizont zum anderen oder einen Himmel mit einer so endlosen Abstufung von Farben, von Indigoblau bis Flaschengrün, von Goldgelb bis Kobalt- und Preußischblau. Ach, Junge, wenn du das alles malst, sieht es aus wie eine billige Ansichtskarte. Und doch ist es die reine Wirklichkeit.« Er schwieg und machte mit dem Arm eine Bewegung durch die Luft, als ob er Himmel und Meer liebkosen wollte. Er sprach eigentlich schon lange nicht mehr für den Jungen, der hinter ihm an den Mast gelehnt saß. Pejke, der an der Pumpe stand und ruhig und rhythmisch arbeitete, hörte auch zu.

»Gestern morgen«, sagte der Professor, »habe ich durch die Bullaugen einen goldenen Sonnenaufgang gesehen vor einem lila Wolkenfeld. Wir haben allmählich die unvorstellbarsten Farbschattierungen gesehen – es würde einem übel, wenn man so etwas gemalt sähe.«

Er kehrte zu dem Jungen und in die Wirklichkeit zurück. »Wie hart die Planken dieses Decks sind!« schloß er.

»Sie müssen Lebertran nehmen«, sagte Pejke mit seiner ruhigen Stimme.

»Die Weisheit stammt nicht von Ihnen, werter Freund«, entgegnete Professor Lütke. »Frau Omi versucht schon seit zwei Wochen, mich zu bewegen, Lebertran und Knoblauch zu nehmen. Ich weiß nicht, was von beiden ich schlimmer finde, aber vielleicht kommt doch noch mal ein Augenblick, wo ich nachgeben muß.«

»Es ist nicht so schlimm, wie es scheint«, sagte Pejke. »Ich fühle mich prima dabei.«

»Das freut mich, mein Junge.« Professor Lütke legte die Hände um seine mageren Knie und schaute hinauf zu dem rotweißen Wimpel im Topp des Großmastes. »Wie lange wird dieser Mast noch vor uns am Himmel schwanken?« fragte er.

Eines Tages war Konstantin gerade dabei, Justus beizubringen, wie man mit dem Sextanten umgeht, als Gunvor, die auf dem Vordeck saß, plötzlich ausrief: »Oh, guckt mal!«

Sie hatten schon früher fliegende Fische gesehen, doch nun näherte sich ein Schwarm besonders kleiner Fische, die in kleinen Gruppen von vielleicht zwölf bis zwanzig aus dem Wasser sprangen und pfeilschnell zwei, drei Meter durch die Luft schossen. Die Miß Jane lief genau auf sie zu, und ein wenig später klatschten ein paar Dutzend der kleinen Fische auf das Deck nieder und blieben betäubt liegen. Sie bewegten sich kaum noch in der heißen Sonne. Aimi und Heino hockten sich daneben, die Hände auf die Knie gestützt, und guckten sie sich an.

»Seht mal, es ist eine Art von Tintenfischen«, sagte August, der gerade dazukam. Er zeigte ihnen die gefüllten Tintensäcke. »Es gibt Hunderte von verschiedenen Arten dieser Fische.«

»Eklig«, sagte Aimi.

»Wenn jemand sie angreift, stoßen sie Tintenwolken im Wasser aus«, erklärte August. »Sie verteidigen sich damit.«

»Siehst du, deshalb habe ich dir vorhin ins Gesicht gespuckt«, sagte Aimi sofort zu Heino. »Ich habe mich nur verteidigt.«

»Ach, du Blöde!« sagte Heino. »Du bist genauso verrückt wie ein – wie ein – wie ein Tintenfisch«, schloß er befriedigt. »Sieh's dir doch an«, setzte er verächtlich hinzu und stieß mit den nackten braunen Zehen an einen der kleinen Fische. »Ein ganz unbedeutendes Ding, ein Nichts, genau wie – ein Mädchen!«

Es war nicht zu übersehen, daß sie gerade Streit miteinander gehabt hatten, was häufiger vorkam, weil sie zu sehr aufeinander angewiesen waren und sich nie aus dem Wege gehen konnten. Mit der gleichen Schwierigkeit hatten auch die Erwachsenen an Bord zu kämpfen, auch nicht immer mit Erfolg.

»Vielleicht können wir die Fische braten, wenn sie gut gesäubert werden«, sagte August. »Wir sitzen mitten auf See und haben noch nicht ein einzigesmal frischen Fisch gehabt.«

Maja war bereit, es zu versuchen.

»Aber ich esse keins von den ekligen Dingern«, sagte Heino, immer noch grollend.

»Aber ich, sie sind bestimmt lecker!« erklärte Aimi, nur um anderer Meinung zu sein.

»Pfff!« machte der kleine Junge.

Lembit trat dazu. »Kommt mit!« sagte er. »Wir fragen Justus, ob er neue Würfel schnitzt. Dann bring' ich euch noch andere Spiele bei.« Lembit war ein eifriger Würfelspieler, aber die Würfel der Kinder gingen ständig verloren. Aber was ging nicht verloren in den kleinen überfüllten Wohnräumen unter Deck?

Gunvor und Pejke machten die Fische für Maja sauber. Es war eine mühselige Arbeit.

»Daß in so kleinen Fischen soviel Tinte sein kann!« sagte Gunvor nach dem vierten Spülen. »Viel mehr, als ich geglaubt hatte.«

»Ich stelle mir vor, daß es sehr viele Dinge gibt, die ganz anders sind, als man glaubt«, erwiderte Pejke in seiner langsamen Sprechweise.

»Ach, ich weiß nicht«, sagte Gunvor, »bisher hat mir das Leben nicht viele Überraschungen geliefert.«

»Nein?« fragte Pejke überrascht und vergaß wieder den Mund zuzumachen. Ob ich ihm sagen sollte, daß er den Mund zumachen muß? dachte Gunvor. Es wäre zu seinem Nutzen.

»Du bist sechzehn«, sagte Pejke.

»Fast siebzehn«, entgegnete sie.

»Und hast schon ziemlich viel mitgemacht«, fuhr der junge Mann fort und betrachtete, wie immer verlegen und bewundernd, ihr junges hübsches Gesicht.

»Ich? Mitgemacht?« fragte Gunvor aufrichtig verwundert. »Ich mache überhaupt nichts mit. Ich sitze nur auf diesem Schiff herum. Und vorher habe ich in der Schule herumgesessen, und von all den Dingen, die im Leben passieren können, merke ich nichts.«

»Ich verstehe dich nicht«, sagte Pejke treuherzig. »Hier auf der Miß Jane – ja, eigentlich alles, was wir erleben, das ist doch nichts . . . nichts, hm . . . nichts Unbedeutendes.«

»Daß wir hier an Deck stehen und Tintenfische saubermachen und ihre Tintensäcke ausspülen?« fragte Gunvor. »Findest du das bedeutend? Daß wir jeden Tag Stunden damit verbringen, Sachen zu suchen, die verlorengegangen sind, findest du das bedeutend? Und überall rundherum die See, nie was anderes als die See, monatelang? Es geschieht nichts! Es sind keine großen spannenden Sachen! Niemand, der... der...«

»Der... was?« fragte Pejke.

»Ach, nichts«, sagte Gunvor. »Ich weiß es eigentlich selber nicht«, setzte sie offenherzig hinzu. »Aber ich habe mir immer vorgestellt, daß so viel geschieht, wenn man siebzehn wird. Ich habe soviel darüber gelesen und gesehen und so...« Ihre braungebrannte Haut war warm getönt, und ihre Bewegungen waren gewandt und schön anzusehen. Kein Wunder, daß der Junge bis über die Ohren verliebt ist, dachte Lembit, der mit den Kindern auf dem Achterdeck saß.

»Was hast du denn alles gelesen?« fragte Pejke gutmütig. »Und gesehen und so?«

»Ach, ich weiß nicht, eben alles«, wich Gunvor ihm aus. »Bücher natürlich. Und Filme und so.«

»Wenn ich nur wüßte, was du immer mit ›und so‹ meinst«, sagte Pejke.

»Na ja, einfach so«, erwiderte Gunvor. »Einfach alles.«

»Meinst du, daß Mädchen und Jungen anfangen, sich gern zu haben und so?« fragte Pejke behutsam.

»Siehst du, nun sagst du selbst: ›Und so‹!« Gunvor triumphierte. Doch dann wurde sie plötzlich wieder ernst und sagte: »Weißt du, Pejke, du bist wohl fünf Jahre älter als ich, aber Mädchen sind immer viel älter – reifer, meine ich natürlich. Wenn ich auch erst siebzehn bin, so bin ich doch vielleicht reifer als du. Und ich habe auch Kummer gehabt, das macht auch älter. Mit Marten und so. Ich habe ihn damals sehr gern gehabt, aber es ist, als ob das sehr lange her wäre. Ich weiß nicht warum – es ist doch inzwischen nichts geschehen. Weißt du, Marten war ganz anders als du – und doch ähnelt ihr euch in manchem«, setzte sie hinzu.

Pejkes Gesicht sah ganz hoffnungsvoll aus, während Gunvor über das Wasser starrte und den Eimer Seewasser mit den Fischchen darin sachte hin und her schwenkte, ohne auch nur einen Augenblick darauf zu achten.

»Ja«, fuhr sie fort, »ihr seid beide so jung. Marten war auch noch kein Mann, weißt du. Ja, vielleicht ist es gemein von mir, dir das so ehrlich zu sagen.« Sie sah ihn jetzt offen an. »Aber ich wünsche mir, daß mich ein Mann gern hat, kein Junge.« Sie sah, daß Pejke dunkelrot wurde, bis zu den Haarwurzeln und über den Hals. Deshalb sagte sie rasch: »Du mußt es dir nicht zu Herzen nehmen, weißt du, das fände ich traurig. Aber es ist doch besser, daß ich's dir ehrlich sage, nicht wahr?«

Pejke blickte in den Eimer mit schlaffen Tintenfischchen und sagte mit einer Stimme, die sie an ihm nicht kannte: »Vielleicht irrst du dich, Gunvor. Ehrlich gesagt – ich glaube, daß Bücher und Filme ein Mädchen ziemlich verderben können. Nein, so meine ich das nicht«, setzte er hastig hinzu, weil nun Gunvor feuerrot wurde. »Aber sie setzen einem so falsche Vorstellungen in den Kopf.«

»Wenn diese Fische jetzt immer noch nicht sauber sind, dann werden sie es wohl nie«, erwiderte Gunvor. »Wir wollen lieber damit aufhören.« Sie erwartete, daß Pejke nun fragen würde: Bist du böse? Und dann hätte sie eine schöne Antwort darauf gegeben. Aber er fragte nicht, ob sie böse sei. Im Gegenteil, es sah aus, als sei er böse. Er sagte schroff: »Gut!« Und trug den Eimer weg.

Gunvor zuckte die Achseln, und vor Ärger über das alles

stiegen ihr fast ein paar Tränen in die Augen. Da sieht man's wieder, dachte sie, nie gibt's was Spannendes.

Sie sah, daß Lembit sie anschaute, und streckte ihm die Zunge heraus. Doch er schüttelte sich vor Lachen und rief: »Du bist noch so herrlich jung, Mädchen!«

Mädchen! Zu ihr! Und herrlich jung! Einfach lächerlich. Doch plötzlich lachte sie mit und wußte selber nicht warum. Vielleicht nur, weil sie sich so danach sehnte, zu lachen.

»Du paßt gar nicht auf, Onkel Lembit!« rief Aimi. »Sieh mal, was Heino macht!«

Maja bekam die Fische zum Braten. Das Öl dampfte blau in der Pfanne. Später brate ich alles in Olivenöl, dachte sie, kein anderes Öl duftet so gut. Später... Doch sie schüttelte den Gedanken ab. Sie durfte nicht soviel an später denken. Sorgfältig wälzte sie die Fischchen zum zweitenmal in Mehl und legte sie in die Pfanne. Dort schwollen sie in dem siedenden Öl an, wie Maja noch niemals Fische hatte anschwellen sehen. Ehe sie noch wußte, wie ihr geschah, explodierte einer: Glühendheißes Öl spritzte ihr über Hände und Arme. Der zweite folgte, der dritte – sie schwollen an wie Ballons und platzten auseinander, wobei kochendheißes Fett umherspritzte. Maja war dem Weinen nah. Die Brandwunden schmerzten, und im Handumdrehen war die ganze Umgebung schmutzig und ölig geworden. Sie nahm die Pfanne vom Apparat, wußte aber nicht, wo sie so schnell damit bleiben sollte. In der kleinen Kochecke war alles vollgestellt.

Entschlossen rannte sie mit der Pfanne die Treppe hinauf, sah sich nach Konstantin und August nicht um, die im Ruderhaus standen, und ebensowenig nach Grochen und dem Professor, die hinter ihnen saßen. Mit einer heftigen Bewegung schüttete sie alles über Bord: Fisch, Öl und braun gebackenes Mehl!

»So!« sagte sie. Die Brandflecke auf ihren Armen waren dunkelrot.

»Was ist denn geschehen?« fragte Konstantin bestürzt.

»Nie wieder brate ich Tintenfische«, sagte Maja entschlossen. »Die Viecher springen auseinander.«

»Was hast du denn damit gemacht?«

»In Mehl gelegt und gebraten – wie immer.«

August lachte sein leises vergnügtes Lachen. »Du hast die Tintensäckchen der Tiere mit Mehl verschlossen«, sagte er. »Davon kommt's natürlich. Die Luft in den Blasen fand keinen Ausweg bei der schnellen Erhitzung.«

»Jedenfalls brate ich nie wieder Tintenfische«, wiederholte Maja. Sie schaute auf ihre Brandwunden.

»Ich helfe dir«, sagte Konstantin. »Deine Arme müssen verbunden werden.« Er sah sie besorgt an. Ihre Augen standen voller Tränen, und sie verbiß sich den Schmerz. »Es tut mir leid«, sagte er unbeholfen. »Ich hab's nicht gleich gesehen.«

Maja rang sich ein schiefes Lächeln ab. »Das könnten wir jetzt gerade brauchen«, sagte sie, »eine kranke Hausfrau, nicht wahr?«

»Halt die Ohren steif, Kind!« sagte Konstantin. »Du bist doch immer zäh gewesen. Wo ist das Olivenöl?«

Gemeinsam stiegen sie die Treppe hinunter.

Auf dem Achterdeck gab Else den Kindern den täglichen Englischunterricht.

»Where is the bathroom? Where is the kitchen? Where is

the living room?« sagte Aimi sehr vorsichtig und genau und befeuchtete nach jeder Frage die Lippen mit der Zungenspitze. Sie runzelte die Stirn und drückte die Hände fest zusammen.

»Gut, Aimi«, lobte Else. »Antworte, Jaan!«

»There is the bathroom! There is the kitchen! There is the living room!« leierte Jaan gleichgültig herunter. Ihm ging es viel zu langsam voran.

»Heino!« sagte Else.

»Here is the bathroom. Here is the kitchen. Here is the living room«, antwortete Heino brav. Ihm gefiel der Unterricht. Es machte Spaß bei Tante Else. »Und nun von Snow White und den sieben Zwergen?« bat er.

»Was hast du gesagt, Heino?« fragte Else.

»Snow White and the seven Dwarts«, verbesserte sich der Kleine mühsam.

»Gleich«, versprach Else. »Rasch noch einmal wiederholen. I am an Estonian, you are an Estonian...«

»He is an Estonian«, fielen die Kinder ein, »she is an Estonian, we are Estonians, you are Estonians, they are Estonians.«

»Ausgezeichnet«, lobte Else wieder. »Nun das nächste – fangt an, ihr könnt es gut allein! I want...«

Mit Jaan als Vorsänger ratterten es die Kinder herunter, wobei sie in die Hände klatschten: »I want to be an American child, you want to be an American child, he wants to be an American boy, she wants to be an American girl, we want to be American children, American children go to American schools, American schools are jolly good schools!« Die Kinder beendeten die Lektion mit lautem Händeklatschen.

Professor Lütke, der auf einer Bank im Ruderhaus saß, drehte sich um und sagte: »Sollte ich jemals wieder Vorlesungen halten, Else, dann komme ich erst zu Ihnen und lerne Didaktik.«

Else lachte. »Ich habe nur sehr tüchtige Schüler, Professor.« Sie dachte an Justus, mit dem August viel mehr Schwierigkeiten hatte, weil er sich fast die Zunge an den fremden Lauten zerbrach.

»Snow White and the seven Dwarfs«, setzte Else die Stunde fort. »Heino! One was called...«

»Grumpy«, erwiderte Heino unverzüglich.

»And the other... Aimi?«

»Sneezy«, sagte Aimi. »He was old and had a white beard.« Sie sah sich stolz nach Grochen und dem Professor um.

»Das ist ein Wunder!« sagte die alte Frau kopfschüttelnd. »Wie rasch die Kinder lernen. Ich kann's mir schon lange nicht mehr merken. Aber ich brauche drüben schließlich auch nicht mehr zur Schule zu gehen.«

»Aber eine Prüfung mußt du machen, Omi!« August, der am Ruder stand, drehte sich zu ihr um. »Wer amerikanischer Bürger werden will, muß eine Prüfung ablegen.«

Grochen lachte, die Hand vor dem Mund. Sie schüttelte sich vor Vergnügen. »Dann kehre ich jetzt lieber wieder um, August«, sagte sie. »So einen Seeräuber wie mich wollen sie vielleicht gar nicht haben.«

»Wir gehen alle, Omi, oder keiner von uns«, erwiderte August. »Wir haben übrigens nicht mehr viel zu entscheiden. Die Miß Jane bringt uns einfach dorthin, wo wir hinsollen.«

10

Je näher die Miß Jane jedoch den Antillen kam, desto
schlechter wurde das Wetter. Der Himmel wurde immer
grauer, das Wetter regnerisch, es kamen heftige Windstöße
und unangenehme Regenböen, und am 21. September schrieb
Konstantin ins Journal: »Zu stark bewölkt. Kann keine
Breite nehmen.« Und am 22.: »See und Himmel immer noch
grau. Wir müssen auf etwa 21° Nordbreite sein. Keinen Augenblick geschlafen. Majas Arm sieht nicht gut aus.«

Wolken verschiedener Art kreuzten einander in verschiedener Höhe. Das war ein schlechtes Zeichen. Die Miß Jane
rollte jetzt ständig, nicht besonders heftig, aber mit abscheu-
licher Gründlichkeit. Es gab keinen Augenblick, in dem sie
einigermaßen im Gleichgewicht war. Es sah aus, als ob das
Wasser unter ihr an der Seite, nach der sie sich neigte, wegge-
zogen würde. Immer wieder war es, als ob sie klatschend in
ein Loch fiele und sich nur aufrichtete, um sich nach der anderen Seite zu legen. An Deck konnte sich niemand bewegen,
ohne auf Händen und Knien zu kriechen. Unter Deck machten alle Bekanntschaft mit jeder scharfen Kante, die es dort
gab.

»Wir haben alle miteinander mindestens tausend blaue
Flecken«, schätzte Jaan. »Die möcht' ich wohl alle mal sehen.«

»Na, hör mal!« sagte Lembit. »Du hast so viel auf das

blaue Wasser geguckt, das muß dir doch genügen.«

Jaan grinste. »Und doch möchte ich sie sehen«, sagte er. »Denn blaue Flecke werden auch gelb und grün und schwarz, wenigstens bei mir.«

»Bei mir auch, darauf kannst du dich verlassen!« erwiderte Lembit.

Regnerische Sturmböen zerrten an der Miß Jane. Doch Windrichtung und Strömung blieben so günstig, daß sie ausgezeichnet vorankam. Die Antillen waren schon recht nah.

»Lange kann es nicht mehr dauern, vielleicht vier Tage«, sagte Konstantin. »Es wird auch Zeit, wir haben nicht mehr viel Wasser in den Tanks.«

Zwischen heftigen Windstößen, bei denen die Segel in großer Hast gerefft werden mußten, konnte es plötzlich völlig windstill werden. Das war dann eine Verführung, den Motor anzulassen, und einmal hätten sie sich fast dazu entschlossen, nachdem die Miß Jane vier Stunden lang praktisch nicht vom Fleck gekommen war. Doch Konstantin blieb standhaft.

Am 25. September schrieb er ins Journal: »Ständig Regen. Majas Arm entzündet. August leidet unter Nasenbluten. Haben heute wiederholt Besuch von unansehnlichen schwarzen Vögeln mit ausgerissenen Schwanzfedern gehabt, die erschöpft wie Packesel waren. Einer flog mir heute abend mitten ins Gesicht. Weshalb gibt es am Äquator keine schönen Vögel wie über den nördlichen Meeren?«

»27. September. Keine Sicht. Regen und Gewitter. Kommen trotzdem voran. Den ganzen Tag einen Schwarm Delphine an Backbord, sie scheinen sich recht gut zu amüsieren. Noch kein Land.«

»28. September. Immer noch schlechte Sicht. Doch die Antillen müssen ganz nah sein. Von Sonnenuntergang bis -aufgang haben wir jetzt doppelte Ausguckposten.«

»29. September. Heute hätte ich meine Berechnungen beinahe in die Ecke geschmissen. Ich habe es keinen merken lassen. Nach meinem Besteck laufen wir genau auf Dominique zu; ist es wirklich falsch?«

»30. September. Die gleiche schlechte Sicht. Mehr Vögel. Majas Arm schlechter. Mutter hält sich bewundernswert, hat sich in der Koje festzurren lassen, um nicht im Weg zu sein. Andreja unsere Stütze und große Hilfe.«

»1. Oktober. Land!«

Nachdem sie zehn Wochen ununterbrochen in See gewesen waren, wurde das Insichtkommen des Landes ein unvergeßlicher Eindruck für sie. Harry sah es als erster an einem Abend, nachdem es den ganzen Tag gegrollt und geblitzt hatte. Er wollte etwas rufen, begann aber wie ein Irrer zu lachen. Lembit, der neben ihm stand, schrie: »Land!«

Es war äußerst schwierig zu sehen. Die Dämmerung kam so schnell, daß schon nach einer Viertelstunde die Insel nur zu erkennen war, wenn ein Blitz das Meer beleuchtete. Der Wind war frisch, und die Miß Jane lief recht schnell. Beim nächsten Blitz, der über den Himmel schoß, schien die Insel plötzlich viel näher zu sein – als düstere, sehr hohe Felswand stieg sie vor ihnen auf, gekrönt von wilden grauen Wolken, aufwachsend aus dem Schaum einer gewaltigen Brandung.

»Kurs Südwest, wir gehen über Stag«, befahl Konstantin. »Lembit, du nimmst die Fock, Justus das Großsegel, August den Besan!«

Knatternd schlugen die Segel im Wind. Von der Insel Dominique, die steil und unzugänglich war, lief die Miß Jane noch in der Nacht nach Martinique hinüber, eine Entfernung von etwa zwanzig Seemeilen.

Um sechs Uhr morgens lag sie in Lee des Mont Peleé in völliger Windstille. Die See lag flach und bleifarben da.

»Motor anlassen!« befahl Konstantin.

Auf der Reede des Fort de France wehte wieder eine Brise. Dort lagen Schiffe unter amerikanischer Flagge vor Anker. Lembit schrie ihnen einen Gruß zu.

An einer riesigen, halbverfaulten Landungsbrücke auf geteerten Holzpfählen machten sie fest. Lembit und Pejke warfen die Leinen einer Gruppe zerlumpter Neger zu, in deren grinsenden Mündern kein gesunder Zahn mehr war. Konstantin sprang an Land. Sein erster Blick galt der Flanke der Miß Jane, die zu seinem Ärger aussah, als sei sie mit grünem Kraut bedeckt. Würmer hatten sich ins Holz gefressen.

»Gebt mir einen Besen!« war das erste, was er rief.

Justus reichte ihm einen hinüber. Wütend begann Konstantin die grüne Schicht vom Bootsrumpf abzufegen. Es half nicht viel, und hier und da blätterte sogar die Farbe ab.

»Toredowürmer! Die hat sie aus Madeira mitgebracht, obwohl wir uns so bemüht haben, sie sauberzuhalten!« rief er August grimmig zu, der zu ihm kam und sich die Miß Jane besorgt ansah.

Lembit ließ das Grammophon auf dem Achterdeck *Sous les toits de Paris* spielen. Die Neger klatschten lachend in die Hände. Einer kam an Bord, sprang jedoch eilig wieder über die Laufplanke zurück, als ein Beamter in Khaki erschien. Der Mann ging unter einem Regenschirm als Schutz gegen die Sonne und gebärdete sich wie ein Mann, der ein Schiff vom Stapel laufen lassen oder eine Brücke eröffnen muß. Das dunkelbraun verbrannte Gesicht unter dem Strohhut wirkte nicht unfreundlich, doch autoritär ohnegleichen.

Augusts Französisch war weniger gut als sein Englisch. Doch nach einer Viertelstunde, in der sie hin und her geredet und August ihm Papiere unter die Nase gehalten hatte, verließ der Mann das Schiff, um den Arzt zu holen. So lange durfte niemand von Bord.

Nach einiger Zeit erschien ein Sanitätsoffizier im Hauptmannsrang. Er sprach mit schwer verständlichem Akzent.

August, der sich und Konstantin vorstellte, erhielt keine andere Antwort als: »Ihre Papiere?«

August gab ihm alles, was sie an Papieren besaßen.

»Ein französisches Gesundheitszeugnis?«

»Wir kommen von Madeira.«

»Geht mich nichts an.«

»Dies ist das Papier, das uns die Medizinalbehörde von Funchal gegeben hat.«

»Geht mich nichts an. Sie brauchen französische Papiere. Wir sind hier in den französischen Kolonien.«

August versuchte es auf andere Weise. »Wir haben eine Patientin an Bord«, sagte er. »Eine Frau mit einem verbrannten Arm. Könnten Sie uns sagen...«

»Geht mich nichts an.«

»Aber...«

»Ihre Papiere sind unvollständig. Sie können auf See infizierten Schiffen begegnet sein.«

»Das ist möglich. Aber hätte es dann einen Unterschied gemacht, wenn wir französische Papiere an Bord gehabt hätten? Außerdem hätten wir's ins Journal schreiben müssen, wenn wir einem infizierten Schiff begegnet wären. Wollen Sie das Journal sehen?«

»Nein.«

August fühlte, wie der Zorn in ihm aufstieg.

»Ist Ihr Schiff in den letzten sechs Monaten entrattet worden?« fuhr der Offizier ihn an.

»Wir haben keine Ratten an Bord«, erwiderte August.

»Wissen Sie, was Sie der Bevölkerung hier für Krankheiten bringen können?« fragte der Uniformierte grimmig.

August zuckte die Achseln. Er blickte zu den erbärmlich aussehenden Negern auf der Landungsbrücke hinüber, danach zu den frischen, braungebrannten Gesichtern der Menschen auf der Miß Jane.

»Sagt Ihnen das nichts?« fragte er mit einer Handbewegung.

Nun zuckte der Franzose hart und gleichgültig die Achseln. »Hier hat jeder meinen Befehlen strikt zu gehorchen«, fuhr er August an. »Ich kann Sie zwingen, Ihr Schiff ausräuchern zu lassen. Sie selber kann ich impfen, verhaften lassen und so weiter und so fort!«

August, der unter der braunen Haut jetzt blaß vor Wut wurde, kreuzte die Arme über der Brust und sah den Mann an, als ob er ihn in Grund und Boden bohren könnte. »Verlassen Sie unverzüglich unser Schiff!« forderte er mit klangloser Stimme. »Ein Kapitän kann das an Bord seines Schiffes verlangen.«

Der Mann fegte die Papiere zusammen, die er vor August zur Unterschrift ausgebreitet hatte, und ging. Auf der Anlegebrücke schrie er: »Sie gehen in Quarantäne. Ich verbiete

Ihnen jeden Kontakt mit dem Land.«

»Sie können uns nicht vierzig Tage hier festhalten!« rief August zurück.

»Nein? Gut! Ich werde dieses Schiff an alle Häfen melden.« Er stampfte vor Wut mit dem Fuß auf.

»Er hat keine Ahnung, wohin wir wollen«, sagte August über die Schulter zu den anderen, die mit wachsender Unruhe die Szene beobachtet hatten. »Soll er ruhig hundert Telegramme absenden, wenn er sie so gern bezahlt!« sagte er mit grimmigem Lachen.

Ein Lotse kam an Bord und befahl, den Motor anzulassen.

»Erklär ihm, daß die Miß Jane mehr Köpfchen hat als er«, verlangte Konstantin heftig. »Der Wind ist ausgezeichnet, und wir können auch ohne den Lotsen vor Anker gehen.«

Doch der Mann blieb an Bord, bis eine Viertelstunde später die Ankerkette niederrasselte. Ein kleines Lotsenfahrzeug holte ihn ab.

Niedergeschlagen blickte die Besatzung der Miß Jane auf den breiten Streifen schmutzigen Wassers, der sie vom Land trennte. Bedrückt schauten sie zur Stadt, die mit ihren fleckigen Mauern, den Ziegeldächern und einem Turm, der aus Schrott gemacht zu sein schien, vor ihnen lag.

»Fort de France«, flüsterte August. »Und wenn man sich dann all den Schmutz vorstellt, der da rumwirbelt, die Krankheiten, die dort herrschen, die Typhus- und Malariaerreger, die da gedeihen, von dem übrigen und den pockennarbigen Gesichtern auf der Anlegebrücke ganz zu schweigen.«

»Quarantäne!« wütete Konstantin. »Und keine Verbindung mit dem Land. Wie bekommen wir frisches Wasser?«

»Wir wollen erst mal abwarten«, riet August.

Unten in der Kajüte der Laidoners hockte Gunvor auf einer der Bänke und bemühte sich, ihr Schluchzen in einem Pullover von Jaan zu ersticken. Else saß neben ihr, die Hand bewegungslos auf Gunvors zuckendem Rücken.

»Jetzt ist es ja nicht mehr so weit«, versuchte sie ihre Tochter zu trösten.

»Aber ich hatte mich so darauf gefreut, wieder an Land gehen zu dürfen«, schluchzte Gunvor. »Ich habe dieses Meer so satt, so elend satt.« Das letzte Wort ging in einem schrecklichen Aufheulen unter.

»Sicher ist es eine Enttäuschung, Gunvor«, sagte Else. »Das ist es für uns alle. Aber wenn man fast zehn Wochen lang nur das Meer gesehen hat und sonst nichts, dann stellt man sich das Land viel schöner vor, als es ist.«

»Aber auf dem Land sind wir doch zu Hau-ause!« heulte Gunvor. »Wir sind keine Seeleute, wir sind Menschen vom Land. Ich halte es nicht mehr aus.«

»Natürlich hältst du es aus«, entgegnete Else unerbittlich. »Du hältst es genauso lange aus wie wir alle, und du wirst es den anderen nicht schwerer machen, als es so schon ist, verstanden? Oder sollen wir nur mit dir Mitleid haben?«

Gunvor schüttelte heftig den Kopf. »Ich will kein Mitleid«, schluchzte sie, »ich will Verständnis!«

»Ja, natürlich«, sagte Else spöttisch. »Du willst Verständnis. Aber hast du denn Verständnis? Für unsere Lage? Und für die anderen?«

»Unsere Lage kümmert mich nicht«, rief Gunvor schrill. »Wir kommen ja doch nirgendwo an! Wir werden überall ausgeschlossen. Wir hätten gar nicht losfahren dürfen.«

Else stand auf mit starrem Gesicht und zusammengepreßten Händen. Wie konnte sie dem Kind sagen, daß dieselbe Frage auch sie marterte: Hätten sie überhaupt fahren dürfen? War es wirklich zu verantworten gewesen? Nach Augusts Ansicht hatten sie zwar nicht das längste, aber doch das schwierigste Stück noch vor sich. Sie tippte Gunvor auf die Schulter: »Bitte Lembit, daß er *Rote Rosen* für dich spielt. Er geht zwar sehr sparsam mit den Platten um, aber jetzt wird er uns wohl ein bißchen aufheitern wollen.«

Es stimmte – Lembit ging sehr sparsam mit seinen beiden Platten um. Aus seinem Repertoire von vier Schlagern spielte er täglich nie mehr als drei. Es müsse etwas Besonderes bleiben, meinte er. Und er hatte sein Ziel sogar erreicht, es war etwas Besonderes geblieben, für einige sogar erst geworden. Selbst August hatte sich mit dem Grammophon ausgesöhnt. Doch nun schluchzte Gunvor: »Ich habe auch Lembits elendes Grammophon satt!«

»Ja, das hätte ich mir denken können«, seufzte Else.

Jaan kam hereingestolpert. »Gunvor, weißt du, wo mein Bindfaden ist, mit dem ich immer Abnehmen spiele?«

Gunvor richtete sich auf, tat, als suche sie auf der Bank, und bemühte sich ängstlich, Jaan ihr verheultes Gesicht nicht zu zeigen.

»Du brauchst nicht zu denken, daß ich dein verweintes Gesicht nicht sehe«, sagte der Junge. »Aber ich erzähl keinem was davon, wenn du meinen Bindfaden findest.«

»Das ist ja Erpressung, Jaan!« sagte seine Mutter.

»Was ist das, Erpressung?« fragte Jaan.

»Wenn man jemanden unter Drohungen zwingt, etwas zu tun«, erklärte Else.

»Jemanden unter Drohungen zwingen, etwas zu tun«, wiederholte der Junge nachdenklich. »Können wir nicht vielleicht durch Erpressung Trinkwasser kriegen?« Sein kleines Gesicht unter der gewölbten Stirn sah bei diesem Gedanken ganz hoffnungsvoll aus.

»Hier ist dein Bindfaden, Jaan«, sagte Gunvor und hielt ihm den schmutzigen Faden hin, den sie unter dem Klapptisch gefunden hatte.

»Wie gut«, sagte Jaan mit einem bedeutsamen Blick in ihre rotgeweinten Augen. »Sonst hätte ich oben...« Aber er sagte es so reizend schelmisch, daß Gunvor ihn, statt böse zu werden, am Arm packte, zu sich heranzog und ihr Gesicht an seine Schulter drückte. »Ich bin eine blöde Gans!« sagte sie. Jaan nickte zustimmend, ohne daß sie es sehen konnte. Verrückt, ich mag ihn jetzt viel lieber als früher, dachte sie. In Stockholm war er mir vollkommen gleichgültig.

Jaan machte sich los, und sie ließ ihn gehen. Der Junge stieg die Kajütstreppe hinauf, und Gunvor schaute ihre Mutter an. Else erwiderte den Blick mit unbewegtem Gesicht, doch in ihren Augen stand ein seltsamer Glanz. Gunvor lachte verlegen auf.

»Ich bin eine blöde Gans, Mutter«, sagte sie.

»Wenn du nicht hin und wieder eine blöde Gans wärest, dann wärest du kein Mensch«, entgegnete Else.

In dieser Nacht standen August und Lembit schweigend an den Mast gelehnt. Sie rochen die starken Gerüche des tropischen Landes und lauschten den phantastischen Geräuschen, die von den schrillen Lauten Tausender ihnen unbekannter kleiner Tiere hervorgerufen wurden. »Können das Baumfrösche sein?« flüsterte Lembit, der darüber mal etwas gelesen hatte.

August zuckte die Achseln. Er wußte es nicht, und es war ihm auch gleichgültig, wie die Tiere hießen, die in diesem merkwürdigen Chor sangen. Die Nacht selber mit ihrer drückenden schwülen Luft beengte ihn. Es war, als sei diese Nacht voller Laute tausendmal mehr Nacht als eine Nacht im Norden.

Und plötzlich hatte er ein solches Heimweh nach den hellen nordischen Sommernächten, in denen die Menschen sich leichter fühlten als tagsüber, daß er meinte, sich nicht mehr beherrschen zu können. Er schluckte, wie er es auch als Junge oft getan hatte. Auch damals hatte es nie geholfen. Er packte den Mast mit den Händen und preßte den Schädel an das harte Holz, bis es weh tat. Doch es half nichts – der Schmerz in der Magengrube war schlimmer.

»Seltsame Nächte in diesen Gebieten«, hörte er Lembit neben sich sagen. Antworten konnte er nicht.

»Früher zu Hause«, begann Lembit wieder, »waren die Nächte anders. Ich habe mal eine Wanderung gemacht – siebzehn war ich damals – wir waren drei Gymnasiasten aus Tartu. Wir marschierten über die Insel Muhu; später sind wir nach Saaremaa gefahren. Wir waren ein bißchen verrückt, manchmal schliefen wir tagsüber in der Sonne an einer Feldscheune und wanderten nachts. Es war Ende Juni, und die Nächte waren hell und dunstig mit pastellfarbenen Tönen – der Himmel wurde niemals dunkel. Und es war so still.

Es zirpten zwar Grillen, und früh am Morgen fingen die Möwen an zu kreischen, doch es war völlig anders als hier, wo einen alles bedrückt und beengt. Wir gingen in diesen Nächten, als ob unsere Füße beflügelt wären. Manchmal kletterten wir über niedrige Steinmauern, die die Weiden voneinander trennten, einfach lose übereinandergestapelte Findlinge waren das – oft mit Lücken dazwischen, in denen Sträucher wuchsen. Die Weinrose blühte – weißt du noch, wie die riecht? Süß und würzig. Wir gingen über kahle steinige Weiden mit schlafenden Rindern und den dunklen Schatten von Wacholderbüschen. Manchmal wußte man nicht, ob es eine Kuh oder ein Strauch war. Wir gingen quer durch Gruppen von Haselsträuchern, und in der Nähe des Meeres gab es niedrige Kiefern. Dort blühten hohe Königskerzen und Fingerhut.

In einer anderen Nacht ruderten wir. Das Wasser war ruhig, genau wie hier, aber dort war es ein Spiegel voller Licht. Kleine dunkle Inseln lagen schwarz und unbeweglich in dem schimmernden Wasser, das alle Perlmuttfarben widerspiegelte. Die Luft, die wir atmeten, war leicht und kräftig wie Champagner. Champagner! Ob wir den noch einmal trinken werden?«

»Mich verlangt nicht danach«, sagte August kurz.

Sie schwiegen. Von Land wehten von Zeit zu Zeit schwüle Gerüche herüber, die sie nicht einordnen konnten – vielleicht die von stark duftenden Blumen, vermischt mit dem Geruch fauligen Laubs, stinkender Fische und schimmelnden Holzes. Von dem frischen Geruch der See war hier auf der Reede von Fort de France nichts zu merken. Nur das Geräusch des Wassers war spürbar – murmelnd kabbelte es um das Boot.

»Einen Ort, den man hassen könnte«, flüsterte Lembit in die Finsternis.

»Warum?« fragte August. »Wenn du hier zu Haus wärest, würdest du ihn vielleicht sogar lieben.«

»Das mag Gott wissen«, seufzte Lembit.

»Laß Gott aus dem Spiel!« sagte August kurz.

Lembit schwieg verwundert. Seltsam, dachte er, wir leben so nahe beieinander auf diesem Schiff, und doch weiß ich nicht, ob August gläubig ist. Ich wage ihn nicht einmal danach zu fragen...

»Hör mal!« sagte August plötzlich.

»Ein kleines Boot«, flüsterte Lembit. Sie lauschten beide dem Geräusch der Riemen, die durchs Wasser gezogen wurden. Ein Ruderboot näherte sich der Miß Jane und kam leise scheuernd längsseit. Das Boot hatte kein Licht.

»Héla!« klang eine leise Stimme aus dem Dunkeln. »Darf ich an Bord kommen?«

»Auf eigene Verantwortung«, entgegnete August ebenso leise in französischer Sprache. »Wir sind in Quarantäne.«

Sie hörten ein spöttisches Lachen, und gleich darauf erschien ein Mann an Deck, der rasch auf sie zukam. Er war vielleicht dreißig oder noch jünger und trug einen kurzen dunklen Bart und einen Strohhut mit breiter Krempe.

»Ich bin Pierre Cascot«, sagte er und streckte die Hand aus. »Ich arbeite im Hafenkontor. Sie sind eine Bande ausgerissener Kommunisten, wie ich gehört habe.« Er lachte wieder.

August versuchte, dieses Mißverständnis aufzuklären.

»Nicht nötig«, sagte Pierre Cascot. »Natürlich ist das Unsinn. Das begreift jeder vernünftig denkende Mensch. Ich könnte zwar den Arzt und den Kommandanten jetzt aus dem Bett holen, aber davon hätten Sie vermutlich nicht viel. Um so mehr, als ich nur ein kleiner Mann bin.« Er lachte wieder. »Aber ich kann Ihnen vielleicht bringen, was Sie brauchen. Es ist doch nicht Ihre Absicht, hier zu bleiben?«

»Frisches Wasser, desinfizierende Salbe und Binden«, erwiderte August. Er war sich sofort klar über seine Wünsche. »Wir wären Ihnen sehr dankbar«, fuhr er fort. Doch der junge Franzose winkte ab und sagte: »In Ordnung.«

Während der folgenden drei Nachtstunden ruderte er mit dem alten Neger, den er Massa Ula nannte, hin und her. Sie brachten viele Eimer und Kanister voll Wasser an Bord. Um die Tanks im Raum zu erreichen, mußte die ganze Familie Kompus geweckt werden. Matratzen und Decken wurden auf die Bänke gestapelt, die schläfrigen Kinder oben drauf gelegt und die Bodenluken geöffnet. Konstantin, August und Lembit liefen hinauf und herunter.

An Deck verteilte Pierre Cascot großzügig Zigaretten. Bald glühten sie in der Finsternis.

»Mir geht's hier ganz gut«, sagte der junge Franzose. »Ich verfluche und lobe dieses Land abwechselnd.«

Die Nacht ging rasch in Tag über. Plötzlich war der Tag da.

»Adieu. Lassen Sie es sich gut gehen! Im Lauf des Tages schicke ich jemanden mit dem Rest der verlangten Sachen.« Dazu gehörte nun auch frisches Brot. »Und dann machen Sie, daß Sie fortkommen, sobald Sie Ihr Zeug haben!«

Aus seinem Ruderboot rief er noch grinsend herauf: »Ich werde das Gerücht verbreiten, daß Sie keine Kommunisten, sondern entsprungene Zuchthäusler sind! Dann wird man

Ihnen nicht mehr lästig fallen.« Er winkte zum Abschied mit dem breiten Hut.

Die Besatzung der Miß Jane schaute ihm, immer noch verwundert, nach.

»Tolle Idee«, murmelte Lembit, »so den Weihnachtsmann für uns zu spielen.«

Im Lauf des Vormittags brachte Massa Ula in seinem Ruderboot ein Paket Verbandszeug, einen großen Tiegel orangefarbene Salbe und einen Arm voll Brot. August bezahlte für alles außer für drei Flaschen Wein, die Pierre Cascot als Geschenk mitgeschickt hatte.

»Sagen Sie Monsieur Cascot, daß wir ihm besonders dankbar sind«, schärfte August dem freundlichen und gewandten Neger ein. »Und sagen Sie ihm bitte, daß wir später noch einmal von uns hören lassen.«

»Monsieur Pierre Cascot, Fort de France, Martinique – das kommt immer an«, versicherte Massa Ula strahlend. »Monsieur Cascot bekommt nach dem Präfekten die meiste Post auf Martinique. Er hat überall Freunde, Freunde, Freunde.«

»Das kann ich verstehen«, erwiderte August französisch. »Aber er wird es nie weit bringen«, setzte er estnisch hinzu. »Er hat ein zu gutes Herz und treibt mit den Mächtigen seinen Spott. Adieu, Massa Ula!«

»Adieu, Monsieur! Bon voyage!«

Und so wendete die Miß Jane einige Stunden später den Steven und kreuzte wieder hinaus in die offene See, die Tanks mit frischem Trinkwasser gefüllt, mit frisch gebackenem Brot in Trommeln. Die Bucht von Fort de France lag bald hinter einem Vorhang von Regen.

Die Miß Jane lief nordwestlichen Kurs in Luv der Inseln über dem Winde. »Möge der Nordostpassat ihr weiterhelfen!« wünschte Konstantin. »Jedenfalls müssen wir schlechtes und launisches Wetter erwarten, wenn wir die Bermuda-Inseln erreichen. Der Himmel schütze uns!«

In der Nacht liefen sie an Dominique vorüber, das ebenso finster und drohend schwarz aus dem Meer emporstieg wie in der ersten Nacht. Doch Konstantin segelte hart am Wind, und die Strömung half mit, so daß die Miß Jane in sicherem Abstand von dieser düsteren Küste blieb. Zwei Tage später sahen sie am Horizont Kokospalmen und einen weißen Leuchtturm aus dem Meer aufsteigen.

»Das muß Désirade sein«, meldete Konstantin. »Wir haben genau Kurs auf New York.«

Doch mit August sprach er anders. »Wir haben jetzt das schwierigste Stück vor uns. Stürme, Unwetter und Windstille und – je näher wir dem Ziel kommen – wahrscheinlich Nebel, ungünstige Nord- und Nordwestwinde und schließlich noch Gegendruck vom Golfstrom. Es wird nicht einfach werden, August, aber wir beide wissen jetzt mehr denn je, was wir aneinander haben, und deshalb habe ich eigentlich doch Vertrauen.«

Das war eine lange Ansprache für Konstantin, und August, der begriff, wie ernst es ihm war, streckte ihm die Hand entgegen. Die beiden Männer schüttelten sich lange und kräftig die Hand, und Lembit, der gerade den Kopf aus der Luke des Achterraums schob, konnte es nicht lassen, etwas über vergeudete Energie zu sagen – sollten sie doch lieber an die Pumpe gehen, an der gerade Justus schuftete. Das Pensum für alle lag jetzt bei stündlich hundertfünfzig Schlägen, da die Miß Jane wegen des vielen Regens in den letzten Tagen mehr Wasser machte als vorher.

»Pumpt euch nicht die Arme aus dem Gelenk!« rief Lembit.

August reagierte nicht, doch Konstantin drehte sich heftig um und schrie: »Behalt deine Lausejungenbemerkungen für dich!«

Lembit, der nun merkte, daß es ernst war, schwieg. Er ging auf die beiden zu und sagte, es tue ihm leid. Konstantin wandte sich ärgerlich ab, aber August sagte ruhig: »Deine Scherze gehen uns manchmal auf die Nerven, weißt du. Und von denen wird einiges verlangt.«

Lembit wurde blutrot. »In Ordnung«, sagte er. »Bestimmt ihr nur, wie ich mich verhalten soll. Ich gebe mir große Mühe, die Stimmung hochzuhalten.«

»So meine ich es ja nicht«, erwiderte August. »Wir sind dir sehr dankbar für den guten Willen. Aber dieses forcierte Witzemachen ist unter unseren Umständen manchmal unerträglich.« Er hatte beim Sprechen die Hand auf Lembits Schulter gelegt. »Nimm's mir nicht übel, daß ich so offen bin«, setzte er hinzu. »Wenn es einer verträgt, dann bist du's wohl.«

Lembit sagte kurz: »Ich werde mein Bestes tun«, und wandte sich ab.

Konstantin und August blieben schweigend zurück. Eine Weile später brummte Konstantin leise: »Mir tut das verdammt leid. Er ist der beste Mann unserer Besatzung. Pejke und Justus stehen ihm nicht viel nach, aber es trifft tatsächlich zu, daß Lembit die Frauen oft aufheitert, mit den Kindern spielt und uns allen manchmal den Kopf zurechtsetzt. Es tut mir wirklich leid.«

Am Abend richtete Konstantin es so ein, daß er gemeinsam mit Lembit die Wache hatte. Der Himmel war bedeckt, und es fiel leichter Regen. Viel Wind gab es nicht, und zeitweise hingen die Segel schlaff herunter. Lembit stand am Ruder, Konstantin hinter ihm.

»Es tut mir leid, daß ich heute mittag heftig geworden bin«, sagte er mühsam.

»Ach, das ist schon o. k.«, erwiderte Lembit ohne viel Interesse. Er wandte den Blick nicht vom Kompaß.

»Was August gesagt hat, trifft zu«, fuhr Konstantin fort. »Unsere Nerven sind zum Zerreißen gespannt.«

»Ich werde eure Nerven in Zukunft schonen«, erwiderte Lembit mit fremder, bedrückter Stimme. »Aber was denkt ihr, wie es mit meinen steht?«

Konstantin antwortete nicht.

Dann kam ein Laut, bei dem er erschrak. Lembit hatte aufgeschluchzt. Es war ein hohes heiseres Schluchzen.

»Bist du denn verrückt, Mann!« rief Konstantin und legte ihm den Arm um die Schulter. »So ist es doch nicht gemeint.«

»Ich weiß es nicht mehr«, erwiderte Lembit mit einem krächzenden Laut. »Ich weiß gar nichts mehr.«

»Klapp uns bloß nicht zusammen!« sagte Konstantin. »Wir brauchen dich dringend. Es ist ja auch nicht so, daß wir deine Scherze nicht zu würdigen wissen. Wir sind nur überempfindlich geworden. Bei anderen Gelegenheiten lachen wir da mit. Das weißt du doch selbst am besten.«

»Du machst viele Worte«, erwiderte Lembit, »aber um

den Kern gehst du herum. Es ist genau, wie August gesagt hat· Wir fangen an, uns schrecklich auf die Nerven zu gehen. Und gerade das habe ich die ganze Zeit verhindern wollen. Ich habe mir gedacht: dies ist eine Art Schachspiel in Massen. Wir müssen alle die richtigen Züge machen, um es zum guten Ende zu bringen. Aber anscheinend ist es mir nicht gelungen. Na ja, Strich drunter, ich werde meine Partie schon zu Ende spielen, da brauchst du dir keine Sorgen zu machen.«

»Ich möchte aber gern, daß du sie genauso weiterspielst wie bisher«, sagte Konstantin nachdrücklich. »Der Fehler lag heute mittag bei uns. Es war ein unglücklicher Augenblick.«

Lembit schüttelte den Kopf. »Wir brauchen uns nichts vorzumachen, Konstantin«, sagte er. »Es wäre ein Wunder, wenn wir uns nach der Ankunft noch riechen oder sehen könnten.«

Konstantin schwieg. Es dauerte ein paar Minuten, bevor er antwortete: »Das täte mir wirklich leid, Lembit. Ich lege großen Wert auf deine Freundschaft.«

Diesmal antwortete Lembit nicht. Er räusperte sich nur.

Am Großmast klapperte es.

»Ein Stag ist losgegangen«, sagte Konstantin. »Würdest du eben mal nachsehen? Ich übernehme so lange das Ruder.« Dabei berührte seine Hand die von Lembit, und Lembit stützte sich, als er das Ruderhaus verließ, auf Konstantins Schulter. Es ging Wärme von den kurzen Berührungen aus.

»In Ordnung!« schrie Lembit vom Vordeck. Es klang, als ob die beiden Wörter noch eine andere Bedeutung hätten.

Als sie nach Konstantins Berechnungen tausend Seemeilen von New York entfernt und hundertfünfzig ostwärts der Bahama-Inseln waren, sah er sich genötigt, die Rationen zu kürzen. Maja und Else, die ihm über die Vorräte berichtet hatten, sprachen lange mit ihm darüber, und das Ergebnis lautete: einen Eßlöffel Reis pro Tag und Kopf. Was noch an Hafermehl, Kartoffeln und kondensierter Milch da war, blieb für die Kinder. Stockfisch gab es schon seit einer Woche nicht mehr. Auch Weizenmehl und Olivenöl waren zu Ende. Es blieb noch Grochens Lebertran. Jeder, der wollte, bekam zwei Eßlöffel am Tag, einen am Morgen und einen am Abend. Bis auf Gunvor und Justus waren alle klug genug, ihn zu schlucken. Gunvor weigerte sich, weil man danach roch, wie sie sagte, und Justus wies ihn ohne Erklärung zurück. Else teilte den Lebertran in beiden Kajüten aus, da Maja immer noch nicht gesund war – und vielleicht wollte sich Justus von Else keinen Lebertran einflößen lassen. Er wurde täglich magerer, knochiger und stiller. Vielleicht ist er nicht einmal froh, wenn er ankommt, überlegte Andreja besorgt. Sie nahm sich das Schicksal des schweigenden Justus besonders zu Herzen. Wenn er nur keine Dummheiten macht...

Bei ständig schlechter werdendem Wetter segelte die Miß Jane weiter. Den Nordostpassat hatte sie nun verlassen, und die Winde wurden immer launischer. Es wurde unangenehm warm, doch es war eine völlig andere Wärme, als sie sie bisher erlebt hatten. Die Luft war schwer von Feuchtigkeit. Das Bettzeug, die Kleider, alles dampfte. Unter Deck war es unerträglich drückend. Wer verschwitzt aus der Kajüte an Deck ging, konnte sich bei einem plötzlich aufkommenden

Wind, der eine Viertelstunde später wieder nachließ, erkälten.

Das Sargassokraut zeigte im Wasser deutlich die Strömung an und klammerte sich wie mit Klauen an der Logleine fest. Justus holte ganze Ballen von diesem Beerentang an Deck. Konstantin mußte die Fahrt der Miß Jane schätzen, indem er ins Wasser blickte.

Fliegende Fische gab es nicht mehr. Doch jetzt schwammen Fische herum, die so neugierig waren, daß sie der Miß Jane ganz nahe kamen. Ihre blauen Flossen blitzten im Wasser, so daß es aussah, als seien die ganzen Fische blau. Doch wenn man sie gefangen hatte, schimmerten sie silbern. Sobald sie tot waren, wurden sie zu Jaans großer Enttäuschung grau und stumpf.

Pejke gelang es mit großer Geduld, sie zu fangen. Erst versuchte er es mit allerlei Dingen am Angelhaken: mit Silberpapier, einem gekauten Stückchen verschimmeltes Brot, einem kleinen weißen Läppchen und schließlich einem Stück roten Gummi. Letzteres wurde ein durchschlagender Erfolg: die Fische rissen sich darum, in den Haken beißen zu dürfen. Innerhalb einer halben Stunde hatte Pejke drei Dutzend Fische an Bord geholt.

»Wo holst du denn das rote Gummi her, Onkel Pejke?« fragte Jaan, der spürte, daß etwas Geheimnisvolles daran war.

»Das schneide ich unter dem WC weg«, erwiderte Pejke flüsternd. »Aber sag's keinem!«

»Was denkst du denn von mir!« entrüstete sich Jaan.

An diesem Tag hatten sie eine gute, reichliche Fischmahlzeit. Das machte ihnen allen wieder Mut, auch wenn sie es sich nicht eingestehen wollten. Der Hunger wirkte sich aus, doch niemand redete mehr davon.

Die Miß Jane lief jetzt durchschnittlich drei Knoten. Sie machte mehr Wasser, als sie hätte machen dürfen. Doch auch darüber wurde nicht gesprochen; es wurde lediglich mehr gepumpt – zweihundert Schlag die Stunde.

»Das läßt sich noch bequem schaffen«, erklärte Lembit. Mehr wurde nicht darüber gesagt.

II

Das Wetter wurde von Tag zu Tag schlechter. Es regnete immer noch viel, aber die drückende Hitze war einer unangenehmen Kälte gewichen. »Das hat einen Vorteil«, sagte Harry. »Jetzt merke ich wenigstens, daß es auch hier Herbst wird. Und das läßt mich glauben, daß auch ein Winter kommt. Und dann werden wir wohl an Land sein.«

Bettzeug und Kleider waren ebenso durchweicht, wie sie es vor Madeira gewesen waren. Aber es schien, als mache sich niemand viel daraus, als seien alle abgestumpfter. Außer Maja, deren Arm nach kurzer Besserung wieder schlimmer geworden war und die nach Andrejas Urteil unbedingt Ruhe brauchte, lag nun auch Grochen wieder fest. Andreja pflegte die Kranken und erledigte zusammen mit Maria Majas Arbeit. Ihr Gesicht, das nach Madeira ein wenig weicher geworden war, wirkte wieder scharf und verbissen wie in den schlimmsten Tagen. Die Arbeit fiel ihr unbeschreiblich schwer, und nachts hatte sie wirre Träume, die häufig etwas mit Essen oder mit Türmen aus schweren Kisten zu tun hatten, die auf sie niederstürzten. Justus, der bei Else auf Ablehnung stieß, half Andreja auf seine schweigsame Weise, so gut er konnte.

Am siebzehnten Oktober brach der große Sturm los. Die Miß Jane hatte mittlerweile viel einstecken müssen, und die Besatzung glaubte wirklich, sie sei an Sturm gewöhnt, soweit man sich daran überhaupt gewöhnen konnte. Jedenfalls war es nichts Ungewöhnliches für sie, durcheinandergeworfen zu werden, sich an Deck auf Händen und Füßen bewegen zu müssen und unter den schwierigsten Umständen Segel und Takelage auszubessern. Die Kranken lagen festgezurrt. Auch die Kinder waren die meiste Zeit festgebunden – außer Jaan, der sich lieber ein Dutzend Beulen schlug, als seine Freiheit zu entbehren. »Ich bin kein Angsthase«, sagte er verächtlich und zitterte in seinen nassen Sachen. Doch am siebzehnten Oktober weinte auch Jaan vor Angst.

Dieser große Sturm, den sie in rasendem Tempo drohend blauschwarz hatten näherkommen sehen, schwoll zu einem wütenden Orkan an, peitschte die See zu haushohen Wasserbergen auf und jagte Schaumfetzen durch die Luft. Die Brecher stürzten über das Deck der Miß Jane wie brüllende, schaumbedeckte Tiere. Mit großer Geschwindigkeit wurde das Schiff nach Osten abgetrieben.

Vergeblich versuchten Konstantin und August dies zu verhindern. Sie warfen den trichterförmigen Treibanker aus – vom Heck, weil Konstantin fürchtete, daß die zum Teil verrotteten Planken am Bug ihn nicht halten würden. Sofort stürzte eine gewaltige See senkrecht auf die Kajütsoberlichter, die das Wasser eimerweise durchließen.

»Jetzt liegt sie achtern zu tief!« schrie Konstantin an Augusts Ohr. »Wir müssen etwas anderes versuchen.«

Sie machten eine schwere Eisenkette von zehn Faden Länge am Heck fest und banden daran die Ankertrosse. Was sie hofften, geschah: die lange Kette fing die Erschütterungen zwischen Boot und Treibanker auf. Die kahlen Masten und der Rumpf des kleinen Schiffes fingen genug Wind, daß das

Boot steuerfähig blieb. Konstantin konnte Kurs halten, so daß die Gefahr des Kenterns gemindert wurde. Er mußte als Rudergänger sehr aufmerksam und geschickt sein; eine einzige falsche Bewegung hätte das Ende bedeuten können.

So wurde die Miß Jane trotz des bremsenden Treibankers in einem Tempo von vier, fünf Knoten nach Osten abgetrieben.

In den Kajüten herrschte ein Chaos von durcheinandergeworfenen Sachen und zu Tode verängstigten Menschen. Die Kinder, selbst Jaan, weinten laut. Gunvor hatte sich ein Taschentuch in den Mund gestopft. Else, die klatschnaß war, weil sie gerade unter der Luke gestanden hatte, als der erste Schwall dunkelgrünen Seewassers hereinschoß, bemühte sich vergebens, warmes Wasser für die Kranken zu machen.

In der Kajüte der Familie Kompus zog Lembit mehrmals das Grammophon auf, das ächzend die Platten in Umlauf setzte und wirklich ein wenig Ablenkung brachte. Doch dann wurde Lembit mitsamt dem Grammophon so hart zu Boden geschleudert, daß die Platte zerbrach. »Jetzt haben wir nur noch unsere französischen Lieder«, sagte er. »Die deutschen sind erledigt.«

»Wenn ich sterbe«, sagte Grochen, »müßt ihr meine Kleider, sauber gewaschen und gebügelt, der Heilsarmee geben.«

Niemand antwortete, doch Andreja fing plötzlich an, schrill zu lachen.

»Aber wenn wir alle vor die Haie gehen, was soll dann geschehen, Omi?« fragte sie.

»Das sind keine Ausdrücke für ein Mädchen«, entgegnete Grochen grimmig.

»An eurer Stelle«, sagte Justus unerwartet, »würde ich beten, wie ich das auch immer auf meine eigene Weise tue.«

»Ich bete erst, wenn ich wieder in einer anständigen Kirche sitze«, sagte Grochen. »So in all dieser Nässe kann ich das nicht.«

»Aber du hast jetzt mehr Grund dazu«, erwiderte Justus. Sein sonst so freundliches Gesicht wirkte streng.

»Der liebe Gott wird uns schon nehmen, wie wir sind«, sagte Grochen. »Ihr habt alle immer getan, was ihr konntet – wenn Er so ist, wie die Leute sagen, dann weiß Er das besser als jeder andere. Er wird euch sicher verschonen, mit oder ohne Gebet – es wäre doch auch eine Schande, ihr seid alle viel zu jung.«

»Ich habe schon für euch alle gebetet«, erklang Majas müde Stimme, doch nur wer in ihrer Nähe war, konnte es hören.

In der anderen Kajüte dachte Professor Lütke in einer Mischung aus Verlangen und Hochmut: Dies sind nun die Umstände, unter denen bestimmte Menschen beten lernen. Mir ist das nicht beschieden, aber ich beneide sie darum. Er machte sich so klein wie möglich in seinen feuchten kalten Sachen und versuchte, die gefühllosen Zehen in den nassen, grün verschimmelten Stiefeln zu bewegen. Er wirkte zehn Jahre älter, als er war. Ich bin dankbar, daß sie dies nicht mitzumachen brauchen, dachte er und meinte damit nicht nur seine längst gestorbene Frau und den kleinen Sohn, sondern all die vielen Menschen, die er in den letzten Jahren nicht mehr gesehen und so bitter vermißt hatte.

Er sah sich in dem Kreis verängstigter Gesichter um: Max, kreideweiß mit zitterndem Kinn und tiefen schwarzen Ringen unter den Augen. Else, die aussah, als wäre sie versteinert. Harry – auf den Jungen kann August stolz sein, dachte er mit ein wenig Neid. Doch als ob dieser Gedanke das Zeichen für Harry gewesen wäre, das Gegenteil zu beweisen, warf er sich plötzlich wild aufschluchzend vornüber, legte die Arme auf den Tisch und den Kopf darauf, während seine Hände den überstehenden Messingrand des Tisches umklammerten, um das wahnwitzige Schlingern des Schiffes abzufangen.

Das war für alle eine Überraschung. Harry, der auf dieser Reise zum Mann geworden war, der jeden durch seinen Ernst und seine Hingabe in Erstaunen versetzt hatte und der sich nach dem kleinen Vorfall in Vadstena unter allen Umständen beherrscht verhalten hatte, lag hier und heulte wie ein kleines Kind, wild und ohne jede Hemmung.

Max war so überrascht, daß er die eigene Angst für einen Augenblick vergaß. Else legte die Hand mit einer langsamen, eigenartig steifen Bewegung auf die Schulter ihres weinenden Sohnes – so als sei sie eine Puppe, die den Arm mit Hilfe eines Scharniers bewegte. Ihre Augen blieben starr, fast wie leblos. Mit einer Intensität, deren ein Mensch nur in höchster Not fähig ist, dachte sie nichts anderes als: O Gott, verschone August, der oben an Deck ist. Verschone die Kinder. Verschone unser Leben, damit wir neu anfangen können!

Harry weinte weiter hemmungslos, während die See ihn hin und her schleuderte. Gunvor, die mit geschlossenen Augen, die Hände auf die Ohren gepreßt, neben dem Professor saß, wurde von dem durchdringenden Schluchzen ihres Bruders so gereizt, daß sie schwankend aufstand und ihm eine schallende Ohrfeige versetzte. Der Junge blickte auf – verblüfft, mit rotfleckigem Gesicht und schmierigen Streifen auf der linken Wange. Niemand sagte etwas. Elses Gesicht war noch immer starr. Dies alles war nicht wichtig. Nur das eine galt: daß sie verschont blieben. Harry schüttelte langsam, wie ein Schlafwandler, der gestört wird, den Kopf. Er hielt ihn schief und bewegte ihn hin und her, als ob er Wasser aus den Ohren schütteln wollte. Dröhnend und donnernd spielte das Wasser wie ein höllisches Orchester um sie her. Die alten Spanten der Miß Jane knarrten, und klatschend schlugen die Seen auf das Deck und auf die Luken. In Strahlen und Güssen drang das Wasser ein. Gunvor bekam, während sie über Harry gebeugt stand, eine ganze Ladung in den Nacken. Sie kreischte auf, fing jedoch einen Augenblick später an, wie verrückt zu lachen. Da lachte auch Harry. Es klang nicht sehr natürlich, aber es war besser als das Weinen.

»Wir sind ja völlig verrückt«, sagte er.

»Das wissen wir schon lange«, brummte Max dazwischen, doch niemand verstand ihn.

»Ich werde später niemals duschen, sondern immer in der Wanne baden«, schrie Gunvor durch den Lärm.

Patsch – wieder kam ein Guß. Gunvor sprang gerade noch rechtzeitig zur Seite, und das Wasser klatschte auf den Tisch.

»Wir könnten hier auf dem Tisch mit Papierbooten spielen«, sagte Harry. Er tat, was er konnte, um seine Angst zu überwinden. Das Wasser lief über die Schlingerleisten des Tisches auf den Boden. Unter den Luken im Raum schwappte es beunruhigend.

»Wer ist jetzt an der Pumpe?« fragte Harry.

»Pejke. Dann kommt Lembit wieder und dann Justus«, erklärte Max.

Die Männer an der Pumpe waren bei diesen überkommenden Seen festgebunden. Anders wäre es gar nicht möglich gewesen. August hatte Harry verboten, an Deck zu kommen, wenn es dem Jungen auch sicher gutgetan hätte, seinen Teil an der Arbeit zu leisten. Else erwachte aus ihrer Erstarrung.

»Es ist lebensgefährlich an Deck«, sagte sie.

Harry und Gunvor lachten laut. »Hier unten wohl nicht?« fragte Gunvor. »Guckt mal, mein Knoblauch!« schrie sie. »Der ist auch verrückt geworden. Guckt nur, wie der tanzt! Das müßte Domingo sehen.«

Die weißen Knoblauchknollen an der Wand hüpften nach allen Richtungen hin und her.

»Es ist gar nicht nett von dir, daß du so wenig davon gegessen hast!« schrie Max mit einem breiten Grinsen.

»Wenn ich nach diesem Sturm noch lebe«, rief Gunvor, »dann werde ich alle aufessen, das versprech' ich dir!«

»Schön verrückt!« rief Max zurück.

»Wetten?« fragte Gunvor.

»In diesem Zustand wette ich nicht«, rief Max hochmütig.

Harry sah fast wieder aus wie sonst. Doch er vermied es, seine Mutter oder den Professor anzuschauen. Er schämte sich.

Als ob sie keine Angst gehabt hätten!

»Mutter!« Er griff nach Elses Hand. »Wenn ich in Amerika selber Geld verdiene, dann gehen wir einmal zusammen aus, ja?« Doch er sah sie auch jetzt noch nicht an.

»Wenn ich Geld verdiene, dann kaufe ich erst Massen von Apfelsinen für arme kranke Menschen!« schrie Max. Niemand wußte, daß Max mit seinem vom Salz wunden und ausgedörrten Gaumen nachts von Apfelsinen träumte, von Bäumen voll, Kisten voll, Schalen voll, ohne daß er eine einzige berühren durfte. »Und wenn ich das getan habe, dann kaufe ich Lembit ein Paar neue Schuhe, denn ich finde dieses Grammophon ganz lustig. Und wenn ich dann noch ein paarmal was für einen guten Zweck gegeben habe, dann erst gehe ich mit Maria ins Kino.«

Nicht alle hatten dieser Erklärung bis zu Ende folgen können, aber die Absicht war deutlich. Weshalb versprechen sie alle soviel? dachte Professor Lütke. Um dem Schicksal ein wenig Glück abzupressen? Als ob sich der Ozean darum kümmerte. Er verzog die Lippen zu einem schiefen, etwas bitteren Lächeln.

Doch Elses Versprechen hatte er nicht gehört. Gott, wenn es gutgeht, werde ich ewig dankbar sein für alles, was ich noch habe. Und das war viel aus dem Mund eines Menschen, der vor dieser Fahrt nie gebetet hatte.

Irgendwie überstand die Miß Jane den Sturm. Drei Tage später pflügte sie wieder eigensinnig durch die ruhige See nach Westen. Der Wind war jetzt schwach, und das Barometer stieg. Doch Konstantin wußte nicht, wo sie sich befanden, denn als August am Tag zuvor den Sextanten herausgenommen hatte, stellten sie fest, daß ein Spiegel zerbrochen war. Justus versuchte danach, Elses Taschenspiegel passend zu machen, doch es gelang nicht.

Die See hatte der Miß Jane eine schreckliche Tracht Prügel versetzt. Aber als dann auch noch die Pumpe den Dienst verweigerte, bekam sogar Konstantin Angst. Die Leitung der Pumpe war von einer Kartoffel verstopft. Pejke arbeitete zwei Stunden daran, ehe die Pumpe wieder funktionierte. Das Wasser stand schon in den Kajüten. Es wurde höchste Zeit.

»Ich hab' sie!« rief Pejke, der klatschnaß und schmierig aus dem Raum auftauchte.

»Was hast du denn mit der Kartoffel gemacht?« fragte Lembit.

»Aufgegessen«, sagte Pejke.

Die anderen schwiegen.

»Sie war nicht sehr groß«, sagte Pejke entschuldigend.

Es blieb noch eine Weile still. Dann sagte Lembit ruhig: »Ich bin enttäuscht von dir.«

Pejke grinste. »Weißt du, was mich enttäuscht? Daß du so wenig Vertrauen zu einem Freund hast. Da, sieh!« Und er hielt den anderen eine nasse schrumplige Kartoffel unter die Nase. Alle lachten erleichtert, doch Lembit seufzte: »Es ist weit mit uns gekommen.« Sie schnitten die Kartoffel in vier Teile und verlosten die Stücke.

Weil jetzt Haie in der Nähe der Miß Jane schwammen, durfte niemand über Bord gehen, um die ausgebesserten Stellen am Rumpf zu untersuchen. Lembit wollte einen Hai mit einer Art Speer harpunieren, den er gebastelt hatte, um fliegende Fische damit zu fangen.

»Kommt nicht in Frage«, erklärte Konstantin. »Ein Hai an Bord ist gefährlicher als im Wasser.«

Doch es gelang Lembit, einen platten schwarzen Fisch zu harpunieren, den niemand kannte. Justus machte das Tier sauber und teilte es in zwei Teile – für jeden Haushalt eine Hälfte. Zum erstenmal seit fünf Tagen aßen sie an diesem Abend etwas anderes als ein Schüsselchen klebrigen Reis. Doch leider hatte der Fisch überhaupt keinen Geschmack.

»Das nächstemal fange ich einen besseren«, versprach Lembit.

»Nach irgend was schmeckt er aber doch«, sagte Max nach längerem Überlegen. »Ich hab's – er schmeckt nach Reis!«

»Halt den Mund!« brummte Harry, der ärgerlich war, weil Max recht hatte.

Es war nun tief im Oktober, und die Kälte war schrecklich.

»Wir hätten längst am Ziel sein müssen«, sagte Konstantin im Ruderhaus zu August. »Das Wetter wird immer unangenehmer. Wenn wir noch so einen Sturm bekommen, weiß ich nicht, ob wir's schaffen.«

Es gab nur wenige Gedanken, die Konstantin gegenüber August nicht aussprach. Die Freundschaft zwischen ihnen war auf der Reise so eng geworden, daß sie für beide eine Quelle der Hoffnung und des Vertrauens bildete. Sie hatten gelernt, daß sie sich völlig aufeinander verlassen konnten. Auch jetzt wußte Konstantin, daß August seine Worte für sich behalten würde. Und er war froh, sich äußern zu können, denn der Gedanke, daß sie es vielleicht doch nicht schafften, bedrückte ihn in den letzten Tagen so sehr, daß er verrückt geworden wäre, wenn er sich nicht hätte aussprechen können.

»Du verleumdest die Miß Jane«, erwiderte August.

»Hör mal, selbst die Miß Jane kann nicht alles aushalten«, sagte Konstantin.

»Sie hat mich davon überzeugt, daß sie gewaltig viel aushält. Sie ist eine zähe alte Dame.«

Worüber die beiden nicht sprachen, das war der Hunger, den sie alle so fürchteten. Von den in Madeira übernommenen Vorräten war nichts mehr übrig als ein wenig Reis und ein paar Dosen Milch für die Kinder. Die Rationen wurden jeden Tag kümmerlicher, und es war niemand an Bord, dem die Beine nicht zitterten. Die Kinder weinten viel und waren kaum zu beruhigen. Aber sie schliefen auch stundenlang und machten dadurch weniger Schwierigkeiten. Jaan, der noch am zähesten war, machte auch am meisten Verdruß. Er weinte zwar wenig, hatte aber Wutanfälle und trat und stieß nach allen. Nur Maria oder der Professor, die selbst sehr still waren, konnten ihn dann beschwichtigen. Der Professor hielt Jaan oft stundenlang auf den Knien. Sie sprachen nicht viel miteinander. Jaan fragte hin und wieder etwas – was Wildschweine fressen oder wie die alten Ägypter die Zeit berechneten –, und der ältere Mann antwortete langsam und überlegt. Ab und zu ließ er der Antwort noch eine längere Erzählung folgen, doch meist war er zu erschöpft dazu. Wer von den Erwachsenen keine wichtige Arbeit tat, bekam noch weniger zu essen als die anderen – der Professor hatte es selbst vorgeschlagen, weil er wußte, daß er nur sich selber damit traf, denn Grochen lebte seit einer Woche ausschließlich von zwei Löffeln Lebertran pro Tag. Übrigens nahmen jetzt auch alle anderen Lebertran. Wahrscheinlich war es ihm zu verdanken, daß sie sich nicht noch elender fühlten und die durchdringende Kälte einigermaßen ertragen konnten. Gunvor behauptete immer noch, ihr werde schlecht von dem Lebertran auf leeren Magen, doch Else zwang sie, ihn zu nehmen. Jaan hatte einmal alles wütend ausgespuckt, doch da hatte sich August ihn vorgenommen, und von da an nahm Jaan den Lebertran ohne Protest. Zitternd vor Kälte und mit Tränen in den Augen schluckte er jeden Morgen und Abend einen Löffel voll. Armer Jaan – all seine Tapferkeit war dahin. Die See hatte ihn kleingekriegt. Jetzt weinte er bei jeder Beule, jedem blauen Fleck.

Für diejenigen, die nicht wie Maja und August Konstantins Sorgen teilten, war die Kälte das schlimmste. Schlimmer als der Hunger. Es hatte sich allmählich als verhängnisvoll erwiesen, daß sie sich keine geeignetere Kleidung für die Fahrt hatten anschaffen können. Schon mitten im Sommer waren die gewöhnlichen Schul- und Arbeitssachen höchst unzureichend gewesen, doch nun, in dieser Kälte, war es noch viel ärger. Es half nichts, daß sie ihre Wintermäntel trugen und sogar darin schliefen. Es half ebensowenig, sie sich Decken um Beine und Hüften wickelten und sich Gunvors Zeitungen mit Stricken um die Füße banden. Die Zeitungen zerweichten zu Brei, und die Decken waren oft so naß, daß sie erst die Feuchtigkeit herausdrücken mußten, ehe sie sich setzten oder hinlegten.

»Eine Sünde und Schande, wie das alles im Salzwasser verdirbt«, murrte Grochen, die nur selten etwas sagte. Sie hatte jetzt einen winzigen Runzelkopf mit eingesunkenen Augen. Doch sie wußte besser als während der ersten Zeit der Reise, was an Bord vor sich ging. »Seekrank werde ich jetzt nicht mehr, nie mehr«, sagte sie stolz. »Jetzt sitzt mir das Fahren im Blut.«

»Ach, Omi«, neckte Lembit, »du wolltest doch als Leichtmatrose anheuern – aber daraus ist nicht viel geworden,
nicht wahr?«

»Das hab' ich aufgegeben, Junge«, seufzte die alte Frau.
»Ich will's ehrlich zugeben.«

»Ich werde dir eine Platte vorspielen, Omi«, sagte Lembit
und legte die beiden französischen Schlager auf, von denen
Grochen kein Wort verstand. »*C'est pour ça que je t'ai donné
ma vie*« fand sie am nettesten, aber das wollte sie noch immer nicht zugeben. Sie lauschte mit fest zusammengekniffe-
nen Lippen. Ganz schmale, völlig farblose Lippen hatte sie
bekommen, mit tiefen senkrechten Falten darüber. Auch ihre
Hände waren so mager geworden, daß sie Vogelklauen glichen. Ihr Nasenrücken war geschwollen und rot entzündet;
dennoch behielt sie die Brille Tag und Nacht auf, denn sie
hatte viel zu große Angst, daß sie sie zerbrechen oder verlieren könnte.

In diesem Chaos ging alles verloren oder entzwei – sogar
der Sextant, den Konstantin nicht entbehren konnte. »Nun
weiß er nicht einmal, wohin wir geraten«, seufzte Grochen.
»Wenn es dort nur gute Schulen gibt!«

Von den anderen dachte niemand an Schulen. Jetzt ging es
nur darum, die Kinder warm zu halten, so aussichtslos das
auch schien. Die Frauen verbrachten Stunden damit, ihnen
die kleinen, kalten Beine zu massieren. Oder sie nahmen die
Füße zwischen die eigenen Beine, während sie den Kindern
Rücken und Brustkorb rieben. Sie klopften und kniffen –
manchmal nicht einmal sanft – die mageren Arme und Beine.
Doch Heino und Aimi blieben völlig apathisch und ließen alles mit sich geschehen, ohne ein Zeichen der Befriedigung

oder Ablehnung zu geben. Jaan sagte wenigstens noch
»schön!«, wenn Else ihn massierte, doch kurz danach schüttelte er sie ab und wollte plötzlich nicht mehr. »Es hilft ja
doch nichts«, sagte er heftig. »Nichts hilft!«

Auch den Englischunterricht hatten sie aufgegeben.

Endlich gelang es Justus, den Sextanten so weit instandzusetzen, daß er wieder brauchbar war. Konstantins Hände
zitterten, als er die matte winterliche Sonne schoß. Und auch
seine Stimme bebte, als er danach sagte: »Wir befinden uns
dreihundertfünfzig Meilen ostwärts von New Haven. Das
ist gut – viel besser, als ich zu hoffen wagte. August, du hast
recht gehabt – sie kommt hin, unsere Miß Jane. – Dreihundertfünfzig Meilen ostwärts von New Haven«, wiederholte
er noch einmal langsam für sich selbst. Er streichelte den
Sextanten und legte eine Hand einen Augenblick auf das Ruderrad und dann auf Augusts Arm. Auf einmal lief er, kaum
noch Herr seiner selbst, den Niedergang hinunter in die Kajüte, wo Maja mit verbundenem Arm auf einer der Bänke lag
und ihn erstaunt ansah. Er beugte sich über sie und küßte sie
auf den Mund, auf den Hals, auf beide Wangen. Sie hielt ihn
mit dem gesunden Arm fest, und einige Sekunden lang sahen
sie sich schweigend an. Überrascht sah sie sein froh bewegtes
Gesicht und drückte dann leidenschaftlich ihr Gesicht an seine nasse Joppe.

»Was macht denn Onkel Konstantin?« fragte Jaan, der gerade hereinkam.

»Weinen«, sagte Heino, plötzlich gar nicht mehr so apathisch. Denn was da geschah, rüttelte ihn auf. »Vater weint.
Guck mal!«

Konstantin hatte den Kopf auf Majas Brust gelegt. Sein

müdes braunes Gesicht war naß, und Tränen rollten daran entlang.

»Junge, Junge!« sagte Jaan verblüfft. »Wozu soll das gut sein?«

Konstantin schaute auf und lachte unter Tränen. »Du hast hier nichts zu suchen. Aber komm nur, es ist mir schon recht. Es ist für euch ja kein Geheimnis mehr, daß auch Erwachsene mal das Gleichgewicht verlieren. Weißt du, wenn alles gut geht, setze ich euch ungefähr in einer Woche an Land. Dann sieh nur zu, daß du dir eine gute Schule aussuchst und nette Freunde, denn dann geht das Leben wieder weiter. Und für Tante Maja holen wir einen Arzt, der sie bald gesund macht. So, und nun weißt du genau, warum ich eben so komisch war. Und nun verschwinde, mein Junge!«

Betreten drehte sich Jaan um und folgte der Aufforderung. Doch Konstantin blieb nicht unten. Er wollte wieder hinauf; August mußte am Ruder abgelöst werden.

Die beiden Männer schauten sich einen Augenblick an, sahen weg und schauten sich wieder an. Dann lachten sie sich zu. »Diese Miß Jane!« sagte Konstantin, der als erster das Schweigen brach.

»Tja, ich hab's dir ja immer gesagt – diese Miß Jane!« erwiderte August. »Auf einige Menschen und auf einige Dinge kann man sich eben immer verlassen, was auch kommen mag!«

»Die Miß Jane ist kein Ding«, sagte Konstantin. »Sie ist ein Schiff.«

»Wahrscheinlich mit Geist und Seele, wie?« lachte August.

»Mann, mach keine Witze, sonst sage ich noch ja!« erwi-

derte Konstantin. »Ab, runter mit dir! Du mußt dich ausruhen.«

Am nächsten Tag wurde Lembit fünfundzwanzig. Als er
vom Wachdienst in die Kajüte kam, erwartete ihn eine Überraschung. Im Kreis vieler gespannter Gesichter überreichte
Andreja ihm ein Geschenk. Es war eine Büchse Ölsardinen,
die Maja für diese Gelegenheit aufbewahrt und versteckt gehalten hatte. Dabei lag ein Gedicht, das Lembit selber vorle-
sen sollte. Er faltete das Blatt auseinander und las, die Sardinenbüchse fest an die Brust gedrückt, mit deutlicher Stimme
vor:

> Es ist, als ob wir seit vielen Jahren
> gemeinsam über die Meere fahren.
> Es ist, als ob wir zusammengehören –
> für immer – und uns nie wieder verlören.
> Doch das neue Land, in dem wir bleiben,
> das wird uns bald auseinandertreiben.
> Dann werden wir unter Mühe und Pein
> wieder auf immer geschieden sein.
> Das Schicksal trennt uns mit seinem Gewicht,
> doch Lembit, vergiß die Miß Jane bitte nicht!

Es blieb eine Weile still, als Lembit die Verse gelesen hatte.
Sein Gesicht, das zuerst fröhlich gewesen war, wirkte nun
sehr ernst. »Natürlich werden wir uns gegenseitig und die
Miß Jane nicht vergessen«, sagte er heiser. Er räusperte sich
und setzte hinzu: »Habt vielen Dank!«

»Maria hat das Gedicht gemacht!« schrie Jaan auf einmal.

Maria wurde blutrot, und Andreja wandte sich böse Jaan zu, der versprochen hatte, es nicht zu verraten.

»Dann danke ich dir, Maria, noch einmal besonders herzlich«, sagte Lembit gelassen. »Du kannst gut dichten.«

Die tödlich beschämte Maria antwortete nicht. Sie zupfte an ihrem schmutzigen Kleid und wünschte, im Boden zu versinken, ganz tief bis in den Ozean hinein. Aber sie war Jaan nicht böse – nur sich selber, weil sie dieses Gedicht gemacht hatte.

»Nun mach doch schon auf, Lembit!« rief Gunvor. Sie starrte wie magnetisiert auf die Sardinenbüchse, die Lembit immer noch krampfhaft umklammerte.

Lembit zögerte – wenn die Sardinen offen in der Büchse lagen, was dann? Sie waren für ihn, aber er konnte sie schließlich nicht allein essen. Wenn es wenigstens so viele wären, daß jeder eine halbe bekommen könnte! Aber das würde bestimmt nicht der Fall sein.

Justus reichte ihm sein Messer mit Büchsenöffner. Der Öffner war verrostet, funktionierte aber. Der Geruch von Sardinen und Öl stieg Lembit in die Nase. Er schaute nicht einmal hin. Stoisch reichte er die Konservendose herum, und jeder bekam ein halbes Fischchen. Es war ein kleiner Bissen. Doch bevor die Büchse zu ihm zurückkehrte, war sie leer. Maria, Andreja, Justus und Lembit selbst kriegten nichts als ein Löffelchen Öl.

»Ich danke euch sehr«, sagte er noch einmal und ging danach die Treppe hinauf, um die leere Büchse ins Meer zu werfen. Er schleuderte sie weit weg.

Als er abends allein mit Pejke im Achterraum saß, weil Harry und Max noch in der Kajüte waren und Justus Wache hatte, vertraute er seinem Freund flüsternd an: »Die Sardinenfabrikanten müßten mehr und kleinere Fische in so eine Büchse tun, nicht nur ein paar riesige. Das ist unverantwortlich.«

Pejke lachte leise. »Hör mal«, sagte er, »ich hab' noch was für dich!« Und er holte etwas in einem auffallend sauberen, wirklich ordentlichen und trockenen Taschentuch heraus. Es war eine Zigarette.

»Ich hatte sie zu lange aufbewahrt«, sagte er, »aber Else hat sie mir am Kocher getrocknet und das Taschentuch auch. Das Taschentuch hat Gunvor gewaschen, und ich hab' es seitdem nicht benutzt. Bitte.«

Lembit vermochte nicht zu sprechen. Er schüttelte den Freund kräftig an den Schultern und brummte etwas Unverständliches. Danach steckte er sich die Zigarette an. Er atmete den Rauch tief ein – so tief er nur konnte – und blies ihn langsam durch die Nase wieder aus. Die Augen hielt er geschlossen. Dadurch sah er nicht, daß Pejke unruhig nach der anderen Seite schaute.

Er genoß seine Zigarette bis zum letzten Zug und rauchte, bis er sich die Fingerspitzen an der Kippe verbrannte. Und als er sie schließlich auf den Boden warf, wo sie zischend in der Nässe erlosch, seufzte er: »An diesen fünfundzwanzig Jahren ist nun nichts mehr zu ändern, Pejke. Aber was werden die nächsten fünfundzwanzig bringen?«

Nur das Wasser im Raum gurgelte eine Antwort, doch die war nicht zu verstehen.

12

Die Woche war fast verstrichen. Alle Menschen an Bord der Miß Jane lebten in einem Rausch der Freude und Erregung. Das Ziel war jetzt so nahe, daß sie nicht einmal alle Finger einer Hand brauchten, um den Kindern die Tage vorzuzählen. Statt des eisigen Nordwestwindes wehte seit drei Tagen ein steter Südost, der alles an Bord frisch und trocken machte und sogar ein wenig Wärme aus südlichen Gegenden mitbrachte. Außerdem lief die Miß Jane jetzt flott und schaffte dreieinhalb Knoten.

Den ganzen Tag flatterten Hemden, Hosen und Decken in der Takelage; Matratzen wurden gelüftet und getrocknet. Harry saß mehr im Mast als an Deck, und Lembit und Pejke hatten herausgefunden, daß sie zusammen ein ausgezeichnetes Sängerpaar bildeten. Ein Lied nach dem anderen schallte durch die Luft, die mit Elektrizität geladen schien. Auch die Kinder waren aufgeregt und eifrig – ebenso unnatürlich eifrig, wie sie vorher unnatürlich still gewesen waren. Die einzigen, die gelassen blieben, waren Konstantin und August – vielleicht taten sie aber auch nur so. Jedenfalls blieben sie mit den Gedanken bei ihrer Arbeit und ließen sich nicht aus dem Gleichgewicht bringen.

Konstantin schrieb ins Journal: »17. November. Das Barometer steht abnorm hoch. Ich traue dem nicht. Aber wir wollen hoffen, daß das gute Wetter noch einige Tage anhält. Wir sind fast da. Das Lot liegt klar. Majas Arm sieht etwas besser aus, doch Andreja sagt, daß sie immer noch Fieber hat. August hatte wieder schweres Nasenbluten, doch er behauptet, es habe nichts zu bedeuten.«

An diesem Mittag schlug sich Jaan an der Schlingerleiste des Tisches ein Loch in den Kopf. Er war selbst schuld daran, und alle rieben ihm das gehörig unter die Nase. Die Folge war, daß er schrie: »Ich wollte aber ein Loch im Kopf haben!«

Und er bekam einen hysterischen Heulanfall – leider nicht nur er, sondern auch Else, die plötzlich – nach der ungeheuren Spannung der verstrichenen Monate – zusammenklappte.

Andreja nahm den schreienden und um sich tretenden Jaan mit in die große Kajüte, damit sie die drei Invaliden – Grochen, Maja und Jaan – zusammen hatte. »Ich pflege sie lieber gemeinsam«, sagte sie. Sie sah Else an, die zusammengesunken und mit traurigen Augen dasaß und sie gewähren ließ. Nun bin ich ihr endlich überlegen, dachte sie, aber was habe ich davon?

Sobald Andreja mit Jaan verschwunden war, legte Gunvor ihre Mutter auf die Bank, zog ihr die Schuhe aus und ein paar Wollsocken von August über die kalten Füße. »Du bist völlig erschöpft«, sagte sie bestimmt. »Ich werde schon für alles sorgen, du bleibst liegen.«

Else hörte es nicht einmal. Stundenlang blieb sie an diesem Tag liegen und starrte zur Decke empor. Sie war die einzige an Bord, auf die das nahende Ende der Reise eine so sonderbare Wirkung ausübte. Während sich bei den anderen die Energie zu ganz neuen und starken Spannungen auflud, war sie plötzlich leer geworden wie eine Batterie, deren Kraft völlig verbraucht ist. Sie lag da, klapperte mit den Zähnen, weinte ohne jeden Grund und preßte unaufhörlich die Hände nervös zusammen, ohne daß ihr ausdrucksloses Gesicht oder ihr erschlaffter Körper etwas damit zu tun zu haben schien.

Professor Lütke saß den größten Teil der Zeit neben ihr, hielt ihre Hand fest und versuchte sie mit seinen Worten abzulenken. Doch sie hörte ihn nicht – wenigstens schien es so. Er sprach über Herman Päts, der August vielleicht zu einer Stellung verhelfen konnte.

»Heute nacht habe ich August von Tür zu Tür gehen und Besen und Bürsten verkaufen sehen«, sagte sie. »Er hatte einen nagelneuen Koffer, doch wenn er den nicht an einem einzigen Tag leerverkaufte, mußte er ihn zurückgeben.«

»Und wie ist es ausgegangen?« fragte Lütke.

»Das ist mir gleich«, erwiderte Else, »denn ich will nicht, daß er jemals Besen und Bürsten an den Türen verkauft.«

»August wird bestimmt eine ordentliche Arbeit finden«, sagte der Professor. »Er spricht gut Englisch und kann sicher auftreten.« Für so ein unscheinbares Männchen meines Alters ist es anders, dachte er dann. Es sei denn, die eine oder andere Universität weiß, wer ich bin, und ist an mir interessiert.

»Es wird auch wieder Zeit für den Englischunterricht der Kinder«, sagte er.

Else antwortete nicht. Eine Weile später sagte sie: »Wenn wir an Land sind, kriechen wieder Fliegen an der Decke entlang. Ich mag keine Fliegen.«

»Warum gibst du nicht wieder Englischunterricht?« fragte er abermals. Seine mageren Hände lagen dicht nebeneinander. Sie waren nicht mehr braun wie noch vor wenigen Wochen. Ich werde ganz gelb, dachte er.

»Sie werden uns in Amerika sicher nicht aufnehmen«, sagte Else. »Weshalb sollten sie auch?«

»Es gibt noch so etwas wie Menschlichkeit«, entgegnete er langsam. »Wenn es keine Menschlichkeit gäbe, wären wir jetzt nicht hier. Dann wären wir in Madeira liegengeblieben – oder irgendwo auf dem Ozean vor Hunger und Durst umgekommen. Denk doch nur an all die Menschen, die uns unterwegs behilflich gewesen sind – Pierre Cascot, die Postbeamten in Funchal, sogar Päts...«

Else zuckte die Schultern, ohne ihn anzusehen.

»Ich weiß schon, was du denkst«, fuhr er fort. Er sah sie nicht sehr deutlich in dem matten Licht, das durch die Bullaugen fiel. Außerdem waren seine Augen in der letzten Zeit erheblich schlechter geworden. »Du denkst, daß es mehr Unmenschlichkeit als Menschlichkeit auf der Welt gibt. Und du meinst, daß Unmenschlichkeit ein wesentliches Kennzeichen der Menschen ist. Aber du irrst dich. Ich glaube, daß wir all das Schlechte, was geschehen ist, als eine Krankheit betrachten müssen, Else. Als eine Krankheit des menschlichen Geistes, eine leider sehr ansteckende Krankheit, durch die der menschliche Geist sehr in Mitleidenschaft gezogen werden kann. Aber das ändert nichts daran, daß die meisten Menschen trotzdem das Gute wollen, wenn sie es auch nicht immer in die Tat umsetzen können. Angst vor irgendwelchen Dingen ist oft das größte Hindernis. Und wenn wir etwas verstehen müßten, Else, dann die Angst, denn wir sind selber aus Angst geflüchtet. Furcht ist etwas sehr Menschliches – aber Unmenschlichkeit, nein, ich glaube nicht, daß jemand von Natur aus unmenschlich ist. Das sagt übrigens schon das Wort selbst.«

Else lächelte spöttisch. Aber sie machte sich nicht einmal die Mühe zu sagen: Ein Wort ist nur ein Wort, von Menschen gemacht.

»Die Amerikaner brauchen keine Angst zu haben«, fuhr er fort. »Ich bin überzeugt, daß sie uns aufnehmen werden. Außerdem ist es für sie ein angenehmes Gefühl, daß das Heil der Welt von ihnen abhängt. Wenn es auch nicht nett von mir ist, so etwas zu sagen.«

»Es ist auch nicht wahr«, entgegnete Else. »Das Heil der Welt hängt nicht von denen ab, die nichts zu befürchten brauchen, sondern von denen, die den Mut aufbringen, ihre Furcht zu überwinden.«

Er sah sie lange schweigend an. Danach sagte er zögernd: »Das hast du also auch entdeckt. Doch das ist zugleich das Eingeständnis unserer eigenen Ohnmacht. Wir haben nicht den Mut gehabt, unsere Furcht zu überwinden.«

Else schaute wieder zur Decke hinauf – ihre Mundwinkel waren nach unten gezogen, ihre Augen kalt. Sie war jetzt nicht mehr die schöne Else Laidoner von früher.

»Nein, wir haben nicht den Mut gehabt, unsere Furcht zu überwinden. Aber von uns hängt auch nichts ab, schon gar nicht das Heil der Welt!« Sie lachte leise. »Wir bedeuten nichts, wir sind nichts, wir sind etwas wie angetriebener Schmutz, wir können anderen nur noch zur Last fallen. Ach, Professor, ich habe solche Angst vor der Ankunft. Viel mehr, als ich je vor der See hatte. Ich glaubte bei dem großen Sturm, daß ich Angst hätte, aber ich weiß erst jetzt, was Angst wirklich ist – kalte, lähmende Angst.«

Er klopfte ihr auf die Hand, so wie man einem kleinen Kind auf die Wange klopft. »Du läßt dich gehen, Else. Das hast du all die Monate nie getan. Denk an August!«

Else schloß die Augen und hob mutlos die Schultern. »Er hat doch nichts an mir«, flüsterte sie. Doch als er sich näher zu ihr beugte, um sie verstehen zu können, wiederholte sie die Worte nicht. Sie schüttelte nur den Kopf.

Er blickte auf seine eigenen mageren Hände, krümmte die Finger und streckte sie wieder. Das wiederholte er dreimal, ehe er unhörbar seufzend aufstand und langsam aus der Kajüte ging, um nachzusehen, wie es Jaan ging.

Else blieb allein. Während der ganzen langen Reise war sie noch nie allein gewesen. Gunvor war an Deck gegangen, um Pejke zu fragen, ob er nicht einmal wieder versuchen wollte, Fische zu fangen. Es war ihm jetzt schon ein paarmal gelungen. Auch die Jungen und August waren an Deck. Else lag allein und konnte es fast nicht glauben. Sie öffnete die Augen und schloß sie wieder. Langsam fuhr sie sich mit allen zehn Fingern durchs Haar, daß sich fettig und rauh anfühlte. Sie hob ein Bein und bewegte die Zehen in der groben Wollsocke von August. Langsam legte sie das Bein wieder hin und hob das andere. Auch diese fünf Zehen bewegte sie. Die Tränen, die Professor Lütke nicht gesehen hatte, wischte sie mit dem Handrücken ab. Sie betrachtete ihre Hände. Die Finger waren rot und geschwollen, voll schmerzender und schwarzer Risse, die Nägel kurz. Sie betastete die Lippen, die wund und aufgesprungen waren, erst strich sie mit den Fingerspitzen darüber, danach mit der Zunge, die sich trocken anfühlte. Ihr Gaumen war ausgedörrt. Aber sie durfte kein Wasser trinken. Oder sollte sie die halbe Tasse, die abendliche Ration, jetzt trinken? Nein, das tat niemand. Außerdem würde es doch kaum helfen. Das Wasser verdarb schon – es schmeckte säuerlich. Die Zementausfütterung der Tanks habe sich gelöst, hatte August gesagt. Aber es machte nicht mehr viel aus, sie waren nun doch bald an Land.

Da war er wieder, dieser Gedanke an das Land, das ihr wilde Angst einjagte. Wie hatte sie nur danach verlangen können? Wie war es möglich, daß sie nicht begriffen hatte, daß dann erst das Entsetzlichste kam? Hier an Bord der Miß Jane lebten sie auf eigenem Gebiet. Auf dem Land würden sie als Bettler dastehen. Als Bettler – die Jungen, Gunvor, August und sie. Sie würden um Aufnahme betteln müssen, sie würden um ein bißchen Arbeit betteln müssen und darum, daß sie ein wenig dazugehören durften, Himmel noch einmal, sie würden dastehen und um eine Handvoll Mitleid betteln!

Sie preßte die Knöchel gegen die Zähne, um nicht herauszuschreien. Sie zog die Beine an und drückte sie gegen den Bauch. Sie kroch in sich zusammen wie ein eben geborenes Kind und weinte erbärmlich. Erbärmlich.

Aber es war eine Erleichterung, so zu weinen und allein zu sein, sich nach so vielen Monaten starrer Beherrschung gehenlassen zu können. Sie begriff das und gab willig nach – außerdem wähnte sie sich sicher, denn das Rauschen des Pumpenwassers übertönte alles.

Aber wer ist je sicher an Bord eines kleinen Schiffes? Justus kam mit einer Kanne Petroleum herein, um den Kocher zu füllen. Gunvor hatte ihn darum gebeten, weil sie mit dem Ding nicht zurechtkam. Justus' Knie bebten; er wußte, daß er Else allein finden würde. Er hatte Jaan und den Professor in der großen Kajüte gesehen, und die anderen waren alle oben an Deck.

Aber er hatte nicht geglaubt, sie so anzutreffen – den Rükken ihm zugewandt, zusammengekrümmt auf einer Bank, krampfhaft schluchzend, den Kopf zwischen den Schultern. Es wurde ihm schwarz vor den Augen, etwas wallte in ihm auf, das Blut hämmerte ihm in den Ohren. Er stellte die Petroleumkanne hin, ohne zu wissen, daß er es tat. Es war nur ein einziger Schritt bis zu ihr. Dann warf er sich in seiner ganzen Länge über sie.

Weiter geschah nichts. Er drückte sie an sich, und ohne einen Laut von sich zu geben, lagen sie so, Else noch in ihrer verkrampften Stellung, doch den Kopf ihm zugekehrt und die Augen groß und starr vor Schreck.

Aber Justus sah nichts, vor seinen Augen lag ein Schleier, er konnte ihr Gesicht nur als großen bleichen Fleck sehen. Er stöhnte wie ein Kranker und bohrte den Kopf gegen ihre Schulter. Ich darf nicht schreien, dachte Else, ich darf nichts tun, das geht vorüber. Justus wird von selber aufspringen und weggehen, wenn ich nur nicht schreie. Das Atmen machte ihr Mühe, denn Justus war schwer. Sie wartete, doch es geschah nichts. Es schien eine Ewigkeit zu dauern.

Sie hörte ebensowenig wie Justus, daß Harry und Max hereinkamen. Harry sprang Justus wie eine Katze auf den Rücken, während Max bestürzt stehenblieb und dann so schnell er konnte durch die große Kajüte an Deck rannte. »Vater, Vater!« schrie er.

Als August graubleich unten erschien, stand Justus in gebückter Haltung da, den Rücken Harry zugekehrt, noch halb über Else gelehnt, und ließ den Jungen auf sich einhämmern. Er wollte weg, doch es war kein Platz. Else war weiter in die Bankecke gekrochen, hielt die Hände vor die Augen und die Knie hochgezogen. Harry schlug blindlings darauflos und hämmerte mit harten, dumpf klingenden Schlägen auf Justus' Rücken.

August zerrte seinen Sohn von dem anderen weg. Zitternd blieb der Junge stehen, die Fäuste in Kampfstellung erhoben. Aus Justus' rechtem Ohrläppchen tropfte Blut. In gebückter Haltung drehte er sich um. Er sah August nicht an. Scheu traf sein Blick Harrys weißes Gesicht. Er stieß einen heiseren Laut aus und bahnte sich, die langen Arme vorgestreckt, einen Weg nach draußen, aus der Kajüte der Laidoners, durch die große Kajüte, den Niedergang hinauf. Die anderen sahen ihn kommen. Andreja warf einen Blick auf sein Gesicht und lief hinter ihm her.

»Konstantin! Halt ihn fest!« schrie sie.

Mit einem einzigen Satz war Konstantin bei ihm und packte ihn.

»Bist du verrückt geworden?« fuhr er ihn an.

»Laß mich los!« brüllte Justus und versuchte sich loszureißen. »Laß mich los, sage ich!«

»Solange ich Kapitän dieses Schiffes bin, bin ich verantwortlich für jedes Leben an Bord, verstanden!« schrie Konstantin.

»Was geht mich euer Schiff an!« rief Justus. »Ich will weg.«

Konstantin blickte nach dem Ruder zurück, wo Pejke ihn sofort ersetzt hatte. Ruhiger sagte er jetzt: »Hör zu, Justus. Daß einer von uns verrückt werden mußte, war vorauszusehen. Aber es ist eine Verrücktheit, die vorübergeht, weißt du? Nun wehr dich nicht so. Ich halte dich gut. Außerdem bitte ich Lembit, mir zu helfen, wenn es mir zuviel wird, und das wirst du selber nicht wollen, nicht wahr? Sei also ruhig und überlaß die Angelegenheit mir!«

Justus brummte etwas. Er schaute immer noch auf die See.

»Das ist keine Kunst«, glaubte Konstantin verstanden zu haben.

»Natürlich ist es keine Kunst für mich, dich festzuhalten«, bestätigte er. »Du hast das Gleichgewicht verloren, Mann.«

Er zog Justus mit sich ins Ruderhaus und drückte ihn dort auf die Bank.

»Hier bleibst du sitzen!« sagte er.

Justus schaute schräg zu ihm auf und antwortete nicht.

»Lembit!« rief Konstantin. »Hol mir ein Tauende.«

Justus sprang wie rasend hoch, doch Konstantin hatte ihn schon wieder im Griff. »Was glaubst du, was ich an Bord eines kleinen Schiffes sonst tun kann? Ein Loch, um dich einzusperren, haben wir nicht. Und es geschieht zu deiner eigenen Sicherheit. Das weißt du genausogut wie ich. Und nun bleibst du sitzen, verstanden!« Mit harter Hand stieß Konstantin ihn nieder. Er keuchte. Seine Knie drohten unter ihm nachzugeben, doch sein Gesicht blieb hart bei der Anspannung. Er blickte auf Justus nieder, und tiefes Mitleid überkam ihn. Armer Kerl, dachte er, nach all diesen Monaten bist du vielleicht am mürbsten von uns allen. Kein Wunder. Du bist der einsamste von uns.

Er berührte Justus an der Schulter. »Willst du dich auf dem Achterdeck an den Besanmast setzen?«

Justus stand auf und tat, was ihm gesagt wurde. Dann legte Konstantin ein Tau um ihn und den Mast und machte hinter dem Mast einen Knoten. »Das reicht«, sagte er. »Aber wir werden dich noch im Auge behalten müssen. Gib mir auf jeden Fall dein Messer, bitte!«

Justus gehorchte. Seine Augen waren jetzt voll Wasser und abwesend.

Noch einmal berührte Konstantin ihn an der Schulter. »Es ist bald vorbei«, sagte er. »Morgen abend sind wir in New Haven.« Justus erwiderte nichts, sah ihn nicht einmal an.

Konstantin winkte Lembit mit dem Kopf zu sich. »Es tut mir leid«, sagte er. »Aber du mußt auf ihn achtgeben.«

Lembit hatte sich, nachdem er das Tau gebracht hatte, abseits gehalten. Sein Gesicht war ausdruckslos. Pejke dagegen stand mit feuerrotem Kopf hinter dem Ruder, und man sah deutlich, daß er alles aufgenommen hatte, auch ohne sich umzudrehen. Er stand mit zusammengepreßten Lippen da, als Konstantin neben ihn trat.

»Du vergißt, auf den Kompaß zu sehen!« brüllte Konstantin.

»Jawohl«, erwiderte Pejke und richtete den Blick auf die weiße Scheibe, auf der er im Augenblick nicht das mindeste erkennen konnte.

»Es geht vorbei«, brummte Konstantin. »Hol ihm eine Decke und pack ihn ein! Gleich wird er vor Elend mit den Zähnen klappern.« Er übernahm das Ruder wieder selbst. »Und sag August, er kann unten bei Else bleiben. Aber hol die Jungen herauf.«

Pejke kam mit einer schweren Decke zurück. Hinter ihm stiegen Max und Harry aus der Luke. Jeder vermied es, den anderen anzusehen, und die beiden Jungen gingen zum Vordeck, wo sonst niemand war.

»Dort sind sie im Handumdrehen wieder klatschnaß«, brummte Konstantin. »Aber sie werden sich abkühlen müssen. Ich komme wohl mit einem ganzen Schiff voller Kranker an Land!«

Gegen Abend wurden Himmel und See messingfarben. Der Wind frischte auf, und Unruhe hing in der Luft. Konstantin trat wieder einmal zum Barometer, klopfte daran und erschrak, als der Zeiger plötzlich ein ganzes Stück fiel. »Siehst du, er hat festgesessen; ich hab' ihm doch gleich nicht getraut«, brummte er.

»Was sagst du, Junge?« erkundigte sich Grochen.

»Nichts«, sagte ihr Sohn. Alles geht jetzt schief, dachte er. Kein Wunder!

Lembit schlug vor, daß er mit Justus auf der Bank im Achterraum schlafen wollte, aneinander festgebunden.

»Gut«, sagte Konstantin. »Dann bring ich euch ins Bett.« Er grinste ein wenig und hustete eine Art Lachen. Lembit tat ebenfalls so unbefangen, wie er konnte. Diese Demütigung für Justus schnitt beiden ins Herz. Sie ließen sich nach unten sinken, erst Lembit, dann Justus und schließlich Konstantin.

»Gute Nacht, Kapitän!« versuchte Lembit zu scherzen, als Konstantin sie nach einer Minute wieder verließ. Justus und er lagen dicht nebeneinander auf der Bank, an einem Handgelenk und einem Knöchel aneinandergebunden.

»Vielleicht unsere letzte Nacht an Bord, Justus«, flüsterte Lembit im Dunkeln.

Die beiden Jungen Max und Harry lagen bewegungslos auf der anderen Bank. Es war, als ob alle den Atem anhielten. Noch nie war es so still gewesen. Nur das Wasser klatschte und gurgelte unter ihnen.

Auf einmal fühlte Lembit, wie Justus bebte. Er schluchzte lautlos. Lembit schlang den freien Arm um ihn und hielt ihn fest. Die Schluchzer folgten einander mit langen Pausen, und Lembit drückte Justus immer noch an sich wie eine Mutter, die ihr Kind zu trösten versucht.

»Justus«, flüsterte er. »Justus, wir halten alle so große Stücke auf dich.«

»Warum hast du das nicht eher gesagt?« sagte Justus.

Lembit antwortete nicht. Sie lagen schweigend nebeneinander und hörten, wie der Wind zunahm, doch sie achteten nicht darauf.

Während der Nacht geriet die Miß Jane aus dem Golfstrom in die entgegengesetzte Küstenströmung. Als die Sonne aufging, sah die Wache an Deck, daß die See die Farbe geändert hatte. Sie befanden sich auf einer weiten Fläche von einem blassen Grün, das sich seltsam von dem tiefen Blau unterschied, das sie gestern noch gesehen hatten. Im Osten zog sich eine langgestreckte dunkle Wolke von Norden nach Süden, die das Ende des Golfstroms anzuzeigen schien.

»Hat man das jemals so deutlich gesehen?« fragte Konstantin, doch niemand antwortete ihm.

Eine Stunde später liefen sie, während sich der Morgenhimmel über ihnen rasch bezog und Konstantin mit Angst im Herzen feststellte, daß der Wind mehrmals umsprang, zwischen allerlei treibendem Abfall durch: Immer wieder tauchte

etwas anderes auf, eine tote Katze, eine elektrische Glüh-
lampe, Kerzenenden, Flaschen aller Art, eine Käseschach-
tel, eine Schuhkremdose, Apfelsinenschalen und Kohlblät-
ter.

»Hier hat ein Schiff seinen Abfall ausgeschüttet«, sagte
Konstantin.

»Den ganzen Dreck wirft man immer dicht vor der Küste
ins Meer«, erwiderte August, der seit Sonnenaufgang wieder
an Deck war.

Konstantin wagte ihn nicht einmal von der Seite anzusehen. Er wußte auch nichts zu entgegnen. August schwieg nun
ebenfalls. Außerdem gab es andere Dinge, die ihre Aufmerksamkeit jetzt beanspruchten.

Sie waren vierzig Meilen von New Haven entfernt. Alles,
was die Miß Jane noch gebraucht hätte, wären zehn Stunden
mit einigermaßen gutem Wind gewesen, doch die bekam sie
nicht. Statt dessen brach ein zweiter schwerer Sturm los, der
die ganze Küste von New Jersey heimsuchte. Heulend kam
der Wind aus Südwesten herangebraust. Hilflos und mit
nackten Masten taumelte die Miß Jane in rasendem Tempo
zum zweitenmal zurück in die offene See. Wasserberge stürzten sich auf ihr Deck, und das Ruderhaus wurde immer wieder von gischtendem Seewasser überflutet. Nicht einmal die
Hälfte davon konnte wieder durch die Speigatten ablaufen,
ehe der nächste Schwall kam. In den Kajüten schwamm alles
– Koffer, Schuhe, Bettzeug, Haushaltsgerät. Die Kinder
spürten die Gefahr und schrien ohrenbetäubend. Jaan, dessen
großer Verband um den Kopf sich hellrot zu färben begann,
je mehr ihn das hereinströmende Wasser durchnäßte, sah aus

wie der jämmerlichste kleine Seeräuber, den es je gegeben hatte. Er schlug mit beiden Armen um sich und kreischte: »Ich will nicht mehr! Ich will nicht mehr!«

Andreja und Maria taumelten durch die Kajüte, um zu helfen, wo sie konnten. Grochen und Maja wurden zusammen in der Koje festgezurrt, weil es dort am trockensten blieb.

Else schien während der Nacht neue Kraft geschöpft zu haben. Jetzt hockten sie und ihre drei großen Kinder in der Kajüte der Laidoners zwischen Tisch und Bordwand einander gegenüber. Sie sprachen kaum. Sie sahen einander an und hielten sich gegenseitig fest. Gunvor und Harry auf der einen Bank, Else und Max auf der anderen. Harry spürte, wie die Schwester in seinen Armen zitterte.

»Gehn wir zum Teufel, dann gehn wir zusammen zum Teufel!« sagte er heiser. »Wir sind ja nicht umsonst Zwillinge!« Doch die anderen verstanden nicht, was er sagte. Das Tosen des Wassers übertönte ihn.

Max schrie, vielleicht zum erstenmal ohne die Angst, kindisch zu wirken, so laut er konnte: »Die Miß Jane läßt sich nicht unterkriegen! Wetten?«

Doch seine Stimme überschlug sich, und es hörte ohnehin niemand auf ihn. Sie hörten nur auf die See und den Sturm.

Oben heulte der Wind in Wanten und Stagen. Dröhnend kam ein Wasserberg nach dem anderen auf die Miß Jane zugerollt, die sich jetzt nicht mehr rhythmisch hob und senkte wie bisher, sondern immer wieder vorn überkippte und wie ein Stein in den Abgrund geschleudert wurde. Dort lag sie einen Augenblick, ehe sie abermals bebend und ächzend hochgerissen wurde. Lembit kroch, sich krampfhaft am Schanzkleid festhaltend, nach vorn, um das Großsegel besser festzumachen. Ein losgerissenes Tauende schlug ihm ins Gesicht, daß ihm Hören und Sehen verging. Doch er kämpfte sich weiter vor und bot den überkommenden Seen hartnäckig Trotz. Als er ins Ruderhaus zurückgekrochen kam, war sein eines Auge zugeschwollen, und eine feuerrote Strieme lief ihm schräg über die Stirn. Er grinste Konstantin an.

»Ich hatte eine unangenehme Begegnung«, schrie er.

»Ich sehe, daß sie dir gut bekommen ist«, brüllte der andere.

Doch im selben Augenblick stürzte sich mit furchterregendem Zischen und Tosen ein Brecher über sie. Lembit wurde zu Boden geschleudert und Konstantin vom Ruder weggerissen, während die Miß Jane eine halbe Drehung um ihre Achse beschrieb. Mit einem Sprung tauchte Konstantin aus dem zurückflutenden Wasser wieder auf, schnappte nach Luft und schüttelte sich wie ein Pudel.

»Und doch wird sie's schaffen!« schrie er wütend. »Sieh nur, wie sie wieder hochkommt!«

Behutsam drehte er die Miß Jane in den Wind. August und Pejke standen an der Pumpe. Pejke zog mit beiden Händen an dem Ring, während August ihn und sich selber festhielt, obwohl sie sich schon mit Tauen am Besanmast festgebunden hatten. Immer wieder erstickten sie fast unter den überkommenden Seen. Justus, der seine hundert Schläge gerade getan hatte, lag keuchend hinter ihnen auf den Knien, einen Arm um den Besanmast geschlungen – das Salzwasser brannte ihm wie Feuer in den Augen.

»Du brauchst seinetwegen keine Angst mehr zu haben«,

hatte Lembit zu Konstantin gesagt. »Er weiß, daß wir ihn jetzt nicht entbehren können.«

Sie mußten nun auf jeder Wache von vier Stunden tausendfünfhundert Schläge pumpen, um die Miß Jane über Wasser zu halten.

Der Sturm dauerte fast zweimal vierundzwanzig Stunden. Am dritten Tag versuchte die Miß Jane abermals, sich den Weg nach Westen zu erkämpfen. Es hatte sich Eis auf Segeln und Tauwerk gebildet. Die Gesichter der Besatzung waren blauviolett und wirkten zerknittert. Die Kochgeräte hatte der Sturm zerschlagen, doch die Frauen hatten sich etwas Neues ausgedacht: Sie gossen Spiritus auf den Boden und steckten den an. Die Kinder krochen mit ausgestreckten Händen ganz nahe an die Flammen. Alles war so durchnäßt, daß keinerlei Brandgefahr bestand.

Der Wind war zu schwach, um die Miß Jane gegen die Strömung vorankommen zu lassen. Alle waren erschöpft, und die Kinder schliefen viel.

»Ist dir klar, daß wir im Begriff sind zu verhungern?« sagte Harry zu seinem Bruder Max.

»Nein, wirklich?« erwiderte der apathisch.

Das bißchen Trinkwasser, das noch da war, mußte durch ein Tuch geseiht und für die Kinder aufbewahrt werden. Max, Harry und Gunvor wurden zu den Kindern gerechnet, während Maria behauptete, sie habe keinen Durst. Und niemand brachte die Energie auf, etwas dagegen einzuwenden.

Es war noch ein wenig Reis da, doch der konnte nicht gekocht werden, und alle hatten einen so trockenen Mund, daß sie den Reis nicht ungekocht kauen konnten.

Selbst Konstantin gab jetzt zu, daß ihre einzige Rettung ein vorbeifahrendes Schiff wäre – falls es sie sah ...

»Warum lassen wir den Motor nicht an?« fragte Pejke.

»Das bringt nichts auf diese Entfernung und gegen die Strömung«, erwiderte Konstantin. »Aber meinetwegen. Vielleicht kommen wir dann wenigstens in eine Zone, wo wir eher Aussicht haben, einem Schiff zu begegnen. Sag Justus, er soll ihn anlassen.«

Es dauerte zwei Stunden, bis er ansprang. Vielleicht lag es an dem Alter des Motors, vielleicht auch an Justus. Er bastelte ungeschickt mit klammen Händen daran herum, während Lembit, der ihn keinen Augenblick im Stich ließ, den Glühkopf mit dem Spiritusbrenner vorwärmte. Doch wenn Justus das Schwungrad herumdrehte, geschah nichts – er bekam keine Bewegung in den Motor. Der tat es einfach nicht. Bis plötzlich der Verschluß vom Kompressor abflog und ein Strahl schmierigen Wassers hochschoß. Während des schlechten Wetters war durch den Auspuff Wasser in den Motor gelaufen, das zusammen mit dem Öl eine seifenartige Emulsion gebildet hatte. Es dauerte mehr als eine Stunde, das ganze Ding sauberzumachen und mit Petroleum auszuwaschen. Als dann jedoch frisches Öl hineinkam, begann der Motor sofort zu tuckern. Justus lächelte erschöpft, doch auf seinem Gesicht stand etwas von der alten Befriedigung und dem Stolz auf seinen Motor. Das vertraute Töfftöff schien ihm wieder etwas Rückgrat zu geben.

Doch nicht nur für Justus war das Tuckern des kleinen Motors ein willkommenes Geräusch. Auch alle anderen schöpften wieder ein wenig Hoffnung. Nicht einmal Konstantin konnte sich diesem Gefühl entziehen, obwohl er genau wußte, wie wenig berechtigt es war. Mit fünfundzwanzig Litern konnten sie bei diesem Strom nicht weiter als achtzig Meilen kommen. Dann blieben noch zweihundert Meilen bis zum nächsten Hafen. Nach seiner Karte und dem Besteck mußte das South Portland sein. Wenn der Strom hier vor der Küste nicht so ungünstig gewesen wäre, hätte selbst der schwerste Sturm sie nicht so weit vom Kurs abtreiben können. Vielleicht hätten sie dann noch Aussicht gehabt, sich zurückzukämpfen, obwohl sie völlig erschöpft waren. Doch so, wie die Dinge nun lagen, betrachtete er ihre Situation als hoffnungslos, wenn sie nicht gerade von einem anderen Schiff entdeckt wurden. Wie gering diese Aussicht freilich war, sollten die anderen, die nie auf großer Fahrt gewesen waren, nicht erfahren. Sie sollten bis zum letzten Augenblick hoffen.

Sogar der Lebertran war bis auf eine halbe Flasche aufgebraucht. Wasser konnten sie vielleicht noch einmal auffangen, wenn es regnete, doch ausgerechnet jetzt stand auch nicht ein einziges Wölkchen am Himmel. Konstantin lachte bitter auf. Doch er fühlte sich zu schlapp und zu elend, um sich weiter aufzuregen.

Hartnäckig und genau blieb er auf seinem Kurs. Und ebenso hartnäckig und genau führte er sein Journal: »21. November. Schwacher Südostwind. Heller Horizont. Keine Lebensmittel, kein Wasser, kein Schiff in Sicht. Maja und Mutter schlafen fast den ganzen Tag. Auch die Kinder. Jaan hat Fieber. Er hat das letzte Wasser bekommen. Die Frauen seihen Seewasser durch endlos viele Tücher in der Hoffnung, das Salz herauszuholen. Ich habe ihnen gesagt, daß es verlorene Mühe ist. Sie verbrennen auf dem Fußboden Spiritus und wärmen sich daran. Solange der Vorrat reicht. Justus ist fügsam. Ich habe selten mit einem Menschen soviel Mitleid gehabt wie mit ihm. Ich hätte ihn vielleicht an jenem Abend nicht aufhalten dürfen.«

Im Lauf des Tages drehte der Wind nach Norden. Es wurde wieder eisigkalt, doch sie merkten den Unterschied kaum, so erstarrt waren sie schon. Der Himmel bezog sich, und am Abend begann es zu schneien. Der Wind legte sich fast völlig. »So bekommen wir wenigstens Wasser«, brummte Konstantin August zu, der bewegungslos, eine tiefe Falte zwischen den Brauen, am Ruder stand. Sie hatten seit Stunden kein Wort miteinander gewechselt.

Konstantin öffnete den Lukendeckel der Kajüte und rief den Frauen unten zu, sie sollten ihm so viele Tücher wie möglich geben. Andreja reichte ihm Arme voll zu: Laken, Hemden, Hosen. Gemeinsam mit Justus breitete Konstantin sie an Deck aus. Der Schnee fiel in einer dünnen Schicht darauf, die sofort schmolz.

Wir bekommen ein schönes Totenhemd, dachte Lembit, der an der Pumpe stand, hütete sich jedoch, seine Gedanken auszusprechen.

Konstantin und Justus wrangen das Schneewasser aus den ausgebreiteten Sachen in zwei Eimer. Es lohnte wirklich die Mühe. Die erste kleine Portion ging an die Kranken in der Kajüte.

Der Schnee fiel stetig weiter, leicht und durchsichtig. Er brachte Wasser, behinderte die Sicht aber so sehr, daß nun gar keine Hoffnung mehr bestand, von einem anderen Schiff gesehen zu werden. Konstantin ließ Laternen anstecken.

»Warum blasen wir nicht SOS auf unserem Nebelhorn?«
fragte Pejke. »Man kann nie wissen.« Er sagte es gelassen, als
ob es nicht sehr wichtig wäre.

Von diesem Augenblick an wurden alle fünf Minuten die
schwermütigen Stöße des Nebelhorns – drei kurz, drei lang,
drei kurz – in die bewegte Dämmerung hinausgeschickt.

»Genau das richtige, um völlig verrückt zu werden«, sagte
Max zu Gunvor.

Im Laufe des Abends erstarb das vertraute Töfftöff des
Motors. Nun war auch das Dieselöl zu Ende. Justus legte den
Deckel über den Motor, als ob er einen Toten zudeckte. Danach legte er sich selbst auf die Bank daneben, die Hände unter dem Kopf. Lembit band sich nicht mehr an ihm fest, legte
sich jedoch zu ihm.

»Ich bin froh, daß ich noch fünfundzwanzig geworden
bin«, sagte Lembit. »Ich habe was für runde Zahlen übrig.«

Doch Justus wußte den Galgenhumor nicht zu würdigen.
Lembit schnitt ein anderes Thema an: »Scherz beiseite!
Weißt du, Justus, wenn wir's noch bis zur Küste schaffen ...
Ich hatte mir gedacht, vielleicht könnten wir gemeinsam etwas anfangen, du, Pejke und ich.«

Justus entgegnete nichts, doch an der Art, wie er seine
Lage veränderte, merkte Lembit, daß er das Richtige gesagt
hatte.

»Wir könnten so etwas wie eine Reparaturwerkstatt einrichten, du als Elektriker, Pejke als Zimmermann und ich als
Handlanger und für die Verwaltung. Die Amerikaner, die
immer alles selber instandsetzen, weil Handwerker so teuer
sind, müssen es doch begrüßen, wenn irgendwo ein paar Bur-

schen auftauchen, die billige Reparaturen ausführen. Was meinst du?« Damit stieß er Justus in die Rippen.

»Aber die Gewerkschaften«, war alles, was Justus erwiderte.

»Ach ja, zum Teufel, die Gewerkschaften«, entgegnete Lembit und legte in das eine Wort die ganze Düsterkeit, die in diesem Augenblick seine Seele erfüllte. »Die Gewerkschaften...«

Am nächsten Morgen schneite es kaum noch. Das Deck war leicht beeist und das Tauwerk weiß bereift. Der Wind hatte ein wenig aufgefrischt, und die Miß Jane lief unter voll stehenden Segeln.

Konstantin stand wie eine Salzsäule und mit nahezu blinden Augen hinter dem Ruder. Neben ihm auf der weißen Bank des Ruderhauses lag das Nebelhorn, das er in regelmäßigen Abständen mechanisch an den Mund setzte. Er war an der Reihe zu schlafen, doch er hatte das Gefühl, nicht einmal bis zur Kajüte gehen zu können. Hinter ihm standen Pejke und Harry wie Marionetten an der Pumpe. In den Falten ihrer steif gefrorenen Kleidung lag Schnee. Harrys Nase sah blauviolett aus der Umrahmung der tief ins Gesicht gezogenen Mütze und des Wollschals, den er um den Hals gewickelt hatte. Wenn er nun mit Pumpen aufhörte, würde er in den Knien zusammensacken. Nicht einen Meter von ihm entfernt glitt die See grau und gleichgültig am Rumpf der Miß Jane entlang. Harry starrte dauernd auf das Wasser.

Der Junge hörte nicht einmal, daß sein Vater ihn rief. August, der die Wache von Konstantin übernehmen wollte, hatte gerade die schlecht schließende Kajütentür und den Lukendeckel geöffnet und kletterte an Deck. Hinter ihm kam Else. August und Else verbrachten in den letzten Tagen jede Stunde miteinander, die ihnen zugemessen werden konnte. Auch jetzt folgte Else ihrem Mann und stieg fröstelnd mit ihm an Deck.

August, der sah, daß Harry am Ende seiner Kräfte war, rief Pejke zu: »Pack ihn und bring ihn her, Pejke! Er kann nicht mehr!« Er hatte nur Augen für den Jungen. Pejke blickte ziemlich benommen auf, versuchte jedoch zu tun, was August ihm befohlen hatte. Aber Harry rutschte aus, und sie rollten gemeinsam vor das Ruderhaus. Konstantin schaute nicht auf und griff nach dem Nebelhorn.

So kam es, daß allein Else das sah, was zu sehen war. Sie schaute über das Wasser und starrte. Erst sagte sie nichts, weil sie einfach keine Worte fand. Doch dann schrie sie auf und zeigte mit der Hand auf die See hinaus.

Nun starrten alle durch den dünnen Vorhang des fallenden Schnees und entdeckten ein Schiff. Ein Schiff, das auf sie zulief! Ein Schiff, das keine Viertelmeile mehr entfernt war.

Konstantin stand plötzlich der Mund offen. Er sah aus, als wollten ihm die Augen aus dem Kopf fallen. Doch dann bückte er sich und schrie durch die Kajütsluke nach unten: »Maja, Mutter, alles wird gut! Es kommt ein Schiff! Alles wird gut! Sie haben uns gehört! Sie haben uns gesehen!«

August stand bereits am Ruder. Konstantin wandte sich ihm zu. Er vermochte nichts mehr zu sagen, nur ein seltsamer Laut kam über seine Lippen, halb Schluchzen, halb Lachen – dann verschwand er in der Luke, mehr fallend als gehend.

13

In der Kajüte lachte und weinte alles durcheinander. Maria und Andreja umarmten sich schluchzend, und Jaan boxte kreischend vor Aufregung den noch halb schlafenden Heino und drückte Maja und Aimi an sich. Währenddessen warf Konstantin alles durcheinander, um die Jacke seines besten Anzugs zu finden.

Andreja beteiligte sich schließlich mit fahrigen Bewegungen an der Suche. Als sie die Jacke, voller feuchter Flecke, gefunden hatten, half sie ihm hinein, nachdem er seine Joppe ausgezogen hatte. Er kämmte sich das Haar und stieß dauernd irgendwo an. Die ganze Zeit grinste er breit und betrachtete alle nacheinander, ohne viel zu sagen. Als er mit seiner Toilette fertig war, holte er das Päckchen mit den Papieren hervor, das in Segeltuch gewickelt und mit Segelgarn verschnürt alle ihre kostbaren Papiere enthielt: Pässe und Schiffspapiere.

Er hatte den Fuß bereits auf der ersten Stufe, als er sich noch einmal umdrehte und sich mit einem heiseren Laut über Maja beugte. Auch Grochen bekam einen Kuß, und weil er gerade dabei war, auch Andreja und Maria. Seine Kinder kamen als letzte an die Reihe, doch sie hielt er länger im Arm, und dann sah er sie noch eine Weile an, als ob er nicht glauben könnte, daß sie nun doch kleine Amerikaner werden sollten. Dann schüttelte er lachend den Kopf und wandte sich, um an Deck zu gehen. Doch Jaan rief:

»Und ich? Du bist gemein, Onkel Konstantin! Mich hast du vergessen.«

Konstantin drehte sich um, war mit zwei Schritten bei dem Jungen und gab ihm zwei schallende Küsse auf die Bakken. »Nun brauchst du dich nicht zu beklagen«, sagte er.

»Hurra, Onkel Konstantin!« schrie Jaan. »Hurra für Amerika! Hurra für alles!«

»Du bist verrückt!« sagte Heino und versetzte ihm einen tüchtigen Stoß in den Bauch. Doch Jaan merkte es nicht einmal.

Konstantin stand neben August an Deck der Miß Jane, das Päckchen mit den Papieren unter den Arm gedrückt. Er sah zu, wie sich das große graue amerikanische Schiff der kleinen Miß Jane näherte, bis sie längsseit lagen und Leinen rübergegeben werden konnten. Zugleich mit den Leinen kam ein Seefallreep herunter. Mit zitternden Lippen sah Konstantin zu, bis August ihm einen leichten Stoß in den Rücken gab und »Viel Glück!« murmelte.

Er kletterte das Fallreep hinauf, während ihm die Besatzung der Miß Jane nachstarrte.

Es dauerte keine zehn Minuten, und Matrosen ließen eine ganze Sturzflut von Lebensmitteln herab. Dann kamen drei Männer das Fallreep herunter: zwei Matrosen und ein Marineoffizier. Der Offizier war, wie sich herausstellte, Sanitätsoffizier im Rang eines Korvettenkapitäns. Er wollte nach den Kranken sehen. Die Matrosen waren Mechaniker, die eine große Werkzeugtasche brachten, um die Druckkocher zu reparieren.

Inzwischen stapelte sich an Deck die Verpflegung: zwölf Brote, ein ganzer Schinken, eine Speckseite, ein großer Sack Kartoffeln, Gemüsekonserven, Kaffee und Kakao, ein kleiner Sack Zucker, ein großer Karton voll Kondensmilch. Danach Frischwasser in großen Kanistern. Es folgten dunkle Uniformhosen und Pullover, Decken der US-Marine und drei Stangen Zigaretten. Und schließlich noch zehn Fünfundzwanzigliterkanister Dieselöl für den Motor.

Das alles ließ sich nicht so rasch verstauen. Außerdem dachte auch niemand daran. Selbst August stand da, den Arm um Else gelegt, als ob er nie in seinem Leben Ko-Kapitän gewesen wäre. Das ganze Deck der Miß Jane war voller winkender, lachender und vor Freude weinender Menschen, die sich mitten in einem Chaos von übereinandergestapelten Büchsen und Kisten bewegten.

»Ihre Leute haben bewiesen, daß sie einen kleinen Stoß aushalten«, sagte der Arzt nach der Untersuchung zu August.

August nickte. Was sollte er sagen? Seiner Meinung nach waren die kleinen Stöße recht hart gewesen.

»Ihre Kranken werden sehr bald in Ordnung sein«, fuhr der Sanitätsoffizier fort. »Die alte Frau unten leidet an nichts als an Alter und Erschöpfung.«

»Hm-m«, machte August abermals. Nichts als Erschöpfung, dachte er. Er blickte den gutgenährten kerngesunden Mann an. Wahrscheinlich war er noch niemals erschöpft gewesen – wie hätte er sonst so leichthin darüber sprechen können?

Auch Jaan durfte an Deck kommen. Er hatte einen neuen Verband erhalten, nachdem seine Wunde ausgewaschen und geklammert worden war, wobei er wie ein Ferkel gekreischt hatte. Doch nun redete er wieder für zehn. »*I am an Estonian, he is an Estonian, she is an Estonian, I want to be an American boy!*« schrie er.

»Ein merkwürdiger kleiner Kerl«, sagte der Arzt lachend. »Aber alles andere als tapfer.«

»Er ist sehr tapfer gewesen«, erwiderte August verletzt.

»Aber unsere Kräfte sind verbraucht. Wir haben praktisch kein Widerstandsvermögen mehr, wenigstens nicht gegen Emotionen.« Der Sanitätsoffizier sah August prüfend an. Er sah seine blutunterlaufenen, überanstrengten Augen, die aufgeplatzten Lippen und die blaßbraune welke Haut. Um den Mund zeigte sich ein leichtes nervöses Zittern. Die Frau neben ihm war vermutlich einmal schön gewesen, sie hatte noch immer eine stolze Haltung und war gut gewachsen, wenn auch recht mager. Das kurze Haar war zwar ohne Glanz und strähnig, die Haut schmutzig und schlaff, aber die Gesamterscheinung nicht schlecht. Seltsam, so ein Boot voller Flüchtlinge – offenbar einfache Leute, nicht ein einziger markanter Kopf darunter. Ich bin neugierig, dachte der Sanitätsoffizier, ob man solche Leutchen ohne Einwanderungspapiere in unserem Land aufnehmen wird. Ich hoffe es für sie – aber vielversprechende amerikanische Mitbürger sehe ich nicht in ihnen.

»Der alte Knabe da«, sagte er, auf Professor Lütke zeigend, der gelbhäutig, zusammengesunken und mit vor Kälte tränenden Augen auf der Bank in der Ruderhütte saß und zitterte, »dieser alte Knabe dort scheint mir der einzige wirkliche Kranke bei Ihnen an Bord zu sein.«

»Professor Lütke versteht Englisch«, unterbrach ihn August scharf. »Er ist ein europäischer Rechtsgelehrter von internationalem Ruf. Aber als Marineoffizier werden Sie vielleicht nicht von ihm gehört haben.«

»Ach, August, lieber Junge«, sagte der Professor freundlich aufblickend, »mach dir nicht die Mühe, mich vorzustellen – hier bin ich nichts als ein alter Bettler, und ich sehe auch danach aus.« Er schaute auf seinen alten schwarzen, jetzt aber fahlgrünen Wintermantel hinunter. Danach zuckte er die Achseln, sah den amerikanischen Marineoffizier liebenswürdig an und sagte: »Wenn Sie meinen, daß es richtig ist, werde ich mich in New York sofort nach unserer Ankunft untersuchen lassen.«

Der junge Amerikaner sah ihn verblüfft an. »Wie Sie wollen«, sagte er betreten.

»Wir sind Ihnen und Ihrem Kommandanten sehr dankbar«, versicherte August ihm höflich.

»Die Frau mit den Brandwunden am Arm«, beeilte sich der Arzt zu sagen, »muß täglich zweimal mit der Penicillinsalbe, die ich in der Kajüte gelassen habe, behandelt werden. In drei Tagen werden die Entzündungen wohl zurückgehen. Im übrigen ist ihre Verfassung nicht schlecht. Ich habe ihr erlaubt, für ein Stündchen an Deck zu kommen. Sie hat wie ein kleines Mädchen darum gebettelt.« Er lachte wieder dieses Lachen eines gesunden und überlegenen Mannes.

Maja war inzwischen schon an Deck erschienen. Sie stand wankend auf den Beinen, während ihr die Tränen über die Wangen flossen und sie abwechselnd lachte und schluchzte. Sie schaute von dem Lebensmittelstapel zum Fallreep hinauf, das an der Bordwand des riesigen grauen Kriegsschiffes herabhing. Sie wartete auf Konstantin. Genau wie Jaan trug sie einen neuen Verband und blinzelte in dem grellen Licht des weißen Himmels und der schimmernden See.

Der Arzt sah sich noch einmal im Kreise um – dann schüttelte er den Kopf, er begriff das alles immer noch nicht recht.

»Wie lange sind Sie unterwegs gewesen?« fragte er August.

»Hundertdreiundsiebzig Tage«, erwiderte der.

»Schneidig«, sagte der Sanitätsoffizier, »wirklich schneidig.«

»Vielen Dank für Ihr Kompliment«, entgegnete August mit einem leicht spöttischen Lächeln auf den aufgeplatzten Lippen, die bei jeder Bewegung schmerzten.

»Ich denke, daß Ihr Kapitän wohl jeden Augenblick herunterkommen wird«, erwiderte der Amerikaner. »Ich werde mich nun verabschieden. Gute Reise und viel Glück!« Er hob die Hand an die Mütze und kletterte das Fallreep hinauf. Als er oben war, schwang er sich rasch über die Reling.

Grochen und Justus waren die einzigen, die sich nicht an Deck befanden. Grochen lag allein im Bett, schluchzte ein wenig und wischte sich immer wieder die Tränen aus dem Gesicht. Justus saß, die Ellbogen auf den Knien, im Achterraum neben seinem Motor und dachte nach. Jedesmal, wenn er aufschaute, konnte er durch die Luke Lembits Beine sehen.

Ich muß hier weg, dachte Justus. Störrisch kreiste sein Denken um diesen einen Punkt: Ich muß hier weg. Jetzt kann ich weg. Wenn die anderen hierbleiben, gehe ich an Bord dieses Schiffes.

Langsam stand er auf und stemmte sich schwerfällig nach oben.

Konstantin stieg gerade das Fallreep herab, so gewandt, wie das nur ein Mensch vermag, der es jahrelang gemacht hat. Eine ganze Reihe von Köpfen schaute ihm von oben nach.

Als er auf das Deck der Miß Jane sprang, stand Justus neben ihm.

»Gib mir meine Papiere. Ich will weg.«

Konstantin sah ihn an, ohne etwas zu sagen. Er schaute auf die Decksplanken der Miß Jane und dann auf die See. Danach musterte er eins nach dem anderen die Gesichter der Menschen, die ihn umstanden. Endlich sah er wieder Justus an.

»Ich kann dich natürlich nicht zwingen, bei uns zu bleiben«, sagte er langsam. »Aber wenn du dich entschließt wegzugehen, dann würden wir das sehr bedauern.«

»So denken nicht alle darüber«, sagte Justus heiser.

»Das weiß ich noch nicht«, erwiderte Konstantin. »Ungeschehen kann niemand etwas machen. Aber sogar die Jüngeren können einsehen, daß selbst der Beste unter uns mal den Kopf verlieren kann. Oder sie hätten in all den Monaten gar nichts gelernt.«

Konstantin blickte nicht auf, während er das sagte, aber er sprach die Worte deutlich und langsam. Harry wurde feuerrot und warf heimlich einen Blick auf den Hinterkopf von Max, dessen Ohren glühten.

Justus blickte scheu auf August und Else, wußte jedoch nicht, wie er ihren Gesichtsaudruck deuten sollte. Es blieb eine ganze Weile still. Von der Reling des großen Schiffes wurde etwas heruntergerufen. Konstantin achtete nicht darauf. Er sah August an.

Völlig beherrscht sagte August: »Ich bin einer Meinung mit Konstantin. Es wäre unbefriedigend, mit einem Mann weniger anzukommen, als wir beim Auslaufen an Bord hatten.«

Justus blickte auf seine Füße. Konstantin hatte eine senkrechte Falte zwischen den Brauen. Er war enttäuscht.

Max flüsterte plötzlich: »Sag du doch was, Mutter!«

Else wurde rot bis zum Hals, warf Max einen Blick zu und wollte sich auch nach Harry umsehen, wagte es aber nicht. Dann spürte sie, wie August sie sanft anstieß. Und sie sah, daß Andreja sie gespannt anschaute. Andrejas Blick ging zwischen ihr und Justus hin und her.

»Wir meinen es herzlicher, als August es gesagt hat, Justus«, sagte sie leise. »Wir meinen es ehrlich.« Und sie meinte es wirklich ehrlich – es wäre ihr schrecklich gewesen, Justus dieses Fallreep hinaufsteigen zu sehen. »Ich fände es schrecklich, wenn du dieses Fallreep da hinaufstiegest«, sprach sie spontan ihren Gedanken aus und lachte. Der Bann war gebrochen. Justus stand mit hochrotem Gesicht da und schaute auf seine Zehen. »Gut«, sagte er heiser, »dann bleibe ich.«

Konstantin packte ihn am Arm und schüttelte ihn. »Ich hab's doch gewußt«, sagte er. »Wenn's drauf ankommt, bist du kein Spielverderber.« Er hätte die Worte nicht besser wählen können.

»All right!« schrie Konstantin zum Schiff hinauf.

Die Leinen wurden eingeholt. Das Fallreep hing noch eine Weile – dann wurde es auch hochgeholt. Langsam entfernte sich das große graue Schiff von der Miß Jane. Nun konnten sie auch den Namen auf dem Steven lesen: John Q. Kent. Es war ein Transporter der amerikanischen Kriegsmarine.

»In Ordnung!« rief Konstantin. »Nun essen wir erst mal!«

Konstantin hatte einen Packen Küstenkarten vom Kommandanten der John Q. Kent bekommen. Als an Deck alles weggeräumt, die Planken gefegt und abgespült waren, breitete er die Karten vergnügt auf dem Lukendeckel des Achterraums aus und schlug Lembit, der an der Pumpe stand, kräftig auf die Schulter.

»Unsere Position war aufs Haar richtig«, sagte er glücklich.

»Gratuliere«, erwiderte Lembit gelassen. »Was mich betrifft, macht es nicht das geringste aus.«

»Ist was?« erkundigte sich Konstantin.

»Was soll sein?« fragte Lembit zurück.

»Red nicht drum rum!« befahl Konstantin schroff.

Lembit zögerte. Natürlich war er froh und dankbar – wie wäre das anders möglich gewesen –, aber daß er nun wieder an der Pumpe schuften und daß sich die Miß Jane weiter placken mußte, während unter Deck eine Gruppe von Kranken lag und die übrigen mit den Nerven am Ende waren...

»Ich begreife nicht, weshalb wir nicht alle an Bord der Kent gegangen sind«, sagte er schließlich.

Konstantin starrte ihn verdutzt an.

»Vielleicht bist du überhaupt nicht auf den Gedanken gekommen«, fuhr Lembit fort, als er Konstantins Gesicht sah. Eigentlich hätte er darüber lachen können.

»Gedacht habe ich wohl daran«, entgegnete Konstantin zögernd. »Ja. Aber ich konnte mir nicht vorstellen, daß das jemand im Ernst gewollt hätte.«

»Was?« fragte Lembit.

»Die Miß Jane verlassen.«

Nun lachte Lembit wirklich, und gleichzeitig verspürte er eine seltsame Rührung. Wenn es wahrhaftig darauf angekommen wäre, hätte er dann die Miß Jane ohne weiteres verlassen können?

»Außerdem können wir jetzt in vier Tagen in New York sein«, fuhr Konstantin fort. »Die Kent war auf dem Weg nach Neufundland. Der Kommandant hätte unseretwegen den Kurs nicht ändern können.«

»Nein, natürlich nicht«, erwiderte Lembit abwesend. Er dachte eigentlich an etwas anderes. Wie war es möglich, daß ein Mann wie Konstantin so in ein Boot vernarrt sein konnte? »Denn das bist du«, sagte er laut.

»Was bin ich?« fragte Konstantin.

»Ach, nichts«, erwiderte Lembit. »Ich habe nur laut gedacht. Anscheinend bin ich auch nicht mehr normal.«

»Was mich betrifft«, sagte Konstantin, »ich hab' mich noch niemals normaler gefühlt. Ich bin satt. Ich habe keinen Durst mehr. Ich habe eine Frau und zwei Kinder. Ich habe ein Schiffsdeck unter den Füßen. Von dort kommen wir her...« Er zeigte zum Heck. »Und dort fahren wir hin!« Er streckte den Arm nach vorn und klopfte gleichzeitig auf die Karte der Küste von New Jersey. »Was könnte normaler sein?« Er lachte. Er war so glücklich.

»Jedenfalls ist es nicht normal, so darüber zu reden«, stellte Lembit nüchtern fest. »Aber es wird wohl vorübergehen. Bald...«

Konstantin grinste vergnügt und wandte sich seinen Karten zu. »Wir lassen die nördlichen Häfen liegen«, sagte er.

»Wir laufen geradewegs New York an. Denn wir müssen doch nach Ellis Island. Noch vier Tage, Lembit, mehr bestimmt nicht. Die Wetterberichte waren gut, und wir haben genügend Öl. Außerdem sind wir nun angekündigt. Sollten wir uns verspäten, dann suchen sie uns. Es kann jetzt nicht mehr schiefgehen.« Er lachte. »Wetten, daß sich Grochen schon wieder Sorgen wegen der Schulen macht?«

Es war, als ob Konstantin einfach keine Müdigkeit verspürte. Er war noch nie so mitteilsam und gesprächig gewesen. August, der die ganze Zeit ruhig und schweigend am Ruder stand, wurde schließlich energisch.

»Man muß dich wahrhaftig wie einen kleinen Jungen in die Koje schicken«, sagte er kurz. »Es wird höchste Zeit, daß du mal schläfst! Runter, in die Koje!«

Konstantin sah seinen Ko-Kapitän lachend an. Einen Augenblick fürchtete August schon, daß er ihm um den Hals fallen würde. Doch Konstantin sagte nur grinsend: »Du mißbrauchst deine Stellung, August! Wenn es ein anderer gesagt hätte, wäre es Insubordination.« August antwortete nicht einmal. Er lachte auf, wie ein nüchterner Erwachsener über einen aufgeregten Jungen lacht. Doch im nächsten Augenblick sagte er fast gereizt: »Verschwinde, Konstantin! Du tust wahrhaftig wie ein kleines Kind, das an seinem Geburtstag nicht ins Bett will.«

Das Lachen verschwand aus Konstantins Gesicht. Er sah August plötzlich ernst und durchdringend an und fragte ungläubig: »Gerade du, August, wir haben uns doch immer so gut verstanden – wie kommt es, daß du jetzt nicht verstehst, wie mir zumute ist. Findest du nicht, daß ich mich heute wie ein kleiner Junge fühlen darf, der alle Geburtstage seines Lebens auf einmal feiert? August, ich habe alle Dampfmaschinen und alle Eisenbahnen und alle Teddybären auf einmal bekommen! Verstehst du das nicht?«

Konstantins Gesicht war todernst, doch August lächelte jetzt, ein wenig müde, aber nachsichtig. »Gut«, sagte er. »Dann laß mich aber den unangenehmen Opa spielen. Geh ins Bett, Junge!«

Konstantin schüttelte den Kopf. »Du hast nicht genug Kaffee bekommen«, sagte er. »Ich werde dir noch einen Becher heraufbringen.«

Während er nach unten stieg, blickte er noch einmal zurück. »Kaffee mit Kuchen«, sagte er. »Vielleicht streicht Andreja sogar Butter drauf.« Er verschwand mit einem Grinsen.

August schaute sich nach Lembit an der Pumpe um.

»Ich beneide ihn um seine Spannkraft«, sagte er. »Ich selber bin zu müde.«

Das war das erste Mal, daß August über seine Müdigkeit sprach. Doch sie hatte sich schon lange in all seinen Bewegungen und Reaktionen, in den dunklen Linien seines grauen Gesichts, den Ringen unter den Augen, dem häufig wiederkehrenden Nasenbluten und der zwar meist beherrschten, aber doch spürbaren Gereiztheit gezeigt.

Lembit nickte nur.

»Konstantin ist sein Gewicht in Gold wert«, fuhr August fort. »Es wird wohl an mir liegen, daß ich diese jungenhafte Fröhlichkeit nicht ertragen kann. Wir können uns wohl nicht vorstellen, wie groß die Erleichterung ist, die er verspürt. Er hat all diese Monate eine schwere Last geschleppt.«

»Wir haben alle unser Teil gehabt«, brummte Lembit.

»Ja, das haben wir«, bestätigte August langsam und mit Nachdruck. »Aber das ändert nichts daran, daß Verantwortung die schwerste Last ist. Konstantin hat den Plan gemacht, er hat das Boot gefunden, er hat das Kommando gehabt – wir sind ihm gefolgt.«

»Natürlich hast du recht«, erwiderte Lembit. Er sprach keuchend, denn das Pumpen war anstrengend – außerdem hatte er vergessen zu zählen. Vermutlich hatte er längst zweihundertfünfzig Schläge getan. »Pejke!« brüllte er zum Vordeck hinüber, wo Pejke etwas am Großmast ausbesserte. »Du bist an der Reihe!« Doch ehe Pejke kam, sagte Lembit zu August: »Es gibt verschiedene Arten von Verantwortung. Auch davon haben die meisten von uns wohl ihr Teil gehabt. Du zum Beispiel... Mehr oder minder ist übrigens jeder von uns verantwortlich für die anderen gewesen. Wir haben...« Lembits Stimme wurde unsicher und bekam einen hohen bebenden Klang. »Wir haben gemeinsam kein schlechtes Stück Teamwork geleistet«, sagte er mit verlegenem Lachen.

August nickte. »Vielleicht«, sagte er. Aber gleich danach setzte er hinzu: »Doch ohne Konstantin hätten wir nichts erreicht. Wir haben mitgearbeitet – versteht sich das nicht von selbst?«

Lembit schüttelte den Kopf. »Nein, August – die Art, wie du mitgearbeitet hast – ich kann eigentlich nur sagen, daß... na ja, ich bewundere das.«

August räusperte sich. »Danke, Lembit«, war alles, was er erwiderte.

»Übrigens seid ihr glücklich dran, weil ihr mit Frau und Kindern hier ankommt. Ich würde viel darum geben...«

Doch er beendete den Satz nicht. »Pejke und ich werden mit Justus zusammenarbeiten«, sagte er nur noch.

Pejke, der nach achtern kam, lachte breit und gutmütig. »Das werden wir schon noch sehen«, erklärte er ruhig. »Ich habe auch noch andere Dinge zu bedenken.«

August sah ihm prüfend in das gelassene, freundliche Gesicht. »Wenn du nur daran denken willst, daß Gunvor noch viel zu jung ist, Pejke«, sagte er einfach.

Pejke wurde rot bis in die Haarwurzeln. »Ich habe nicht vor, etwas zu überstürzen«, brummte er. »Wenn sie mich nur als Möglichkeit akzeptiert.«

»Hat sie das nicht schon getan?« fragte August. »Ich hatte in der letzten Zeit den Eindruck.«

»Ich wollte, ich wußte es«, murmelte Pejke.

»Ach, Mann, nun mach dich an die Pumpe!« rief Lembit. »Mach deine zweihundertfünfzig Schläge, und grüble nicht! Ich geh pennen. Aber erst hol ich mir einen Schluck Kaffee.«

In dem Augenblick kam Konstantin mit einem großen Becher dampfendem Kaffee für August herauf. »Der Kuchen folgt«, sagte er. Und Heino brachte ein dickes Stück. »Butter darauf sei Unsinn, sagte Andreja«, berichtete Konstantin.

»Wetten, daß sie mir welche gibt?« rief Lembit, als er in der Kajütsluke verschwand.

In dieser Nacht, während sie im kalten Mondlicht langsam in Richtung New York dahintuckerten, begriff Lembit zum erstenmal, wie lieb ihm die Miß Jane geworden war. Er stand am Ruder, während Konstantin pumpte und Justus den Motor versorgte, der hin und wieder einmal Sperenzchen machte. Mit dem Auspuff war irgend etwas nicht in Ordnung.

Konstantin pumpte schweigend und taktfest. Der Wellenschlag war ruhig, die Dünung lang, und die Miß Jane stieg und sank regelmäßig. Die See schimmerte, und der Himmel war tief violettblau mit hellem Sternengefunkel. Es schneite schon seit dem Morgen nicht mehr, doch kalt war es immer noch. Lembit stampfte hin und wieder mit den gefühllosen Füßen auf. Doch die Kälte machte ihm nichts aus. Er blickte auf den schwach beleuchteten Kompaß, er starrte in die Nacht, und seine Hände schlossen sich fest um das Ruderrad. Er dachte daran, wie er es das erste Mal handhaben durfte. Er wollte sich umdrehen und Konstantin eine Bemerkung zurufen, doch irgend etwas hielt ihn davon ab. Er wollte mit seinen Gedanken allein sein – allein mit sich und der Nacht und der Miß Jane. Denn sie gehörte dazu. Sie ist ein Stück meines Lebens geworden, dachte er. Sie ist hundertdreiundsiebzig Tage mit uns über das Meer gefahren und hat unseretwegen mehr als achttausend Meilen zurückgelegt. Sie ist alt und dick und nicht schön, aber ich liebe sie. Ich darf gar nicht daran denken, daß sie, von uns allen verlassen, irgendwo auf dem Boden eines amerikanischen Hafens liegen und verfaulen wird.

Arme alte Miß Jane, deine Zeit ist nun vorüber. Aber in unserer Erinnerung wirst du am Leben bleiben, solange wir und unsere Kinder leben – das verspreche ich dir.

Als Konstantin nach einer Zeit mit Pumpen aufhörte, rief Lembit über die Schulter: »Du hattest heute morgen doch recht.«

»Was meinst du?« fragte Konstantin.

»Daß wir sie nicht im Stich lassen dürfen. Sie hat uns auch nie im Stich gelassen.«

Konstantin brummte etwas Unverständliches.

»Aber was sollen wir mit ihr machen, wenn wir am Ziel sind?« fragte Lembit nach einer Weile.

Er merkte, wie Konstantin zögerte. Dann kam die Antwort fast mürrisch: »Wir können ihr ein ehrenvolles Begräbnis geben. Das ist alles.«

Lembit schwieg. Er spürte, daß es ihn in der Kehle würgte. Wie sie sich abmüht, dachte er. Wie ihr das Wasser um die Seiten spült, und wie sie das Raumwasser mit leise gurgelndem Geräusch wegarbeitet. Wie sie sich mit der Würde einer alten Dame bewegt. Brave alte Miß Jane, du hast eine Bande sentimentaler Idioten aus uns gemacht. Und trotzdem mag ich dich gern. Wie ist das möglich!

Lembit räusperte sich, um das seltsame Gefühl in der Kehle loszuwerden. Wir sind wirklich ganz schön mitgenommen, dachte er. August hat recht. Wir haben keine Widerstandskraft gegen Emotionen mehr. Es wird Zeit, daß wir diese Widerstandsfähigkeit neu aufbauen. Wie sollen wir es sonst dort drüben schaffen? Wenn sie uns schon aufnehmen und uns zu Anfang etwas helfen – es wird immer noch schwer genug sein. Wenn wir dann nicht abgehärtet sind, gehen wir unter.

»Dann also ein ehrenvolles Begräbnis«, schrie er heiser nach achtern.

»Du brauchst nicht so zu schreien«, erwiderte Konstantin. »Ich verstehe dich auch so.«

»Nein, wirklich?« wollte Lembit gerade sagen, doch da kam kein Ton mehr aus seiner Kehle.

»Ich mag dieses Mondlicht nicht«, sagte Konstantin. »Mir wird elend davon.«

»Jaan sollte lieber herunterleiern: I am not normal, you are not normal, he is not normal, we are not normal«, brummte Lembit.

»Wenn du nichts Besseres weißt, dann schweig lieber!« sagte Konstantin.

Zwei Tage später in der Dunkelheit des frühen Morgens war es soweit. August und Pejke standen zusammen im Ruderhaus. Harry und Max an der Pumpe. Konstantin, der nicht schlafen konnte und schon seit einiger Zeit unruhig war, kam gerade an Deck.

Pejke war der erste, der es sah – sprachlos starrte er nach Westen und zeigte mit ausgestrecktem Arm übers Wasser hin. Die anderen schauten. Dort am westlichen Horizont schimmerte eine schwache Glut. Wenn es im Osten gewesen wäre, hätte es die Morgenröte sein können. Doch dies war nicht Osten, und sie wußten, ohne miteinander darüber zu sprechen und ohne auch nur einen Augenblick zu zweifeln, daß sie die Lichter Amerikas sahen – die Lichter, die der westliche Himmel zurückwarf.

Niemand sprach ein Wort. Wie verzaubert schauten sie nach diesem fernen Widerschein.

Endlich flüsterte August fast unhörbar: »Da ist es.«

Ja, da war es.

Wahrscheinlich dachten sie jetzt alle das gleiche: Vorbei war es nun mit der Kälte und dem beißenden Wind, vorbei mit dem Hunger, vorbei mit der Angst um das Leben, vorbei vor allem mit der Gefangenschaft – der Gefangenschaft dort

266

drüben im alten Europa, das sie mit allem, was sie fürchteten und liebten, zurückgelassen hatten, und der Gefangenschaft hier in der Enge der kleinen Miß Jane, wo sie Freude und Leid auf bedrückende Weise miteinander geteilt hatten.

»Ob wir dort wirklich frei sind?« flüsterte Pejke.

»Ja«, erwiderte Konstantin überzeugt.

»Freiheit ist ein dehnbarer Begriff«, murmelte August. »Wir werden sehen...«

Dann schwiegen sie. Sie schauten nur. Sie konnten die Augen nicht abwenden von dieser fernen Glut, die unbeweglich über der See stand. Diese Glut bedeutete alles für sie: ein neues Land, neue Hoffnung und neues Dasein.

»Müssen wir immer noch pumpen, Onkel Konstantin?« erklang auf einmal Maxens Stimme.

»Ganz gewiß müßt ihr pumpen!« entgegnete Konstantin. »Oder wollt ihr das letzte Stück schwimmen?«

»Aber wenn wir dort sind...« Der Junge wies in die Ferne, dorthin, wo das Licht war, »dann können wir sie hübsch sinken lassen, wie?«

Mit zwei Schritten war Konstantin bei dem Jungen und packte ihn am Kragen. »Wenn du wüßtest, welche Lust ich habe, dir eine tüchtige Tracht Prügel zu verabreichen!« sagte er. »Aber ich werde es nicht tun. Dazu sind diese Stunden zu schön. Ruf lieber die anderen, du Affe, damit die auch sehen können, was wir sehen!«

Kurz darauf standen alle Passagiere der Miß Jane schweigend an Deck. Nur die See rauschte, und der kleine Motor tuckerte. Tiefer bewegt, als sie es je für möglich gehalten hatten, starrten sie alle nach Westen, nach diesem Licht, das so viel versprach und das so viele andere Dinge endgültig zur Vergangenheit machte.

Konstantin hatte Grochen sorgsam in Decken gepackt. Wie ein kleines Kind lag sie nun in seinen Armen und schüttelte nur ungläubig den Kopf. Anscheinend wollte sie etwas sagen, doch es drang nur ein piepender Laut bis zu Konstantin. Er beugte sich über sie, und – ja, wahrhaftig, da verstand er das Wort Lebertran!

Er schüttelte sie sanft, voll verhaltener Liebe, und gleichzeitig stieg ein vergnügtes Lachen in seine Kehle hinauf.

»Das ist doch nicht dein Ernst«, sagte er leise.

»Doch, doch«, flüsterte sie nun verständlich. »Wenn wir keinen Lebertran gehabt hätten, wären wir vielleicht nie so weit gekommen und hätten dies nie gesehen.«

»Und wenn wir so vieles andere nicht gehabt hätten, Mutter«, erwiderte er sanft. »Unsere ganze Reise ist eine Folge von Glück und Unglück gewesen – aber ist das nicht immer so?«

»Du bist schon, solange ich denken kann, naseweis gewesen«, flüsterte sie. »Aber du wirst schon recht haben.«

Im Lauf des Tages bezog sich der Himmel. Hinter ihnen im Osten wurde er sogar schwarz wie Tinte. Doch vor ihnen lag die Küste, die Flut lief günstig, und die Miß Jane tuckerte hartnäckig durch den mittlerweile zunehmenden Schiffsverkehr.

»Wir brauchen uns keine Sorgen mehr zu machen«, sagte Konstantin.

Große und kleine Schiffe liefen an ihnen vorüber, sie passierten Feuerschiffe und Bakentonnen, und vor einer kleinen felsigen Insel schaukelte eine ganze Reihe von Ruderbooten mit geduldigen Anglern. Einer von ihnen schaute zur Miß Jane auf und rief: »Wo kommt ihr her?«

»Von der anderen Seite!« schrie Konstantin zurück.

Die ganze Reihe der Angler brach in dröhnendes Gelächter aus, während ihre Angelruten über dem Wasser auf- und niederwippten.

Eine Stunde später zeichneten sich die Wolkenkratzer von Manhattan scharf vor dem sich bereits verfärbenden Nachmittagshimmel ab. Die Stadt New York hieß sie mit vielen tausend erleuchteten Fenstern willkommen. Mit stinkendem Auspuff, der hin und wieder schwarze Wolken ausstieß, und dem hartnäckig schuftenden Justus, der unbedingt wollte, daß sein Motor durchhielt, tuckerte die Miß Jane zu den Hafenbehörden.

Still standen die Reisenden an Deck und betrachteten ihr neues Land, bedrückt oder voller Hoffnung, jeder nach seiner Art, doch alle unsagbar erleichtert, daß die Reise zu Ende war, und tief beeindruckt von dem, was sie vor sich sahen.

»Die Freiheitsstatue, an der wir gerade vorbeigefahren sind«, sagte Lembit zu Andreja, mit der er auf dem Vordeck stand, »die interessiert mich nicht. Es ist zuviel über sie geschrieben und geschwatzt worden. Aber das da drüben: die Wolkenkratzer, einer höher als der andere, und all die Menschen, die Millionen von Menschen, die da wohnen und arbeiten – wie die uns empfangen werden, das interessiert mich sehr. Ich habe Angst davor, und trotzdem freue ich mich toll darauf«, fuhr er leise fort.

»Glaubst du, daß es unten an den Wolkenkratzern auch

gewöhnliche Briefkästen gibt?« fragte Andreja. »Ich will sofort an Erik schreiben.«

»Und ich an Marit«, entgegnete Lembit vor sich hin starrend. »Ich hoffe nur, daß sie das Warten nicht aufgegeben hat.«

Hinter ihnen stand Maria. Sie sah nur Lembit und Andreja vor der sich nähernden Brooklyn Bridge und hätte vor Kummer, doch gleichzeitig auch vor unglaublicher Erleichterung schreien mögen. Max stand dicht neben ihr und versuchte, ihre Hand zu fassen. Ihm saß etwas in der Kehle, als er fragte: »Du, Maria, wenn wir können, gehen wir dann mal zusammen ins Kino?«

Aber er mußte die Frage doch wohl verständlich ausgesprochen haben, denn Maria machte ihre Hand los und schüttelte den Kopf.

»Ich weiß noch nicht«, flüsterte sie heiser, und dann lief sie weg. Doch an Bord der Miß Jane konnte niemand weit weglaufen, und Maria landete schon nach zwei Schritten in den Armen von Professor Lütke. Er hielt sie fest, und als er ihre Tränen sah, sagte er: »Aber, Kind, du hast doch noch das ganze Leben vor dir.«

Maria nickte und biß sich auf die Lippen. »Ich kann nichts dazu«, entgegnete sie fast unhörbar. »Ich bin so allein.«

»Das sind mehrere von uns«, sagte der Professor. »Aber ein Mensch bleibt selten allein.«

»Glauben Sie?« fragte Maria leise. Dann fiel ihr Blick auf Pejke und Gunvor, die sich in dieser Stunde gesucht hatten. Bei ihnen war nichts von Angst zu spüren. Dennoch zitterte Gunvors Hand in der von Pejke, als sie fragte: »Was werden sie hier mit uns machen?«

»Ich weiß nicht«, brummte Pejke, »aber du mußt Vertrauen haben.«

Und so kamen die Passagiere der Miß Jane in Amerika an – voller Erwartungen und hin und her gerissen zwischen Furcht und zögerndem Vertrauen.

Das Vertrauen der politischen Flüchtlinge aus dem Baltikum in die Vereinigten Staaten wurde nicht enttäuscht. Im Oktober 1946 haben viele von ihnen durch Intervention von Präsident Truman bei den Einwanderungsbehörden endgültig das Recht erhalten, in den Vereinigten Staaten zu bleiben. Damit wurde ihnen gleichzeitig die Möglichkeit gegeben, zu gegebener Zeit die Staatsbürgerschaft der USA zu erwerben.

Seemännische Ausdrücke

achtern

hinten.

Achtersteven

der auf dem achteren Ende des Kiels stehende Balken, der das Schiff achtern abschließt.

Backbord

von achtern gesehen die linke Seite des Schiffes.

Bakentonne

Seezeichen zur Bezeichnung des Fahrwassers. Besteht aus einer verankerten Tonne (Boje), die zur Kennzeichnung ein Gerüst (Bake) von besonderer Form trägt.

Besan

das Segel am Besanmast.

Besanmast

der achtere der beiden Masten der Miß Jane.

Besteck

das Ergebnis der Berechnung des Schiffsortes nach Länge und Breite. Gegißtes Besteck: das durch Aneinanderreihung der auf den verschiedenen Kursen abgelaufenen Strecken ermittelte Besteck.

Bug	das vordere Schiffsende.
Dünung	Im Gegensatz zum Seegang, der unmittelbar durch den Wind erzeugt wird, entwickelt sich die Dünung aus dem Ausgleich der im Seegang enthaltenen Kräfte, die sich allmählich in der Dünung verzehren. Während der Seegang mehr oder weniger wild und aufgepeitscht erscheint, zeigt die Dünung zwar oft sehr hohe und mächtige Wellen, deren Böschungen aber sanft ansteigen und abfallen.
Feudel	Wischlappen.
Feuerschiff	ein Schiff, das einen Leuchtturm trägt. Feuerschiffe werden an navigatorisch wichtigen Punkten verankert.
Fock	das Segel am Stag des Großmastes.
Galjaß	ein Anderthalbmaster, vorn der (größere) Großmast, achtern der (kleinere) Besanmast. Ein Fahrzeug dieser Art ist die Miß Jane.
Großmast	der vordere Mast der Miß Jane.
Großsegel	das Gaffelsegel am Großmast.
Heck	das achtere Ende des Schiffes.
Helling	schiefe, leicht zum Wasser geneigte Ebene, auf der Schiffe gebaut werden.

273

Kajüte	Wohnräume an Bord.
Kiel	der schwere Balken, der unten in der Mitte des Schiffes in dessen ganzer Länge verläuft. Er ist die Grundlage der Konstruktion, das »Rückgrat«, an das sich die »Rippen«, die Spanten, ansetzen.
Killen	das Flattern der Segel im Wind, wenn sie nicht vollstehen.
Kimm	die für den Betrachter sichtbare Linie des Zusammenstoßens von Himmel und Wasser, nicht zu verwechseln mit dem Horizont.
Klampe	eine Art Hakenpaar aus Holz oder Metall zum Belegen (Festmachen) von Tauwerk.
Knoten	das Maß für die Fahrt (Geschwindigkeit) eines Schiffes. X Knoten bedeutet: X Seemeilen in der Stunde.
Koje	fest eingebautes »Bett«.
längsseit	liegen zwei Schiffe, wenn sie nebeneinander liegen.
Lee	die dem Wind abgekehrte Seite.
Leine	Tau von geringem oder mittlerem Umfang.

Liek	Tauwerk, mit dem ein Segel eingefaßt ist.
Log	Vorrichtung zum Messen der Fahrt (Geschwindigkeit) des Schiffes.
Logbuch	das Tagebuch (Journal) eines Schiffes.
Lot	Vorrichtung zum Messen der Wassertiefe.
Luk, Luke	Öffnung im Deck eines Schiffes; wird umrandet vom Lukensüll und abgedeckt durch den Lukendeckel.
Luv	die dem Wind zugekehrte Seite.
Nebelhorn	ein Horn mit starkem Klang zur Abgabe von Schallsignalen bei Nebel.
Niedergang	nennt man eine Treppe an Bord.
Oberlicht	ein waagerechtes Fenster über einem Raum.
Persenning	starkes Segeltuch.
Pier	feste, meist gemauerte Anlegestelle.
Positionslaternen	die Lichter, die ein Schiff führen muß, insbesondere die Seitenlichter: an Steuerbord ein grünes, an Backbord ein rotes Licht.

Pütz	ein Eimer.
Quarantäne	Sperrfrist für den Verkehr zwischen Schiff und Land, solange es nicht ausgeschlossen ist, daß Seuchen eingeschleppt werden.
Raum	im allgemeinen der Laderaum. Auf der Miß Jane der Raum unter den Kajüten.
Reede	Ankerplatz vor Seehäfen.
Reling	das »Geländer« um das Oberdeck.
Riemen	das zum Rudern dienende Gerät, das der Laie »Ruder« nennt.
Rollen	gleichzeitiges Schlingern und Stampfen.
Ruder	Vorrichtung zum Steuern.
Ruderhaus	das kleine Deckshaus an Oberdeck achtern, von dem aus das Schiff gesteuert wird.
Saling	eine Querspreize oben am Mast, um die Wanten abzuspreizen.
Schanzkleid	eine feste Schutzwand um das Oberdeck. Wo kein Schanzkleid vorhanden ist, muß eine Reling sein.

›schießen‹	nennt man das Messen einer Gestirnshöhe mit dem Sextanten. (Er schießt den Sirius, die Sonne.)
schlingern	die Bewegungen des Schiffes um seine Längsachse.
Schlingerleiste	erhöhte Tischumrandung, die das Herunterrutschen von Geschirr bei bewegtem Schiff verhindern soll.
See	sagt der Seemann zum Meer. See sagt man auch für Seegang, und auch eine einzelne große Welle wird eine See genannt.
Seefallreep	eine Art Strickleiter mit hölzernen Stufen.
Segelgarn	Garn, mit dem Segel genäht werden. Wird auch als »Bindfaden« benutzt.
Sextant	ein Winkelmeßinstrument, dient vor allem zur Messung von Gestirnshöhen.
Spanten	die am Kiel ansetzenden »Rippen« des Schiffes, über die die Planken der Außenhaut gelegt werden.
Speigatt	Öffnung, durch die Wasser ablaufen kann.

Stag	Tauwerk, das den Mast nach vorn abstützt.
stampfen	Bewegung des Schiffes um seine Querachse.
Steuerbord	von achtern gesehen die rechte Seite des Schiffes.
Takelage	die Gesamtheit der Masten, des Tauwerks und der Segel.
Topp	oberes Ende des Mastes.
Treibanker	ein vom Schiff geschleppter Gegenstand mit großem Wasserwiderstand, etwa ein trichterförmiger Sack aus Segeltuch, der mit der Öffnung nach vorn geschleppt wird. Dadurch wird das Abtreiben gehemmt, und das Schiff wird in einer günstigen Lage zum Seegang gehalten und am Querschlagen gehindert.
Trosse	ein starkes Tau.
Vorsteven	auf dem Vorderende des Kiels aufsitzender Balken, der das Schiff vorn abschließt.
Wanten	Taue, die den Mast seitlich stützen.

Webeleinen	Leinen, die waagerecht von Want zu Want laufen, auf denen man hinaufsteigen (aufentern) kann.
wenden	das Schiff so drehen, daß der Wind von der anderen Seite einkommt.
Wimpel	lange, schmale »Flagge«.
Windkarte	Karte, in der die nach der Statistik in den einzelnen Monaten vorherrschenden Winde eingetragen sind.

Mit Dankbarkeit werden hier die Bücher und Reiseberichte angegeben, die als Quellen für das Lokalkolorit gedient haben:

Slocum, Sailing alone around the world; Marinson, Resor utan mål; Marin Marie, Wind aloft; Lundkvist, Drakblod; Black, Guide to Scotland; Estonia, past and present; Kompus, Picturesque Estonia; Winter, Gray days and gold in England and Scotland; Essays in regional geography.

An Rutgers, Wrack unter Wasser

Dies ist die Geschichte des holländischen Schiffes »De Liefde«, das Anfang des 18. Jahrhunderts auf seiner Fahrt nach Ostindien vor den Shetland-Inseln gestrandet ist.

Jeden Sommer wird in der bewegten See nach Überresten des Schiffes getaucht, und fast immer kommen Geldstücke, Bibelverschlüsse, Pfeifenköpfe oder ähnliche Dinge zum Vorschein. Sie haben einst Menschen gehört, die nicht immer unter angenehmen Bedingungen zu leben hatten.

Als eine holländische Sporttaucher-Familie eine Spur von dem Schiff und seiner Besatzung findet und versucht, die über 250 Jahre zurückliegenden Ereignisse zu rekonstruieren, macht sie eine ungewöhnliche Entdeckung . . .

VERLAG FRIEDRICH OETINGER
HAMBURG

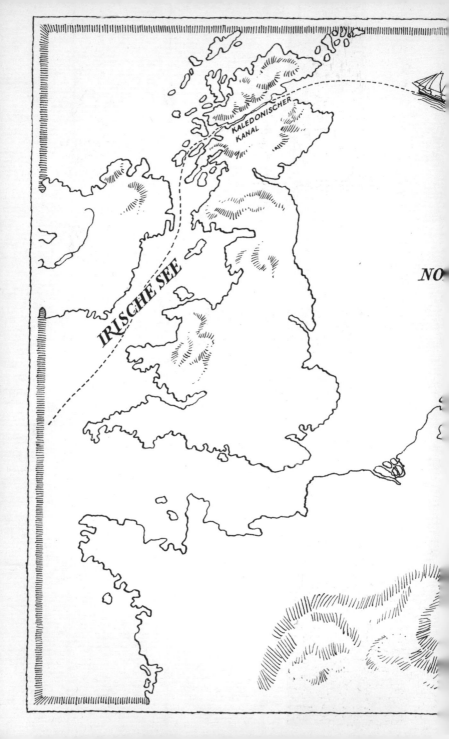